少女たちは夜歩く

by 宇佐美まこと

SHOJOTACHIHA YORUARUKU
Copyright © 2018 by MAKOTO USAMI

Original Japanese edition published by Jitsugyo no Nihon Sha, Ltd., Tokyo, Japan
Korean edition is published by arrangement with Jitsugyo no Nihon Sha, Ltd.
through Discover 21 Inc., Tokyo and JM Contents Agency Co.

소녀들은 밤을 걷는다

少女たちは夜歩く

우사미 마코토 소설집

김은모 옮김

H
현대문학

시
작
의 끝

이 도시 한복판에는 밥공기를 엎어놓은 것 같은 봉긋한 산이 있다. 그 위에 3층짜리 천수각*이 딸린 성이 세워져 있다. 태어난 뒤로 내내 여기서 살다 보니 나는 이 풍경이 익숙하다. 가끔 다른 지방에 가서 집이나 빌딩이 아무 맥락도 없이 늘어선 거리를 보면, 포인트고 뭐고 없어 매력이 떨어진다는 느낌이 들었다.

이 성은 일본 3대 평산성** 중 하나지만 표고가 132미터나 되므로 평산성치고는 제법 높다. 지방 도시라 특별하게 높은 빌딩이 없기도 하여 성산은 어디서나 잘 보였다. 사람들도 성산을 중심으로 생활을 영위했다. 대략적으로 구분한

---

*   성곽의 중심부인 본성의 중앙에 3층이나 5층으로 제일 높게 만든 망루.
**   구릉에 쌓아 지형의 높낮이를 방어에 이용한 성.

지역의 명칭만 봐도 성 동쪽, 성 북쪽, 서쪽 해자 끝, 남쪽 해자 끝이다. 해자 끝이라는 이름이 붙은 건 성산의 서쪽과 남쪽에 실제로 해자*가 남아 있기 때문이며, 해자 건너편에는 파낸 흙을 쌓아 올려 만든 토루**가 있다.

나는 성산에서 꽤 멀리 떨어진 남쪽 지구에서 자랐다. 이 평야를 흐르는 2대 하천이 바다로 이어지기 직전에 합류하는 곳 부근이다. 거기서도 성산은 잘 보였다. 거기서 성산의 동쪽 기슭에 위치한 여고에 다녔고, 지금은 성 북쪽 지구에 산다. 돌이켜 보면 내 인생도 성산의 주위를 빙글빙글 돌고 있는 셈이다. 어쩌면 여기에 갇힌 건지도 모르겠다.

400여 년이나 머리에 성을 이고 살았던 성산에는 이 도시를 지배하는 힘이 있는 듯하다. 그 힘은 산기슭과 너른 들판에 두루두루 퍼져 있다. 밤이 되어 어둠에 녹아든 산 위에서 푸르스름한 조명을 받는 성은 마치 허공에 떠 있는 마왕성 같다. 나는 그리로 끌어당기는 힘에서 벗어나지 못해 넋을 잃고 성을 올려다본다.

---

*   성 주위에 둘러 판 못.

**   해자를 만들 때 파낸 흙을 해자 둘레에 쌓아 올려 만든 언덕. 전술상
     유리한 위치를 수비 쪽에 제공한다.

땅거미 지는 초저녁 · 비사문 언덕

"어딜 가더라도 성산을 빙 돌아가야 하잖아. 그렇게 성가신데도 아무 불편도 못 느끼다니, 그게 바로 이곳 사람들의 기질을 드러내지."

성산이 거리 한복판에 떡하니 자리 잡고 있는 게 얼마나 불편한지 내게 토로한 친구, 히노 리카와는 고등학교에서 만났다. '시노노메다이'라 불리는 성 동쪽 성곽에는 시노노메 신사가 있었다. 나는 그 옆에 위치한 여자 고등학교에 다녔는데, 3년 내내 학교 기숙사에 살았다. 리카와는 1학년 때 한 반인 데다 기숙사 방도 같아서 금세 친해졌다. 2학년 때부터는 1인실이 주어졌지만, 우리는 쭉 단짝 친구였다.

리카는 대도시의 고등학교에서 사소한 문제를 일으켜 퇴학당한 후 지방의 사립 여고로 재입학한 것이었다. 그래서 우리보다 한 살 많았지만, 그런 건 마음에 걸리지 않았다. 밝고 서글서글한 아이였다. '사소한 문제'가 뭔지도 딱히 숨기지 않고 내게 술술 털어놓았는데, 이젠 잊어버렸다. 잊어버린 일이 참 많다.

나는 지금 성산 북쪽, 그야말로 산과 닿을락 말락 한 곳에 자리한 낡은 목조 연립주택 셋방에 살고 있다.

성 북쪽 지역은 교육 지구라 불릴 만큼 학교가 많다. 동시에 절도 많다. 성 자체는 남쪽을 정면으로 두고 세워졌다. 성 뒤쪽이라는 인상이 강한 성 북쪽 지구는 차분하고 조용한 분위기다. 내가 사는 셋방 '가쓰야마장'은 이미 철거가 결정됐다. '가쓰야마'란 이 성산의 옛 이름으로, 성을 지을 때 성주가 가쓰야마에서 운수가 트이는 '마쓰야마'로 이름을 바꾸었다고 한다.

연립주택은 성산의 나무들이 지붕 위를 가릴 만큼 성산에 딱 붙어 있어 아주 고즈적하니 사람들의 기억에서 까맣게 잊힌 느낌을 풍긴다. 콘크리트 기와 위에는 세월이 흐르며 퇴적된 마른 잎이 고스란히 쌓였고, 홈통 속도 낙엽으로 꽉차 제 역할을 못 한다. 참으로 누추하기 짝이 없는 집이다.

큰길에서 벗어나 있어 이 앞으로 지나다니는 사람도 별로 없다. 하지만 학생용 원룸이 근처에 있는지라 성 북쪽 지구의 대학교에 다니는 여학생이 웃거나 이야기를 나누며 가끔 지나간다. 나와 나이 차이가 그다지 나지 않는 그녀들을 나는 창문 안쪽에서 가만히 바라본다.

내 방은 셋으로 구분된 연립주택의 제일 서쪽이고, 한가운데에는 도가와 씨라는 중년 여자가 산다. 도가와 씨와는 자주 이야기를 나누고, 가끔 함께 산책도 나간다. 동쪽 방에는 늙은 남자가 혼자 산다고 도가와 씨에게 들었지만, 나는 본 적이 없다. 도가와 씨 말에 따르면 그 사람은 이 지구의 한 대학에서 청소부로 일한다고 한다.

"그 사람, 이상해. 집 안에서 벌레를 기른다니까."

도가와 씨가 그렇게 불평한 적이 있다. 무슨 벌레인지는 모르는 모양이다.

도가와 씨가 밖으로 나와서 녹슨 우편함에 처박힌 광고지를 투덜대며 정리했다. 나도 그렇지만, 동쪽 방에 사는 남자도 우편함을 확인하지 않는 듯 잡다한 우편물이 우편함에 가득하다. 비바람을 맞고 햇빛에 변색돼도 내버려두므로 이렇게 가끔 도가와 씨가 모아서 버려준다.

도가와 씨는 귀가 안 좋다. 몇 년 전에 큰 사고를 당해 청력이 나빠졌다며 늘 보청기를 끼고 다닌다. 하지만 그 보청기도 상태가 안 좋은지 이상한 소리가 들린다고 푸념했다.

"게가 귓속을 기어 다니는 것 같아."

그래서 도가와 씨는 나와 이야기를 하다가도 갑자기 인상을 찌푸리고는 한다. 그때는 게가 귓속을 기어 다니고 있는 거라 생각하고 잠시 입을 다문 채 기다린다. 이제 내 이야기를 들어주는 사람은 도가와 씨밖에 없다. 그래서 참을성 있게 기다린다.

우리는 저녁이나 밤에 자주 산책을 나가서 이 성 북쪽 지구를 빙글빙글 걷는다. 나는 파랗고 얇은 베일이 한 장 한 장 겹쳐지는 듯한 초저녁 시간을 좋아한다. 나는 성산에도 자주 올라간다. 같이 가자고 도가와 씨에게도 얘기하지만 예전에 개복수술을 받아서 힘든지 산길은 싫다며 따라오지 않는다. 내가 애용하는 길은 고마치구치 등산로다. 여기는 성산의 네 등산로 중에서도 가장 인적이 드물다. 교통편이 안좋고 성 뒤쪽에 해당하는 이누이몬에 연결되어서인지 이용하는 관광객도 거의 없다. 양쪽으로 울창한 삼림이 이어져 자연을 누리며 조용히 산책하기에 좋은 길이다.

"얘도 참, 무섭지도 않니?"

낮에도 어두침침한 그 길을 두고 도가와 씨는 그렇게 말했다.

"난 학교 다닐 때도 자주 성산을 돌아다녀서 어디가 어떻게 되어 있는지 잘 알아."

나는 새침하게 대답했다.

고등학교가 있는 동쪽 성곽은 본성의 동쪽 산기슭에 조금 튀어나온 형태로 지어져 있었다. 학교 정문 언저리에는 성문터의 경사가 완만한 석벽이 남아 있고, 학교 건물이 산의 품에 안기듯 제각각 세워져 있다. 상록활엽수가 펼쳐진 성산의 자연 경관을 가까이에서 만끽할 수 있는 구조다. 이끼 낀 석벽, 습기 찬 웅달, 나무로 만든 낡은 학교 건물이 조금 으스스하게 느껴질 때도 있었다.

해자 안쪽 구역에는 일찍이 육군 보병 제22연대가 주둔했는데, 그중 세 번째 성곽터에 있던 '오키쿠 우물'에는 어전 시녀였던 오키쿠가 봄을 넌졌다는 전설이 있다. 오키쿠의 유령을 보고 군인들이 벌벌 떨었다는 이야기도 상급생에게서 하급생에게로 전해졌다.

학교 마크가 세잎클로버 모양이라 여고 기숙사에는 '토끼풀 하우스'라는 이름이 붙었다. 토끼풀 하우스는 시노노메다이에서도 돌계단을 몇 개 더 올라가야 하기에 그야말로 숲속이라 할 만했다. 지금 생각하면 이상하지만 학교 부지와 성산의 숲에는 명확한 경계선이 없었다. 철망 펜스를 설치해둔 곳도 있었지만, 그건 경계선이라기보다는 지금도 더 넓어지고 있는 숲의 영역이 학교로 침입하지 않게끔 막아둔 장치처럼 여겨졌다.

개신교 교의를 바탕으로 한 학교라 교회는 물론 성산 숲속에 예배소도 있어, 거기서 아침 예배를 드리고는 했다. 예배소는 제법 긴 돌계단을 올라가면 나오는 숲을 깎아내고 돌로 만든 벤치를 늘어놓은 곳이었다. 거기 앉으면 과연 여기가 교내인지 성산의 숲속인지 알쏭달쏭한 감각에 사로잡혔다. 학교가 그런 구조이다 보니 나는 그 무렵부터 자주 성산을 돌아다녔다. 토끼풀 하우스 뒤편으로도 숲에 들어갈 수 있었고, 예배소 안쪽에서도 들어가기 수월했다.

원래 이 산은 민둥산에 나무를 심거나 씨앗을 뿌려 만든 인공 산이라고 역사 선생님이 수업 시간에 이야기해주었다. 수상한 자들의 침입을 막기 위해 늘 관목과 풀을 쳐내 시야를 확보했으며 종횡으로 순찰로도 만들었다고 한다. 산속에는 그 길의 자취가 남아 있었다. 현재 알려진 등산로 네 곳과는 별개의 길이었다.

리카와 함께 탐험하는 기분으로 성산에 가기도 했지만, 리카는 동아리 활동이 바빠 나 혼자 산속을 돌아다닐 때가 더 많았다. 내 일상을 눈치챈 사감이 "위험하니까 그만두렴" 하고 한 번 주의를 주었지만, 나는 몰래 산책하는 즐거움을 맛보았다.

겨울에서 봄에 걸쳐 나무에 움이 돋는 모습과 숲 바닥에 푸름을 더하는 고야빗자루*의 작은 잎, 산의 표면에 들러붙

---

* 국화과 낙엽관목. 고야산에서 이 나무의 가지를 잘라 빗자루를 만든다고 해서 붙여진 이름이다.

듯이 피어나는 흰민들레와 낚시제비꽃. 장마가 끝난 후 숨이 턱 막힐 만큼 듬뿍 피어오르는 녹음의 냄새와 진한 공기. 귀가 멀어버릴 만큼 요란한 매미 소리. 나뭇잎이 떨어지기 시작한 숲속에서 들리는 때까치의 날카로운 울음소리.

그러한 것들 하나하나가 내 마음을 위로해주었다.

"교코는 사람을 싫어하는구나."

리카는 자기 말고 친한 친구도 없이 산속만 돌아다니는 나를 보고 그렇게 말했다. 어쩌면 긴 연휴가 시작돼도 집에 돌아가고 싶어 하지 않는 내 기분을 민감하게 알아챘는지도 모르겠다.

나는 친아버지에 대한 기억이 없다. 어머니는 세 살도 되지 않은 나를 데리고 다른 남자에게로 달아났다. 내가 '아버지'라고 믿었던 사람은 이 당시 어머니의 내연남으로, 그와는 7년 반 동안 같이 살았다. 그때 살던 집이 성산의 남쪽 하천 옆이었다. 내게 아버지와 고향의 이미지는 저 멀리 성산이 보이는 그곳에 남아 있다. 그에게 가정이 있어서 결국 혼인신고를 하지 못했다는 건 아주 나중에야 알았다.

드디어 서로 이혼이 성립됐나 싶자 어머니는 느닷없이 그 남자의 곁을 떠났다. 얼마 지나지 않아 또 다른 남자가 아버지의 자리를 꿰찼다. 어머니는 이 남자와는 혼인신고를 했지만 나는 한 번도 '아버지'라고 부르지 않았다. 예민한 시기에 접어들었던 것이다. 새아버지와 어머니 사이에는 다툼이 끊이지 않았다. 아니나 다를까 어머니는 2년도 지나지 않아 이혼했다.

일반적으로 말하자면 어머니는 몸가짐이 바르지 못한 여자에 해당하리라. 하지만 특별히 예쁘거나 화사하지는 않다. 평소에는 평범함을 그림으로 그린 듯한 사람이었다. 그러나 일단 남자에게 홀딱 반하면 다른 일은 안중에도 없었다. 바람기가 많고 탐욕스러웠다. 감정에 솔직하고 부끄러운 줄 몰랐다. 남자를 독차지하지 못하면 미친 듯이 집착했다. 한편으로 손에 들어온 남자와는 삐걱거렸다. 자신의 생각을 밀어붙이고 상대를 가지고 놀았다.

자식에게도 비슷하게 대했다. 내 응석을 한껏 받아주는가 싶다가도 며칠이나 방치해두었다. 보다 못한 할머니, 즉 어머니의 어머니가 와서 나를 돌봐주었다.

"네 엄마는 남자를 잡아먹는 팔자야." 남자같이 괄괄한 성격에 생선 행상을 하던 할머니는 말에 거침이 없었다. 아직 나이 어린 손녀 앞에서 친딸을 욕했다. 어쩌면 내가 똑같은 인간이 되지 않도록 못을 박아두고 싶었는지도 모르겠다.

어머니의 상대가 바뀔 때마다 확확 달라지는 환경과 어머니의 변덕 때문에 나는 피폐해지고 망가져갔다. 나는 두 번째 아버지가 그리웠다. 그는 어머니 내면의 마성을 제어할 수 있는 유일한 남자였다. 잡아떼듯 빼앗긴 '아버지'와 강 옆의 평온한 삶은 두 번 다시 돌아오지 않았다.

고등학교에 진학하자 어머니와 결별했고, 지역 출신이지만 기숙사에서 생활하게 됐다. 그래서 생활이 안정됐느냐 하면 정반대였다. 나는 심적으로 균형을 잘 잡지 못해 정서 불안에 빠졌다. 자신과 남 사이의 거리감을 몰랐다. 그런 까닭에 리카 말고는 친구를 사귀지 못했다. 어쨌거나 그때 나는 아직 10대 중반이었으니까.

"교코는 사람을 싫어하는구나."

2학년이 됐을 때 리카는 또 그렇게 말했다. 미술실에서 리카가 나를 앞에 앉히고 데생을 하던 중이었다. 리카는 미술부에 들어가서 그림만 그렸다.

분명 전교 예배 중에 내가 갑자기 엉엉 울음을 터뜨린 날이었다. 가끔 그렇게 별난 행동을 되풀이했기에 나는 '더럽게 위험한 년'이나 '정신 나간 년'으로 불렸다. 리카는 누가 뭐라고 하든 아무렇지 않게 나를 대해주었다. 그런 점은 무척 어른스러워 보였다. 리카는 나와 스케치북을 교대로 보며 손을 막힘없이 움직였다. 우리는 한동안 말없이 4B 연필로 종이를 쓱쓱 문지르는 소리를 들었다.

"나랑 같이 다니면 괴짜 취급받을 거야, 리카."

"우리 학교에 괴짜는 특가로 팔아 치울 만큼 널렸는걸!"

리카는 아주 우습다는 듯이 대답했다. 정곡을 찌르는 견해였다. 이성의 눈길이 없는 데다 교풍도 자유로워서인지 우리 학교에는 개성적인 학생들이 수두룩했다.

"시노우라 지아키 말이야."

리카는 고개를 숙인 채 자기 반 학생 이름을 꺼냈다. 2학년이 되자 학습 과목 때문에 우리는 반이 갈렸다.

"걔, 죽은 사람이 보인대!"

리카는 자기가 말해놓고 웃음을 터뜨렸다. 나는 시노우라 지아키를 떠올렸다. 땅딸막한 몸매에 옷차림에도 관심이 없고, 수업 중에도 어쩐지 맹해 보이는 아이였다. 늘 자기 발치를 바라보듯 몸을 구부린 채 학교 복도를 걷던 지아키의 모습은 지금도 똑똑히 기억난다.

"우물 속에서 기어 나오는 오키쿠라도 봤는지 모르지."

리카는 스케치북을 탁 덮고 연필을 집어넣었다. 그때 그린 데생은 결국 보지 못했다. 그건 어떻게 됐을까.

우리는 함께 언덕길을 내려가 뒷문을 나섰다. 얼마 전에 학교 아랫길 옆에 생긴 아이스크림 가게는 우리 학교 학생들로 붐볐다. 나는 늘 초콜릿, 리카는 딸기 소프트크림을 먹었다. 학교 아랫길은 시노노메 신사를 향해 완만하게 올라가는 모양새였다. 축성할 때 성의 북동쪽, 즉 간방* 방향에 비사문천을 안치해 성의 수호신으로 삼았다는 이야기가 전해 내려오는데, 그 때문에 이 완만한 언덕은 비사문 언덕이라고 불렸다.

한발 앞서 밖으로 나와 리카를 기다리는데 갑자기 뭔가가 등에 쾅 부딪혔다. 초콜릿 소프트크림이 포장길에 찰싹 떨어지는 걸 나는 남의 일처럼 바라보았다.

"이봐요! 무슨 짓이에요!"

리카가 소리 높여 따지고 나섰다. 대학생으로 보이는 남자가 친구와 이야기에 푹 빠진 채 비사문 언덕을 내려오다 내게 부딪쳤다는 걸 그제야 깨달았다.

"물어내요." 리카가 닦달하자 대학생은 허겁지겁 뒷주머니에서 지갑을 꺼냈다.

"미안해. 얼마지?"

"됐어요." 내가 거절하는데도 대학생은 500엔짜리 동전을 쥐어주었다.

"이거, 너무 많은데요."

"그게, 어, 옷도 버렸으니까."

자세히 보니 교복 앞에 초콜릿 얼룩이 약간 묻어 있었다. 리카가 받아두라는 듯 눈짓하며 혀로 딸기 소프트크림을 한

*   정북과 정동 사이의 중간 방향. 귀문에 해당되어 꺼리는 방향이다.

입 핥아 먹었다. 대학생은 "미안" 하고 한 번 더 말하고 재빨리 물러갔다. 나는 하는 수 없이 가게로 돌아가 소프트크림을 다시 샀다.

가게 앞 벤치에 앉아 비사문 언덕을 보았다. 아까 그 대학생과 그의 친구는 우리 학교 정문을 지나쳐서 계속 내려갔다. 아이스크림 가게 앞에 우글대던 1학년들이 가고 나자, 땅바닥에 떨어진 작은 카드가 눈에 들어왔다.

"아, 이거 그 사람 학생증인가 봐."

자기가 주워놓고 리카는 흥미 없다는 듯이 내게 넘겨주었다.

"어쩌지? 학교에 갖다줄까?"

대학생은 이미 사라지고 없었다. 나는 '미즈구치 류헤이'라는 이름과 작은 사진을 번갈아 보았다. 투명한 카드 케이스의 뒷면에는 영국의 2펜스짜리 동전이 하나 들어 있었다. 뒤에는 왕관이 앞에는 엘리자베스 여왕의 옆얼굴이 새겨진 오래된 동전이었다.

"귀찮으니까 그냥 버려. 재발급 받겠지 뭐."

리카는 통명스럽게 대답했다. 리카는 만사에 연연하지 않는다고 할까, 무뚝뚝한 성격이었다. 미대에 진학해 화가가 되고 싶다고 했는데, 실제로 됐는지 모르겠다.

도가와 씨가 창밖을 천천히 지나갔다.

저녁 산책을 나서는 참이다. 나도 방을 나서서 나란히 걸었다. 도가와 씨는 나를 힐끔 보더니 묵묵히 걸음을 옮겼다. 그녀는 의사에게 혈압이 높으니 운동을 하라는 충고를 받았다고 한다.

"아아, 이제 가을이네." 도가와 씨는 성산 쪽을 보고 말했다.

"그러게."

상록활엽수가 많다 보니 성산이 전부 단풍으로 물들지는 않는다. 하지만 붉나무와 개옻나무가 붉은색과 노란색으로 변하기 시작했다. 산기슭과 탁 트인 곳에는 참싸리꽃이 활짝 피었다. 이런 시기에 등산로를 올라가면 새비나무에는 보라색 열매가, 두약에는 빨간색, 나도생강에는 자청색 열매가 맺혔을 것이다. 숲속에서는 작은 새들이 그러한 열매를 찾아 바쁘게 이리저리 오간다.

그리고 무엇보다 길가에는 도토리가 잔뜩 떨어졌다. 졸참나무, 종가시나무, 참나무, 굴참나무. 각각 모양이 조금씩 다른 도토리가 여기저기 떨어진 걸 보면, 어린아이도 아니면서 마냥 줍고 싶어진다. 그래서 도토리를 주워서 돌아가 방에 쌓아놓는다.

"도가와 씨는 왜 남편이랑 같이 안 살아?"

전부터 궁금했던 점을 물어보았다. 도가와 씨는 기혼자인데도 가쓰야마장에 혼자 산다. 즉, 남편과는 별거 중이다.

"그야 그 사람이 다른 여자랑 살림을 차렸으니까."

"그럼 왜 이혼 안 하는데?"

도가와 씨가 귀에 낀 보청기를 짜증스럽게 만지작거렸다. 또 상태가 안 좋아졌는지도 모르겠다.

"그야 뭐, 돈 문제지. 대개 이런 일에는 돈이 얽혀 있는 법이야."

젊은 나를 약간 얕잡아보는 듯한 말투였다.

"목돈이랍시고 받아서 이혼 서류에 도장 찍어본들, 그런 건 금방 없어지잖아? 내가 본처 자리를 꿰차고 있으니까 다달이 생활비가 들어오는 거라고."

'본처'라는 말을 조금 자랑스럽게 강조했다.

아무리 불륜을 저지르고 있다고 해도, 평생 이렇게 도가와 씨를 뒷바라지하기에는 남편 입장에서도 부담이 아닐까 싶었다. 어쩌면 도가와 씨의 귀가 안 좋아진 원인을 남편이 제공했는지도 모른다.

전에 들었던 것 같은데 잊어버렸다. 나는 이렇듯 여러 가지를 잊어간다. 그러니 아마도 도가와 씨에게 같은 질문을 몇 번이고 되풀이하는 것이 아닐까. 그래서 도가와 씨가 짜증을 내는 건지도 모르겠다.

"너야말로 왜 혼자 있는 거야?"

도가와 씨가 도리어 되물었다.

"나는 사람을 싫어해."

옛날에 리카에게 들었던 말을 해보았다. 도가와 씨는 "흥" 하고 코웃음 치고 넘어갔다.

비사문 언덕으로 이어지는 길에 접어들었다. 그 아이스크림 가게는 이제 없다. 여고는 아직 있지만 교복은 바뀌었다. 짙은 녹색 재킷에 세련된 학교 마크가 달렸다. 옛날처럼 마냥 여성스러운 느낌이 아니다. 교문을 나선 학생들이 언덕을 줄줄이 올라왔다. 도가와 씨와 나는 멈춰 서서 학생들을 먼저 보냈다.

그리고 우리는 길을 가로질러 주택가 안쪽으로 똑바로 걸었다. 비사문 언덕이 멀어진다. 일부러 좁은 길을 골라서 가는 도가와 씨를 따라갔다. 칙칙한 오렌지색 지붕의 양옥집이 보였다. 넓은 부지에는 풀이 무성했고 처마도 기울었다. 빈집이 된 지 오래된 모양이다. 정원 한복판에 커다란 나무가 서 있다. 하얀 꽃과 빨간 꽃이 함께 달렸다.

"저건 취부용이라는 꽃이야."

물어보지도 않았는데 도가와 씨가 거들먹거리며 설명했다. 나는 어쩐지 마음이 괴로워져 재빨리 집 앞을 지나쳤다.

"왜 저 나무만 저렇게 큰 걸까. 마치 저것만 특별한 양분을 빨아들이는 것 같잖아."

도가와 씨는 늘 구부정한 등을 쭉 펴서 담 너머를 들여다보았다. 이미 훨씬 앞서 걷던 나는 옆집에 심긴 금목서의 달콤한 냄새를 가슴 가득 들이마셨다.

나는…… 취부용을 좋아하지 않는다.

겁 많은 내가 미즈구치 류헤이와 사귄 건 기적에 가깝다. '기적'이라고 표현한 건 리카였지만. 우연히 비사문 언덕에서 또 마주쳐 학생증을 돌려준 게 계기였다. 그때 그는 잃어버린 학생증을 찾는 낌새가 역력했다. 나는 그만 리카의 충고를 무시하고 말을 걸었다. 류헤이는 학생증보다도 케이스에 든 2펜스짜리 동전이 무사히 돌아온 걸 진심으로 기뻐했다. 아주 소중한 물건인 것이리라.

그 때문에 류헤이는 내게 필요 이상으로 고마워했다. 사례로 밥을 사겠다는 제안을 계속 거절하다 결국 떠밀리듯 승낙하고 말았다. 그 후로 우리는 함께 영화를 보거나 대학 야구를 응원하러 가거나 했다. 목적도 없이 해자 안쪽 구역과 상점가를 돌아다니기도 했다. 아버지가 병으로 일을 못하는 듯 류헤이는 부지런히 아르바이트를 해서 생활비를 벌었다. 우리는 알뜰살뜰하게 데이트를 했다.

"야호!! 마침내 아이하라 교코가 남자 사람을 좋아하게 됐어!"

리카는 깃털 펜 두 개를 머리 위로 쳐들고 인디언처럼 내 주위에서 신나게 춤췄다.

류헤이는 내성적이고 상냥한 남자였다. 집안 사정이 복잡한 것 같았지만, 자세하게는 묻지 않았다. 유유상종이라더니, 아무래도 우리 둘 다 가족에게 사랑받지 못하고 살아온 모양이었다. 서로 몸에 밴 냄새가 비슷해 그와 함께 있으면 오랜 세월 나를 지키기 위해 덧대온 갑옷이 조금씩 벗겨지는 듯한 기분이 들었다. 격정에 휩싸여 활활 타오른 어머니의 사랑과는 달리 평온하고 보드라운 사랑이었다.

사랑―그렇다. 나는 그게 사랑이라 믿었다.

어떤 특정한 사람에게 소중한 존재가 된다는 것에 나는 취했다.

고등학교 2학년 초여름부터 이듬해 봄까지 우리는 그렇게 계절을 함께했다. 버려진 형제 강아지가 빗속에서 서로 다가붙듯이 우리는 서로 온기를 나누었다.

류헤이와 함께 있으면 불현듯 불안에 휩싸이지도, 내 감정에 휘둘려 안절부절못하지도 않았다. 어느 겨울날 오후, 우리는 아주 자연스럽게 처음으로 몸을 섞었다. 류헤이는 나를 원했고, 나는 그가 나를 원한다는 데 만족했다.

풋내 나는 사랑의 성취를 바라고 우리는 결혼까지 약속했다. 류헤이의 좁은 연립주택 방에서 살을 맞대고 그의 냄새에 감싸인 채 우리는 소곤소곤 장래를 이야기했다.

"나는 여기서 취직할 거야. 교코가 대학을 졸업할 때까지 기다릴게." 류헤이가 내 어깨에 대고 속삭였다.

하지만 나는 결국 고등학교조차 졸업하지 못했다.

집주인이 옆방 도가와 씨를 찾아왔다.

집주인은 도가와 씨의 귀가 안 좋은 걸 특히나 더 의식해 큰 소리로 말하므로 내 방까지 다 들렸다.

"저기, 몇 번이나 말하지만 내년 봄에 이 집을 철거할 거야."

70대인 집주인 모리오카 씨는 나가려는 낌새가 일절 없는 도가와 씨 때문에 걱정이다. 도가와 씨가 앞으로 어떻게 살아갈지가 아니라 내년 봄이 되기 전에 방을 비워줄지 말지가. 모리오카 씨는 요 앞 헤이와 길이라는 큰길에서 약국을 하는데, 거기를 아들 부부에게 물려주고 자신들은 여기에 새집을 지어 은거하려는 계획이다.

도가와 씨는 그런 설명을 듣고도 이사할 곳을 찾기는커녕 세월아 네월아 눌러앉아 있기 때문에 모리오카 씨는 안달복달 조바심을 태우고 있다. 남편에게 다달이 생활비를 얼마나 받는지는 모르지만, 이렇게 낡고 불편한 셋방에 살 정도니까 그렇게 넉넉하지는 않으리라. 중병을 앓은 뒤로 몸 상태가 좋지 못해 병원에도 자주 다니는 모양이니 병원비도 만만치 않다. 도가와 씨도 도가와 씨 나름대로 생활을 꾸려 나가기에 애먹는 것이다.

"저기, 요전에 내가 소개해준 집은 보러 갔어?"

모리오카 씨가 젊은이 같은 말투로 말했다.

"거기는 꽝이요." 도가와 씨는 쌀쌀맞게 대답했다.

"왜? 방세도 여기랑 별 차이 없을 텐데?"

"하지만 전철 선로 바로 옆이잖아요. 시끄러워 죽겠더라고요."

모리오카 씨가 잠잠해졌다. 아마 한숨을 쉬었을 것이다. 속으로는 '귀도 어두운 사람이 시끄럽고 나발이고 뭔 상관이람' 하고 중얼거렸을지도 모르겠다.

"어느 정도는 참아야지." 마음을 가다듬었는지 모리오카 씨가 다시 큰 소리로 말했다. "선로 옆이니까 방세가 그렇게 싼 거야."

도가와 씨가 그 집을 보러 갈 때 나도 따라갔다. 가쓰야마 장에서 걸어서 20분쯤 걸리는 곳이었다. 덜컹거리며 성산을 한 바퀴 도는 노면전철의 선로 바로 옆이다. 노면전철은 속도가 그렇게 빠르지 않아서인지 집들의 처마를 스칠 듯이 지나간다. 그 2층짜리 목조 연립주택도 뒤편 건조대에 널어둔 빨래가 선로 위로 튀어나가지 않을까 싶을 만큼 가깝게 느껴졌다.

도가와 씨는 입을 삐뚜름하게 다물고 냉큼 그 연립주택을 뒤로했다. 거기가 마음에 안 든다는 건 바로 알았다. 돌아오는 길에 헤이와 길을 지났다. 모리오카 씨네 약국에 접어들었다. 폭이 좁은 조그마한 약국으로, 뒤편에 살림집이 딸려 있었다. 담 너머로 유리문 건너편이 흘끗 보였다. 모리오카 씨의 부인이 휠체어에 앉아 정원을 보고 있었다.

부인은 20여 년 전부터 하반신을 못 썼다고 한다. 모리오카 씨는 부인을 간병하며 약국을 운영해왔는데, 이번에 가쓰야마장을 허물고 장애인 편의 주택을 지어 이사하려는 것이다.

"집주인 할아버지도 힘들겠어."

"부인이 저러니까 보험금을 듬뿍 받았을 거야."

도가와 씨가 '보험금'이라는 부분을 특히 강조하며 노골적으로 말했다. 어떤 일에든 둔한 도가와 씨지만 돈과 관련된 부분에는 날카롭다.

"그럼, 어쨌거나 알아서 이사할 곳을 찾아보도록 해."

모리오카 씨가 약간 화난 어조로 말했다. 도가와 씨의 목소리는 들리지 않았다.

나는 활짝 열린 문 앞, 현관 마루에 앉아 밖을 보았다. 문 건너편 길을 나비가 팔랑팔랑 날아갔다. 오렌지색 날개에 검은색과 흰색 무늬가 들어갔다.

"어허, 가을 나비로군."

취미로 시조를 배우는 모리오카 씨가 "날개가 지쳐, 땅에 내려앉누나, 가을 나비여" 하고 누군가의 시조 한 구절을 읊었다.

가을 나비는 바람에 휘날리듯 힘없이 어딘가로 날아가 버렸다.

고마치구치 등산로에는 군데군데 길가에 돌기둥이 서 있다. 번호가 매겨져 있지만 어디에 쓰는 기둥인지는 모르겠다. 이 등산로는 북향이라 한낮에도 어스름하다.

하지만 겨울이 되면 팽나무, 푸조나무, 굴참나무, 멀구슬나무 등이 죄다 낙엽 져서 오히려 밝아진다. 작은 새를 쉽게 볼 수 있다는 것도 겨울에 이 등산로를 거니는 즐거움 중 하나다. 오목눈이, 동박새, 박새, 곤줄박이 등이 뒤섞여 숲속에서 먹이를 먹는다. 그런 무리들과 마주치면 걸음을 멈추고 하염없이 올려다본다.

예쁜 열매가 많이 열리는 붓순나무 주변에서는 직박구리가 피요, 피요 울면서 날아다니고, 마른 잡초 속에 갈색 계요등 열매가 떨어져 있으면 배 부분이 오렌지색으로 예쁜 딱새도 볼 수 있다.

만나면서 느꼈던 것처럼 류헤이와 나는 아주 비슷했다.

류헤이도 어쩐지 무른 구석이 있었다. 감정이 한번 울컥하면 한꺼번에 우르르 부서질 듯 위태로운 면도 있었다. 그의 내면에서 나와 똑같은 냄새를 맡으면 점점 짜증이 치밀어 올랐다. 그런 면에 서로 끌렸으면서, 류헤이의 유약함을 용납할 수 없었던 것이다. 나는 다시 성산을 배회하기 시작했다.

류헤이는 따라오지 않았다. 그걸 내 취미 중 하나쯤으로 받아들였으리라. 하지만 류헤이는 그러지 말았어야 했다. 나를 단단히 지켜봤어야 했다. 아무리 친밀해져도 내 안에는 그가 모르는 작고 차가운 조각이 있었는데.

그해 겨울, 나는 성산에서 만나고 말았다. 그 남자를……

고등학교 3학년을 코앞에 둔 2월이었다. 고마치구치 등산로를 내려가는데 쌍안경으로 들새를 관찰하는 사람이 보였다. 1년 내내 그런 사람이 눈에 띄지만, 겨울에는 특히 더 많다. 큼지막한 망원 렌즈가 달린 카메라로 새를 촬영하는 애호가도 있다. 나는 그 사람 옆을 조심스레 지나치려 했다. 마흔 살쯤 된 남자였다.

"아이하라 아니야?"

쌍안경을 눈에서 뗀 남자를 빤히 쳐다보았다. 중학교 시절 담임 선생님이라는 걸 겨우 알아보았다. 나는 나직한 목소리로 인사했다. 고등학교에 들어갈 때 왜 집에서 다닐 수 있는데 기숙사에 들어가느냐고 의아해했던 터라 선생님은 우리 집 사정을 조금 알았다. 어머니는 그 당시 또 새 남자와 동거 중이었다.

"학교생활은 좀 어때? 올해 3학년 올라가지?"

아리타라는 이름의 중학교 교사는 예전 담임다운 질문을 꺼냈다. 헤어진 두 번째 아버지와 닮았다는 생각이 문득 들었다. 담임일 때는 한 번도 그런 느낌을 못 받았건만.

"선생님 댁이 이 근처세요?"

딱히 흥미는 없었지만 달리 할 이야기도 없어 물어보았다. 그는 북쪽 방향을 가리켰다. 몇 년 전에 집을 지어 가족 셋이 이사 왔다고 했다. 다만 아들은 다른 도시의 통합 중고교에서 기숙사 생활을 한다는 모양이다. 입학하기 힘들다고 소문난 명문 사립학교다.

"성산은 오르면서 운동하기 딱 좋거든. 시간 있으면 가끔 와."

이 산에는 생각 외로 들새가 많이 산다고 기쁜 듯이 말했다. 선생님은 이과 담당이었다는 게 떠올랐다. 우리는 함께 산길을 내려갔다. 아리타는 머리 위의 나뭇가지를 가리키며 작은 새의 이름을 일일이 가르쳐주었다. 쌍안경으로 확인한 후, 나에게도 쌍안경을 넘겨주고 봐보라고 재촉했다. 나는 그의 체온이 남은 쌍안경을 눈에 대고 지저귀거나 나무 열매를 쪼아 먹는 작은 새를 관찰했다.

진짜 아버지라고 믿었던 남자와 강둑을 걸었던 게 생각났다. 그도 이렇게 꽃이나 곤충의 이름을 알려줬었다는 생각을 하자 가슴속에 잔물결이 일었다. 지금도 식물이나 작은 새의 이름이 술술 나오는 건 '아버지' 덕분이다.

그 남자가 아버지가 아니라 어머니의 내연남이라는 사실을 알았을 때 느낀 상실감과, 내가 딸임을 전면 부정당한 듯한 충격을 산속에서 또 경험하고 말았다. 한동안 잊고 지냈던 감정의 파도가 나를 덮쳤다. 산을 내려가는 발걸음에 맞춰 눈물이 금세 흘러넘쳤다. 내가 멈춰 서서 흐느끼자 아리타가 몇 발짝 앞에서 걸음을 멈추고 묵묵히 바라보았다.

왜냐고 묻지도, 허둥지둥 당황하지도 않고 그저 내가 진정되기를 기다려주었다. 내가 울음을 멈추고 걸음을 옮기자 가만히 등을 돌리고 앞서갔다.

그 후로도 가끔 아리타와 등산로에서 마주쳤다. 그가 대개 토요일 오후에 들새를 관찰하러 온다는 걸 알고 나서는 그 시간에 맞춰 고마치구치 등산로를 올랐다. 내가 매번 기다린다는 걸 눈치챘겠지만 그는 아무 말도 하지 않았다. 우리는 조용히 겨울에서 봄으로 바뀌어가는 산속에서 작은 새들을 관찰했다. 나는 아기 새처럼 아리타를 뒤따라 걸었다. 남들 눈에도 교사와 제자로밖에 보이지 않았으리라. 아니면 아버지와 딸로 보였을지도 모르겠다.

아리타는 내 어머니의 행실이 분방하다는 걸 알고 있었으므로 내가 그에게서 아버지를 찾고 있다고 여겼으리라. 내생각도 그랬다. 아리타와 재회했을 때 두 번째 아버지가 떠올랐기 때문이기도 하다. 내 인생에서 가장 행복했던 나날, 아버지와 어머니가 있고, 어머니도 어머니다웠던 시기가 강옆에서 살던 바로 그 시절이었으니까.

그 옛날에 영원히 상실한 부성을 아리타에게서 찾고 있는거라 믿었다.

하지만 아니었다.

3학년에 올라가자 반 배정을 다시 했다. 리카와는 또 반이갈렸지만, 시노우라 지아키와는 한 반이었다. 어느 그룹에도 속하지 않은 나와 지아키는 교실 끄트머리와 끄트머리에외따로 앉을 때가 많았다. 분명 반 아이들은 "괴짜끼리 따로노네" 하고 수군댔을 게 뻔하다.

나는 따분해서 지아키를 관찰했다. 지아키는 두툼한 외까풀 눈으로 교실 베란다나 학교에 인접한 성산의 나무숲 등을 멍하니 바라보았다. 가끔 지아키는 깜짝 놀란 것처럼 눈을 부릅뜨고는 했다. 뭔가를 눈으로 좇는 듯 보일 때도 있었다. 어쩌면 이미 이 세상에 없는 누군가가 보이는 걸지도 모른다고 한순간 상상했지만, 어처구니가 없어서 굳이 물어보지는 않았다.

우리가 반에서 고립되든 지아키가 죽은 자를 보든, 그런 건 아무래도 상관없었다. 내 안에서는 아리타의 존재가 점점 더 커져갔다. 그래도 나는 변함없이 류헤이와 만나 수다를 떨거나 영화를 보거나 그의 방에서 육체관계를 맺고는 했다. 아리타에 대해서는 류헤이에게도 금방 밝혔다. 중학교 때 담임이었던 중년 교사와 성산에서 들새를 관찰했다는 이야기가 그에게는 딱히 인상에 남지 않는 모양이었다.

아리타와 나는 약속도 하지 않았건만 매주 토요일마다 등산로에서 만났다. 처음 한동안은 아리타도 한 달에 한두 번 성산에 왔으니까, 나를 의식하기는 한 것이리라. 아마 그때는 아직 내버려둘 수 없는 예전 제자로서.

얼마 지나지 않아 아리타가 내게 작은 쌍안경을 주더니 들새를 관찰할 때 사용하라고 했다. "쓰던 거라 미안하지만" 하고. 낡은 데다 여기저기 흠집이 생겼지만 초심자용이라 사용하기 간편했다. 들새 관찰을 시작했을 무렵에 쓰던 거라고 했다. 나는 가슴이 두근거렸다. 아리타가 새로 사주는 것보다 훨씬 기뻤다.

그날, 발을 잘못 디뎠을 때 나는 아리타의 손을 슬그머니 잡았다. 아리타는 뿌리치지 않고 잡힌 손에 힘을 주었다. 그의 옆얼굴을 훔쳐보았지만 아무 감정도 서려 있지 않았다. 우리는 쌍안경을 꺼내 보지도 않고 그대로 손을 잡은 채 등산로를 내려왔다.

다음으로 만났을 때 아리타는 일주일 전에 은밀히 마음을 나누었던 건 까맣게 잊어버린 듯 환한 목소리로 말했다.

"다음에 우리 집에 놀러 오지 않을래? 네 동창생도 몇 명 올 거야."

그리고 중학교 때 나와 같은 반이었던 아이들 몇 명의 이름을 꺼냈다. 위험한 감정을 품기 시작한 나를 '제자'라는 범주로 되돌리고자 그 나름대로 고심한 것이다. 그런 모임이 느닷없이 마련될 리가 있겠나 싶어 나는 의기소침해졌다. 중학교를 졸업한 후로 나는 동창생과 단 한 번도 만나지 않았다. 그런데도 나는 "네" 하고 대답했다. 나를 슬며시 거부하려는 아리타에게 오기로라도 반항하고 싶었다. 류헤이와는 이때 마음속으로 결별했다.

다음 주 일요일, 나는 아리타의 집을 방문했다. 토끼풀 하우스에서 걸어서 갈 수 있는 거리였다. 한산한 주택가에 자리한 양옥집이 아리타 부부의 행복을 상징하는 듯 보여 나는 문 앞에서 잠깐 주저했다.

멀리서 버스와 전철을 갈아타고 온 동창생은 남자 두 명과 여자 세 명이었다. 그들은 나를 보자 깜짝 놀란 듯 서로 얼굴을 마주 보았다. 중학생 때도 어둡고 친근하지 않았던 내가 은사의 집을 방문하다니 몹시 의외였던 것이리라. 하지만 고등학교 3학년씩이나 되다 보니 그들도 그러한 속내를 감싸서 숨길 정도의 분별력은 갖추고 있었다.

그날 모임은 별 탈 없이 평온하게 지나갔다. 아리타의 아내는 약간 통통하니 총명해 보이는 사람이었다. 집에는 가족사진이 장식되어 있었다. 분명 그녀는 아들이 멀리 있어 쓸쓸하리라. 그 대신인지도 모르지만 고양이를 기르고 있었다. 비싸 보이는 외국산 고양이였다. 여자애들이 번갈아 안아 들고 귀엽다는 말을 연발했다. 내가 고양이에게 손가락 하나 대려 하지 않자 한 아이가 "교코, 고양이 싫어했던가?" 하고 물었지만 모호하게 웃고 넘어갔다.

고급스러운 잔에 담긴 홍차와 케이크 너머에서 담소를 나누는 아리타만 바라봤다. 나는 딱딱하게 굳은 것처럼 소파에 가만히 앉아 있었다. 무릎 위에 단정하게 모은 두 손을 나도 모르는 사이에 꽉 움켜쥐었다. 아리타는 이 장소에 속해 있다. 차분한 분위기의 아내, 우수한 아들, 고양이, 아름다운 집, 정원수, 가죽 소파, 얇은 도기 잔…… 고상하고 점잖은 것들로 가득한 이곳에. 아무리 단둘이 성산에 있은들 이 사람은 손톱만큼도 내 것이 아니다.

이 남자를 가지고 싶었다.

이유는 없었다. 그저 가지고 싶어서 미칠 것 같았다. 내 몸 속에 있는 뭔가가 그를 원했다. 사랑은 타의적인 것이라고 착각하고 있었다. 하지만 아니었다. 남이 원하는 것이 아니라 내가 원하는 것이 진정한 사랑이다. 나는 아리타를 갈망했다.

그로부터 며칠 후 아리타는 자신의 계획이 실패로 끝났음을 알게 되었다. 나는 더 이상 스스로를 억제할 수 없었다. 유혹한 건 나다. 우리는 성산 기슭에 있는 허름한 모텔로 갔다. 정말로 폐업하기 직전의 모텔이었다. 침대 시트가 눅눅한데도 아랑곳없이 우리는 끌어안고 그 위에 몸을 뉘었다.

나는 메마른 대지가 물을 흡수하듯 아리타를 탐했다. 그리고 내 모든 부분을 그에게 주었다. 숨을 헐떡이며 신음했다. 나는 시뻘건 화염에 휩싸인 귀녀였다. 어머니와 똑같았다. "네 엄마는 남자를 잡아먹는 팔자야." 귓가에 할머니의 목소리가 들렸다. 말 그대로 나는 아리타를 잡아먹었다.

아리타도 몸을 섞자마자 내가 이미 남자를 경험했다는 걸 알아차렸다. 그는 내 안에 어머니의 방종한 피가 흐른다는 걸 꿰뚫어 봤는지도 모르겠다. 나를 예전 제자의 틀에서 꺼내 여자로 승격시켰다. 그가 나를 육욕을 채울 대상으로밖에 보지 않는다는 건 알고 있었다. 고작 열일곱 살짜리 여자애. 그것도 스스로 몸을 바쳤다. 잠깐 재미 좀 보다가 슬며시 헤어질 수 있을 거라고 생각했으리라. 인생의 입구에 선 소녀가 중년 남자에게 진심이었을 줄은 상상도 못 했을 것이다.

그는 내 어머니의 천성도, 하물며 그걸 물려받은 내 정념이 얼마나 강한지도 잘 몰랐다. 그저 육체적으로 연결된다고 끝나는 게 아니었다. 나는 아리타를 철저히 내 것으로 만들어야 직성이 풀릴 것 같았다. 내 정념 때문에 누가 얼마나 상처 입고 손해를 보든 알 바가 아니었다.

진로 결정에 중요한 고등학교 2학년 끝자락부터 3학년 봄까지 나는 아리타를 완전히 손에 넣는 데만 열중했다. 나와 깊은 관계를 맺은 후에도 아리타는 나를 잘 통제할 수 있을 거라 낙관했다. 집에 돌아가겠다고 하자 가지 말라고 떼쓰는 내가 사랑스러워 보이기까지 했을 것이다.

한편 류헤이에게는 헤어지자고 말했다. 스스로에게 거짓말을 할 수 없었기 때문이지만, 류헤이는 받아들일 수 없었으리라. 어떻게 연인의 갑작스러운 변심을 이해하고 받아들일 수 있겠는가. 나도 이걸 말로 잘 바꿔서 설명하기는 어려웠다.

그는 몇 번이나 내게 만나 달라고 사정했다. 기숙사로 전화를 걸고, 아이스크림 가게와 가까운 학교 뒷문에서 기다리기도 했다. 내가 응하지 않자 내 불성실함을 책망하는 편지를 길게 써서 보냈다. 당연하다. 하지만 나는 그조차 무시했다. 류헤이는 술독에 빠졌다. 그렇게 잘 마시지도 못하면서 과음하다 한번은 밤늦게 토끼풀 하우스로 찾아왔다. 혀도 잘 안 돌아갈 만큼 취한 류헤이를 보고 내가 이 남자를 파멸로 몰고 갔다는 것을 깨달았다.

대학교 3학년이지만 구직 활동을 할 형편이 아니었다. 류헤이가 언젠가 이 도시에서 취직하겠다고 말한 게 떠올라 약간 슬퍼졌다.

이게 내 천성이다. 리카도 단호하게 충고했지만 마음을 돌릴 생각은 절대 없었다. 나는 꼭 아리타를 가지고 싶었다. 아리타도 점차 내 광기를 알아차렸다. 내가 몇 번이고 아내와 헤어지라고 닦달했기 때문이다. 나는 그의 등에 살짝 잇자국을 냈다. 내가 남긴 증표를 과연 그의 아내가 알아차릴까……. 그래도 그러지 않고는 배길 수 없었다.

아리타와 어떻게 생활할지는 고민하지 않았다. 그저 그와 함께 살 수만 있으면 그만이었다. 그 남자를 빼앗아 내가 준비한 곳에 데려다놓는 것. 단지 그뿐이다. 나는 일찍이 경멸했던 어머니와 똑같은 짓을 하고 있었다.

그 무렵 어머니는 혼자 살았지만 내게는 집이 여전히 가시방석이어서, 나는 할머니 집에 자주 갔다. 할머니도 어머니와는 별로 왕래가 없는 모양이었다. 자기 어머니와 딸과 소원해져도 어머니는 외로움을 느끼지 않았을 것이다. 어머니는 언제나 사랑하는 이성의 뒷모습만 보았다. 거기서 시선이 벗어나는 일은 없었다.

아리타는 슬슬 내게서 멀어지려 했다. 나는 가만히 두고 보지 않았다. 아리타를 가지기 위해 착한 류헤이를 쓰레기처럼 버렸으니까. 이제 돌이킬 수 없었다.

"이혼은 안 한다고 확 쏘아붙였어."

도가와 씨는 자랑스럽게 가슴을 폈다. 초등학생들이 리코더를 불며 가쓰야마장 앞을 지나갔다. 리코더로 연주하는 〈터키 행진곡〉이 활기차게 들렸다. 누가 실수로 삑, 하고 뒤집어진 소리를 냈다. 도가와 씨는 미간에 주름을 잡고 두 귀를 막았다. 도가와 씨가 입을 다물었기에 나는 활짝 열린 창문으로 맞은편 집 정원에 핀 나팔 모양의 노란색 독말풀 꽃을 바라보았다. 이 꽃에는 독이 있다. 달착지근하니 황홀한 향기를 풍기는데도.

요즘 화창한 날씨가 이어져 지내기 좋다. 흐리거나 비가 오는 날은 거실에 있어도 어둑어둑해서 기분이 우울하다.

"여기에는 주차장을 만들든가 하고, 집은 다른 곳에 세우는 편이 좋을걸요." 아까 도가와 씨가 집주인에게 충고했다. 모리오카 씨는 어이없다는 표정으로 돌아갔다.

그런 충고를 할 여유가 있거든 본인부터 앞으로 어떻게 살지 고민 좀 해. 예를 들어 남편한테 돌아간다든가. 내가 오지랖을 부려 참견하자 도가와 씨는 남편이 내연녀와 살겠다는 말을 꺼냈을 때의 이야기를 했다.

도가와 씨는 여전히 귀에 손을 대고 있었다. 뭔가에 가만히 귀를 기울이는 것처럼 보였다. 나는 조그마한 게 도가와 씨의 귓속을 기어 다니는 모습을 상상했다.

"남편이 바람을 피우겠다는데 뭐 어쩌겠어? 나한테 매력을 못 느끼니까 그런 거잖아? 그건 좋다 이거야."

"그렇구나."

"하지만 이혼 서류에 도장을 찍는 것만은 거부했지."

도가와 씨치고는 처신을 잘했다. 나는 끌어안은 무릎에 턱을 얹었다.

나는 생각했다. 그렇다면 여기 나란히 앉아 있는 건 내연녀에게 남편을 빼앗긴 아내와, 아내에게 남편이 되돌아간 내연녀인 셈이다. 우스갯소리 같은 조합이다.

아리타가 도가와 씨의 남편처럼 나를 선택했다면 얼마나 좋았을까. 아리타의 아내도 도가와 씨처럼 시원시원한 사람이었다면 얼마나 좋았을까. 그러면 나도 아리타에게 그런 짓까지는 하지 않았을 텐데. 하다못해 "그때는 내가 정신이 어떻게 됐었나 봐." 나와 정사를 실컷 즐긴 후에 그만 소리만

하지 않았어도 됐을 것을.

1학기가 반쯤 지나자 내 정신 상태는 또 심각해졌다. 아리타는 나와 빼도 박도 못할 지경에 빠질까 봐 두려워 조금씩 거리를 두기 시작했다. 토요일에 성산의 등산로에 가도 아리타는 오지 않았다.

류헤이는 마침내 나와 아리타의 관계를 알아채고 난동을 부렸다. 취해서 날뛰다 경찰까지 출동했다. 유치하게도 밤중에 환락가에서 술집 간판, 자전거, 오토바이를 넘어뜨리고 다녔는데, 경찰이 출동했을 때는 도리어 가게 종업원에게 흠씬 두드려 맞고 있었다고 한다.

"그 사람한테 제대로 사과하고 깔끔하게 헤어지는 게 낫겠어." 리카는 그렇게 충고했다. 걱정되는 듯 "같이 가줄게" 하고 말했지만 나는 혼자 류헤이를 만나러 갔다. 경찰에서 막 풀려나 놓고서 괴로움을 잊으려는지 류헤이는 또 집에서 술을 마시고 있었다.

"어떻게 하면 마음이 풀리겠어?" 그렇게 묻자 류헤이는 나를 때렸다. 발로 세게 걷어차서 나는 벽에 머리를 찧었다. 머리카락을 움켜쥐고 온 방을 끌고 다녔다. 그러면서 류헤이는 큰 소리로 울었다. 나도 울었다. 류헤이가 너무나 가여웠다. 하지만 어쩔 수 없다. 나는 아리타가 아니면 도저히 안 된다.

류헤이의 집을 나서자마자 아리타에게 연락해 만날 약속을 잡았다. 대담하게도 근무하는 중학교에 전화를 걸었다. 아리타는 허둥지둥 성산으로 왔다.

거울은 보지 않았지만 내 꼴이 심각하리라는 건 짐작이 갔다. 등산로에 다다를 때까지 마주친 사람들이 깜짝 놀라 숨을 삼키며 나를 유심히 쳐다봤으니까. 분명 얼굴이 붓고 피투성이에다 머리도 헝클어졌겠지. 귀신 같은 형상으로 비틀거리며 걸었을 것이다. 그렇다면 아리타가 괜히 과장되게 반응했다고는 할 수 없다. 그는 말 그대로 백지장처럼 얼굴이 새하얘져 할 말을 잃었다.

그래도 나는 빙긋 웃으며 이렇게 말했다.

"선생님, 사모님을 만나게 해주세요. 제가 잘 설명할게요"

라고.

아리타는 재킷 안주머니에서 봉투를 꺼내 내게 내밀었다. 아리타의 손이 부들부들 떨려서 받기가 힘들었다. 봉투에는 돈이 들어 있었다. 그것도 아주 많이. 나는 고개를 갸웃했다.

"그걸로 부디……"

아리타는 겨우 그 말만 꺼냈다.

거의 감긴 내 왼쪽 눈에서 눈물이 떨어졌다. 봉투 위에 뚝 떨어진 눈물은 핏빛이었다. 아리타는 "헉!" 하고 작게 외치고 쏜살같이 산길을 뛰어 내려갔다.

토끼풀 하우스로 돌아가자 기숙사는 난리가 났다. 나는 병원에 실려 가서 응급치료를 받았다. 선생님들과 사감은 내가 성산에서 성폭행을 당한 것이 아닐까 생각한 모양이다. 그 무렵 여자를 성산으로 끌고 가 몹쓸 짓을 하는 사건이 잇달아 발생했기 때문이다. 하지만 그건 심야다. 아무리 그래도 그런 시간에 성산에 올라가지는 않는다.

나는 성산의 등산로를 벗어난 곳에서 발을 헛디뎠다고 주장했다. 실제로 무슨 일이 있었는지는 리카에게만 말해주었다. 이건 류헤이와의 관계를 깨끗하게 정리하기 위해 내가 당연히 짊어져야 할 상처라고.

리카는 "너 바보로구나. 너 바보로구나" 하고 주문을 외듯 되풀이해 말했다. "그런다고 류헤이 마음이 편해질 것 같아? 그는 널 때려서 다시 지옥에 떨어졌을 거야."

"뭐, 그때 나로서는 그렇게 말할 수밖에 없었지." 도가와 씨가 숨을 크게 내쉬고 말했다. "그런다고 남편의 마음이 돌아오지 않으리라는 건 알았지만."

도가와 씨가 달콤 맵싸한 과자를 와작 씹었다.

"결국 전부 고스란히 받아들이는 수밖에 없어."

"그렇구나."

상처가 아물자 나는 아리타의 집으로 향했다. 그 돈을 돌려주러. 그딴 걸 받을 까닭이 없었다. 나는 아리타와 헤어질 마음이 전혀 없었고, 솔직히 털어놓으면 아리타의 아내도 이해해줄 거라고 생각했다. 하지만 정작 가보니, 아내는 집에 없었고 아리타는 당황하면서도 사과와 이별의 말만 되풀이했다. 나는 머릿속이 새하얘져서 아리타에게 마구 따졌다.

"선생님, 나를 사랑한다고 했잖아요. 절대로 헤어지지 않겠다고, 내 모든 게 자기 거라면서. 봐요, 여기도! 여기도!"

블라우스 앞을 헤치고 소리쳤다.

"선생님 내가 아직 열여덟 살이 안 된 거 알고 있었죠? 그런데도 나랑 수없이 잤잖아요. 그거 범죄라는 거 알아요?"

이성을 완전히 상실해 발을 구르며 악을 쓰자, 아리타의 아내가 기르는 고양이가 흥분해서 내 주변을 빙글빙글 돌았다.

하지만 결국 잘 안 풀렸다. 아리타의 아내는 아무 조치도 취하지 않고 남편을 되찾았다. 잘 모르겠지만 그렇게 될 일이었으리라. 우리는 전부 고스란히 받아들이는 수밖에 없었다.

"넌 미쳤어."

마지막에 아리타는 내게 그렇게 말했다. 먼 옛날 일이다.

그 후로 나는 감각이 둔해졌고 기억도 모호해졌다. 하지만 그 덕분에 이렇게 지낼 수 있는 것이다. 성산 곁에서 깊이 생각하지 않고, 어제도 오늘도 내일도 없이…….

독말풀 꽃들이 같은 방향으로 사락사락 흔들렸다. 커다란 꽃 한 송이가 아래를 향한 채 뚝 떨어졌다. 묵직한 소리가 났다.

내가 일어서자 도가와 씨도 비칠비칠 따라왔다. 현관 앞에서 치마에 떨어진 과자 조각을 털었다. 우리는 나란히 걷기 시작했다.

비사문 언덕 방향에서 내리 불어온 바람이 나와 도가와 씨 사이를 빠져나갔다.

고양이를 안은 여자

그 서양식 저택은 숲 입구에 있었다.

나는 마야의 손을 꼭 잡았다. 마야가 불안한 듯 나를 올려
다보기에 어떻게든 미소를 지어주었다. 여기에 오는 건 몇
번째더라? 분명 손가락에 꼽을 정도밖에 안 된다. 노면전철
이 선로 위를 덜컹덜컹 지나가는 소리. 오가는 자동차의 소
음. 바로 근처에서 들려오는 그런 소리에 용기를 얻어 나는
저택 현관으로 걸어갔다. 남편의 본가를 향해.

"동네 한복판에 산이 있어." 마야가 말했다. 내린 역에서
도 봉긋한 성산은 잘 보였다. 빌딩이 빽빽이 늘어선 도쿄의
거리 모습에 익숙한 세 살배기 눈에는 신기하게 보이리라.

"그러네. 저 밑에 할머니 집이 있단다."

요전에 왔을 때 마야는 아직 갓난쟁이였다. 그림 작업을

하느라 바쁜 남편 게이스케를 놔두고 이번에는 둘이서만 귀성했다. 묵직한 현관문이 열리고 빼빼 마른 노인이 나왔다. 선대부터 이 집에서 일하는 기타미라는 노인이다.

"어서 오십시오." 그렇게 말하며 기타미는 공손하게 머리를 숙였다. "마님이 기다리고 계십니다." 종종걸음으로 다가와 내 손에서 보스턴백을 받아 들었다. "언제 도착하실지 말씀해주셨으면 모시러 갔을 텐데요."

"아니요, 굳이 그렇게……"

벌써부터 말문이 막혔다. 나는 여기가 거북하다. 저택 뒤편에 가로놓인 숲이 수선스레 흔들렸다. 마치 이방인이 왔다고 경고하는 것처럼. 무거운 녹색 덩어리에 짓뭉개지는 것 같은 환상이 떠올라 나는 다시 마야의 손을 꼭 잡았다.

등록유형문화재로 지정된 가모 집안의 저택은 외벽이 화강암이고, 일부에는 예쁜 물색 타일을 발랐다. 지하 1층, 지상 2층 구조다. 차를 댈 수 있게 널찍한 정면 현관에는 화강암으로 된 계단이 세 단 있다. 중후한 문 위에는 가모 집안의 문장인 '히다리미쓰도모에'*가 부조로 장식되어 있다.

일부러 좌우를 비대칭하게 지은 저택 앞에 서면 왠지 늘 가벼운 현기증이 난다. 불안감과 망설임…… 이 감정이 어

---

*   시계 방향으로 배치된 삼태극 무늬. 세 개의 쉼표 모양이 원을 그리는 모양이다.

디서 비롯된 것인지 찾으려다 말았다. 이 집안의 당주는 대대로 산 위에 있는 성의 성주였다.

남편 게이스케는 에도시대부터 이어져 내려오는 가문의 정통 계승자다. 외아들이 도쿄로 떠난 후, 데릴사위였던 시아버지는 4년 전에 타계했다. 그 후에 이 넓고 음침한 저택에는 게이스케의 어머니가 기타미를 비롯한 고용인 몇 명과 함께 살고 있다.

"다마키, 어서 오렴."

2층까지 뚫린 현관 로비의 천장과 유백색 대리석 기둥을 바라보고 있자니 정면 계단 위에서 귀에 딱 꽂히는 목소리가 들려왔다. 시어머니 기미에였다. 내 등 뒤로 숨으려는 마야를 앞으로 끌어냈다.

"자, 할머니께 인사드려야지."

내 기분을 민감하게 감지한 것처럼 마야는 입을 꾹 다물었다. 나는 기미에가 거북하다는 사실을 다시금 깨달았다. 아니, 이 위압적인 곳, 성을 배경으로 서 있는 이 저택에 속한 모든 것이 겁난다.

나는 게이스케보다 여섯 살 연상이고, 도쿄의 너저분한 서민 동네 출신이다. 아버지가 운영하던 영세업체의 전형 같은 금속 가공 공장은 한참 전에 망했다. 시어머니가 우리 결혼을 반대한 것도 당연하다면 당연한지도 모르겠다.

이 지방의 유일한 명가인 가모 집안은 지금도 수많은 빌딩과 주차장을 소유한 자산가이기도 하다.

"어머나, 많이 컸구나."

계단을 내려온 기미에는 마야 앞에 몸을 숙여 눈높이를 맞추었다. 마야는 몸이 굳었지만, 기미에가 머리를 쓰다듬어도 가만히 있었다.

게이스케는 기미에의 반대를 무릅쓰고 나와 결혼했다. 얼마 지나지 않아 마야가 태어났다. 화가인 게이스케의 그림이 조금씩 평가를 받아 팔리기 시작한 데다 아이까지 키우느라 바쁘다는 핑계로 나는 이곳에 거의 오지 않았다. 하지만 관계가 소원했던 것은 아니다. 특히 마야가 태어난 뒤로는 시어머니와 관계를 개선하려고 노력했다. 흔히 그렇듯이 기미에도 손녀가 귀여운 마음에 태도가 누그러져서 이제는 나를 가모 집안의 며느리로 인정해준다.

도쿄에서 아틀리에 두 개가 딸린 단독주택을 빌리기 위해 우리는 기미에의 지원을 받았다. 그림이 팔린다고는 하나 게이스케의 수입에는 한계가 있다. 한 미술상이 뒤를 봐주는 정도라 가족 셋이 먹고살기에도 빠듯하다.

나와 마야는 기미에를 따라 응접실로 갔다. 정식 응접실은 따로 있고, 여기는 방문객 중 친한 사람만 들이는 방이다. 나무들 사이로 번화가가 내려다보이는, 내가 이 집에서 제일 마음 편한 방으로 몰래 점찍은 곳이다. 마야는 스프링이 탄력 있는 벨벳 소파에 앉았다. 아이답게 하얀 양말을 신은 발을 달랑달랑 흔들며 머리를 이리저리 돌려 방 안을 둘러보았다.

대리석 난로는 주빈용 응접실에도 있지만 이제는 양쪽 다 사용하지 않는다. 재를 싹 치우고 속에 멋없는 가스팬 히터를 설치해놨다. 바닥에 깔린 페르시아 융단은 원래 비싼 물건이었겠지만, 이제는 군데군데 색이 바라고 해졌다. 마야는 천장에 매달린 조그맣고 고상한 샹들리에에 정신이 팔렸다.

가정부 도이 씨가 쟁반에 홍차를 담아서 가져왔다. 이 집의 가정부로 늙을 때까지 일한 도이 씨는 류머티즘 때문에 손가락이 잘 안 움직인다. 간신히 홍차를 테이블에 늘어놓기에 나도 일어서서 도왔다. 모든 것이 오래되고 낡아서 삐걱삐걱 소리가 난다. 이 집도, 이 집 사람들도.

마야는 얇게 자른 레몬을 홍차에 퐁당 띄우고 방긋 웃었다. 단 하나뿐인 손녀의 귀여운 행동에 기미에의 표정이 확 풀어졌다.

"게이스케는 요즘 어떠니?"

나는 미술상의 소개로 어느 회사 사장이 게이스케의 그림을 샀다는 것, 3월에 대학 시절 친구와 공동으로 개최하는 전람회를 대비해 그림 작업에 힘쓰고 있다는 것 등을 공손하게 설명했다. 일일이 고개를 끄덕이며 귀를 기울이던 기미에는 마지막에 눈치채지 못할 만큼 작게 한숨을 내쉬었다. 그녀는 분명 아들이 화가가 된 것이 지금도 불만이다. 회화 복원사라는 생판 모를 일을 하는 연상의 여자와 결혼한 것도.

"그럼 슬슬 문제의 그림을 보러 갈까."

기미에는 일어서서 나와 마야를 데리고 방을 나섰다. 적어도 시어머니가 내 직업을 이해하려고 애쓰는 것 같기는 하다. 내게 집안이 오랫동안 소유해온 유화를 복원해달라고 의뢰했으니까.

2층으로 올라갔다. 계단에 깔린 빨간 융단이 우리의 발소리를 흡수했다. 이 집은 기미에의 할아버지 가모 슈에이가 다이쇼* 시대에 지었다고 들었다. 원래 내빈을 모시기 위한 별택이었지만, 제2차 세계대전 후 본가를 철거하고 임대 빌딩을 지었을 때 일가는 이쪽으로 살림을 옮겼다고 한다.

"자."

기미에가 어스름한 복도 끝에 있는 중후한 문을 밀어서 열었다. 스위치를 누르자 딸깍, 하고 귀를 때리는 소리와 함

---

* 1912년~1926년까지 일본에서 사용된 연호.

께 전등이 켜졌다. 천장이 꽤나 높고 불기운이 없어 썰렁한 공간이었다. 여기는 다들 '독서실'이라 부르는 방으로 가모가의 당주가 소장한 책을 대대로 보관해두는 곳이다. 나는 여기에 처음 들어와봤다. 탁하게 고인 공기에 약간 주눅이 들었지만, 그런 내색은 일절 없이 시어머니를 따라 들어갔다. 복원을 부탁한 그림은 쭉 이 방에 걸어놓았다고 한다.

오래 묵은 잉크와 종이 냄새. 곰팡내도 약간 섞인 것 같았다. 그림을 보관하기에 좋은 환경은 아니다. 애당초 일본같이 더위와 추위, 건조함과 습기가 과한 환경은 유화 보관에 적합하지 않다. 그 외에도 직사광선과 먼지, 담배 냄새 등이 알게 모르게 그림을 손상시킨다. 밀폐된 곳도 좋지 않다. 그림은 무해한 공기로 호흡할 필요가 있다. 온도로 따지자면 20도에서 24도. 습도는 50에서 55퍼센트가 최적이지만, 미술관처럼 공기 조절 설비가 잘 갖추어졌다면 모를까, 일반 가옥에서는 그 정도까지 바랄 수 없다. 그러므로 그냥 벽에 걸어둔 그림은 점점 상태가 악화된다.

따라서 나 같은 회화 복원사가 필요하다. 세상 사람들은 잘 모르지만 대형 미술관에는 학예 연구실이 설치되며 전문가도 있다. 거기서는 경매 회사나 미술상, 개인 수집가 등에게 의뢰를 받아 일한다.

나는 오랫동안 민간 복원 공방에서 일했지만, 마야를 낳으면서 그만뒀다. 하지만 일은 계속할 작정이었다. 독립했다고 하면 듣기에는 좋지만 지금까지 일했던 공방이 임시로 외주를 주기로 약속한 것에 지나지 않는다. 마야를 돌보며 집의 아틀리에에서 자잘한 일을 두세 건 맡은 게 전부였다. 아주 불안정한 상황이다.

그런 나를 도와줄 겸 해서 시어머니가 일을 의뢰한 것이다. 취미가 많았던 가모 슈에이가 그린 유화를 복원해달라고 했다. 아마추어의 그림이라 물론 아무 가치도 없지만, 기미에에게는 소중한 그림인 모양이다. 사실 이런 의뢰는 제법 많은데, 그 대부분이 초상화다. 이름 없는 초상화가, 또는 아마추어가 그린 고인의 초상화라도 가족에게는 둘도 없이 소중하니까 복원하는 것이다.

기미에가 독서실 창문을 열었다. 맑은 겨울 공기가 흘러들었다. 마야가 기미에를 쫓아갔고 나도 그 뒤를 따랐다. 검은 그림자처럼 늘어선 서가 안쪽으로 나아간다. 통로 끝에는 은방울꽃 모양 철제 스탠드가 놓인 독서용 책상이 있었고, 그림은 그 옆쪽 벽에 걸려 있었다.

크기 100호*의 대작이다. 여자가 의자에 앉아 있는 그림이었다. 아름다운 연보라색 원피스를 입은 젊은 여자다. 단

*   가로 130cm×세로 160cm.

정한 달걀형 얼굴에 옆으로 기름한 눈, 도톰한 입술. 비쳐 보일 듯 뽀얀 피부. 약간 비스듬히 앉은 여자는 얼핏 가련하고 약해 보이는 한편으로, 강한 의지와 생명력도 풍겼다. 그런 그림이었다.

"이 여자가 누군지는 몰라." 기미에는 내가 그림을 한차례 훑어보기를 기다렸다가 말했다. "할머니가 아닌 건 확실해. 할아버지가 젊은 시절에 그린 모양인데, 본인도 모델이 누군지 밝히지 않아서 여태 수수께끼야."

나는 시어머니의 설명을 들으면서 마야를 살폈다. 마야의 시선은 한곳에 꽂혀 있었다. 여자의 무릎 위에. 거기에는 고양이 한 마리가 앉아 있었다. 아니, 고양이 같은 동물이라고 해야 할까.

특이하게도 회색 바탕에 검은색 줄무늬가 들어갔다. 아마 외국산 고양이겠지만, 여자가 손바닥으로 머리 부분을 덮고 있어 종류는 잘 모르겠다. 여자의 손가락 사이로 삼각형 모양의 검은색 귀가 두 개 보였다. 다른 손가락 사이로는 두 눈도 보였다. 푸르스름한 수정 같은 눈이다. 어둠 속에서 번쩍이는 야생동물의 사나운 눈을 방불케 했다. 모델의 시선은 다른 곳을 향했건만, 이 생물은 똑바로 이쪽을 응시하고 있었다.

뒷발과 앞발의 균형감도 이상하다. 빈약한 앞발에는 고양이가 맞나 싶을 정도로 긴 발톱이 달렸다. 게다가 세 개밖에 없었다. 제일 이상한 점은 연보라색 원피스 위로 늘어뜨린 꼬리다. 마치 쥐의 꼬리처럼 가늘고 맨살이 그대로 드러났다. 털은 한 가닥도 없었다.

"이상하게 생긴 동물이지?" 기미에가 마야에게 그렇게 말하고, 그다음에는 나에게 설명했다. "아무래도 이건 세상에 존재하지 않는 할아버지의 상상 속 동물인가 보더라고."

"세상에 존재하지 않는다고요?"

창문으로 산 냄새가 풍기는 바람이 불어 들어 서가 사이로 빠져나갔다. 기미에는 어린아이처럼 픽 웃었다.

"할아버지는 분명 동심이 있는 분이셨을 거야. 이 그림은 내가 태어나기 전부터 걸려 있던 거라 몇 번이나 물어봤지. 이 동물이 뭐냐고."

"이거, 뭐야?"

당시 기미에의 말투를 흉내 낸 건 아니겠지만, 마야가 비슷하게 물었다.

기미에는 마야에게 "글쎄, 뭘까?" 하고 웃음을 지었다.

"하지만 이렇게도 말씀하셨지. 너 같은 어린아이가 정말로 있다고 믿으면 이 녀석에게 생명을 줄 수 있다고. 그 후로 한동안은 얼마나 무서웠는지 몰라. 이 으스스한 동물이 저택의 어둠 속이나 산의 나무 아래 있을 것만 같아서." 기미에는 그리움에 잠긴 듯이 그림을 찬찬히 바라보았다. "그렇듯 어떤 의미에서 할아버지는 순진한 분이셨어. 내게 이건 할아버지의 추억으로 가득한 그림이야."

"그러셨군요."

"보이지 않는 부분을 아무래도 상상하게 되지? 그러면 어떤 식으로든 보인단다. 그림은 보는 사람의 마음을 비추는 거울이니까. 이것도 할아버지 말씀이야."

"정말로…… 감성이 풍부한 분이셨네요."

"그렇지. 실무 능력은 별로 없으셨던 것 같지만. 그림을 그리고, 책을 읽고, 여행을 다니고, 요즘 말로 자원봉사 활동에 돈을 쏟아붓고. 할머니는 완전히 포기하셨어. 할머니께는 이게 가모 집안을 지켜주는 영물이라고 하셨다나 봐."

"가모 집안을 지켜주는……?"

"현실파인 할머니는 웃어넘기셨지만. 이렇게 조그마하니 뭔지도 모를 동물이 어떻게 가족을 지켜주겠느냐면서."

마야가 눈을 깜빡이더니 멍하니 한숨을 쉬었다.

우리는 결국 시어머니네 저택에 사흘간 머물렀다. 가모 슈에이가 그린 희한한 그림은 꼼꼼하게 포장해서 도쿄로 발송했다. 사흘 동안 마야는 할머니 기미에와 아버지의 생가인 저택에 익숙해졌다.

내가 마야를 일부러 여기까지 데리고 온 이유는 복원을 의뢰한 그림의 보관 상태를 확인하고 싶어서였기도 하지만, 기미에에게 평소 떨어져 지내는 마야를 잠깐이라도 보여주고 싶었기 때문이다. 더 나아가 결혼할 때 감정의 골이 생긴 우리 관계도 개선하고 싶었다. 아마 기미에도 나와 같은 이유로 지금까지 내버려두었던 그림을 복원해달라고 부탁한 것이리라.

배달된 그림을 보고 게이스케도 비슷한 감상을 품은 듯했다.

"어머니가 이걸 복원하겠다고 나서다니 웬일이래. 분명 일을 의뢰한다는 핑계로 당신이랑 마야를 부르고 싶었던 거겠지."

"어머님은 이 그림에 애착이 강하셔. 소중한 할아버님의 추억이 담긴 그림이니까."

"어련하시겠어! 나는 이 그림이 무서웠어. 그래서 독서실에는 얼씬도 안 했지. 내가 책을 싫어하게 된 건 다 이 그림 탓이야."

게이스케는 "보수를 듬뿍 받아. 어차피 어머니도 지원해주려는 마음일 테니까. 완성도는 아무렴 어때"라며 그렇게 툭 말하고 자기 아틀리에로 갔다.

게이스케는 고생을 모르고 자란 탓인지 사람의 기분을 헤아리지 않고 뭐든지 직설적으로 말하는 경향이 있다. 내 역량으로 혼자 복원 작업을 맡기는 아직 무리라는 건 나도 잘 안다. 그래서 이렇게 친인척을 통해 그다지 볼품없는 그림의 복원 작업을 맡는 데 만족해야 하며, 기미에가 우리 살림을 돕기 위해 보수를 과분하게 지불하려는 것도 알았다.

그래도 명색이 기술자인데 자존심을 적지 않게 다쳤다. 그 상처를 다시 후벼 파는 말을 했다는 걸 게이스케 본인은 전혀 모른다.

그런 점이 게이스케의 장점이자 결점이기도 하다. 솔직하고 결백하며 완고하다. 거리낌 없고 독선적이다. 그러면서 몹시 무르고 유약한 구석도 있었다. 그야말로 속세와 동떨어진 화가의 전형이었다. 그런 게이스케를 내버려둘 수 없어서 결혼했으니 뭐 어쩌겠는가.

나는 마음을 다잡고 그림 복원에 착수했다. 유명한 화가가 그린 비싼 그림은 아닐지언정, 어떤 사람에게 더없이 소중한 그림이라면 그건 명화다. 그러니까 결코 대충 작업해서는 안 된다. 그게 스승의 가르침이었다.

마야는 거실에서 얌전하게 놀고 있었다. 게이스케와 내아틀리에에는 들어오면 안 된다는 걸 잘 안다.

독서실 벽에서 그림을 내렸을 때 대강 조사하기는 했다. 액자와 그림 사이에 떨어진 물감 부스러기도 돋보기를 들여다보며 꼼꼼히 주워서 가지고 왔다. 이건 안료 분석에도 도움이 되고, 복원할 때 재이용할 수도 있다. 일단 표면을 세정해야 한다. 세정액으로 씻고 배어나는 더러운 물을 해면으로 닦아내는 작업이다. 유화물감이 들뜨거나 갈라진 곳에는 오랜 세월에 걸쳐 먼지, 모래, 섬유 등등의 가루가 쌓인다. 그걸 제거하는 것이다.

며칠이나 그 작업에 매달렸다. 본격적인 복원 작업은 오랜만이라 나도 푹 빠져들었다. 시간은 금방 지나갔다. 세정 작업을 진행하는 동안 나는 기묘한 사실을 알아차렸다. 여자 모델의 배경에는 풍경이 그려져 있었다. 실제로 이 풍경 앞에 앉아 자세를 취한 것은 아니리라. 작가가 이미지에 맞춰 그려 넣은 풍경처럼 보였다. 중세 초상화에서 흔히 볼 수 있는 스타일이다.

앞쪽에는 가시나무 같은 덤불이, 뒤쪽에는 노란 열매가 맺힌 과일나무가 있다. 캔버스 오른쪽 부분, 반쯤 무너진 나무울타리로 둘러싸인 연못의 회청색 수면에 하늘의 구름이 비쳤다. 작은 길이 언덕을 향해 뻗어 있다. 숲과 작은 집이 있다. 완만한 구릉지 풍경이다. 전체적으로 차분한 황토색 톤이라 앞쪽 인물을 방해할 만큼 거슬리지 않는다. 그림 전체에 깊이가 느껴지는 구도다. 자세를 취한 여자의 뽀얀 살결과 연보라색 원피스를 강조하는 역할도 했다.

그림의 배경을 세정하는데 몇 군데 그림물감을 덧칠한 흔적이 보였다. 개중에는 위쪽 그림물감이 떨어져 나가 전혀 다른 색깔이 보이는 부분도 있었다. 이건 뭘까 생각에 잠겼다. 작가가 처음에 뭔가를 그렸다가 지운 것이 아닐까. 나는 당장 시어머니에게 전화를 걸었다. 기미에는 내 발견을 아주 재미있어했다.

"어쩌면 트릭 아트처럼 일부러 다양한 소재를 숨겨놨을지도 모르겠네. 후세에 누군가가 찾아내리라 기대하고. 할아버지다운 장난이야."

기미에는 덧칠된 물감을 제거해도 된다고 허락해주었다. 원화 위에 덧칠된 물감을 제거해 원작의 가치를 되찾는 건 흔한 일이다. 과거에 부적절하게 복원된 부분을 정정하는 것도 복원사의 임무 중 하나다. 믿기지 않겠지만 얼굴이나 헤어스타일, 옷차림 등이 현재의 감각에 안 맞는다며 판매자가 일부러 그림을 고치는 사례조차 있다. 조금이라도 가격을 높이기 위해 이처럼 자의적으로 수정하면 작품의 독창성은 심각하게 훼손된다.

하지만 시어머니 말에 따르자면 내가 맡은 그림은 같은 작가, 즉 가모 슈에이가 손을 본 것이 틀림없으므로, 작가의 의도에 들어맞는 건 덧칠한 쪽일지도 모른다. 뭔가 그렸지만 균형이 맞지 않아 지운 것이다. 하지만 뭐, 현재 소유자인 기미에가 덧칠을 제거하길 원한다. 나도 얼마쯤 호기심을 품고서 덧칠된 부분을 제거하는 작업에 들어갔다. 그림물감을 부드럽게 만드는 용액을 발라가며 나이프로 긁어서 벗겨 냈다. 끈기와 집중력이 필요한 작업이었다.

내가 진행 상황을 알리자 기미에는 "가슴이 두근거리네" 하고 어린애처럼 말했다. 기미에 뒤편에서 누군가가 말하거나 돌아다니는 소리가 들렸다. 기미에의 조카 유카리가 온 것 같았다. 유카리는 기미에 여동생의 딸로, 이따금 이모 집을 드나든다. 게이스케의 이종사촌에 해당하는 이 추하고 뚱뚱한 여자가 우리의 결혼을 극구 반대했다는 건 나중에 알게 되었다. 나이가 여섯 살이나 많은 내가 가모 집안의 재산을 노리고 게이스케를 후린 거라고 기미에를 쑤석거린 모양이다.

물론 나는 재산이 탐나서 그와 결혼한 게 아니다. 유복한 기미에가 지금 우리 생활을 지원해주는 건 고맙지만, 빨리 우리 수입만으로 살림을 꾸리는 게 제일 큰 소원이며 게이스케가 상속받는다는 생각은 해본 적도 없다. 게이스케 본인도 그렇다. 그의 머릿속에는 오직 그림뿐이다. 유카리야 말로 자신의 남편과 함께 실속 없는 사업에 손을 대며 돈을 낭비하고 있다. 자금은 기미에가 대주는 모양이지만, 같은 이유로 우리 부부는 그러한 사정에도 무관심했다.

나는 일단 제일 멀리 있는 언덕 정상 부분을 벗겨내기 시작했다. 황토색 그림물감 밑에서 파란색이 나타났다. 아무래도 어린아이가 그려진 것 같았다. 파란색은 아이가 입은 옷 색깔이었다. 얼굴 위쪽 그림물감을 신중하게 벗겨냈다. 머리를 땋아 내린 여자아이 같았지만, 너무 작아서 생김새는 확실치 않았다. 팔다리 부분까지 꼼꼼하게 벗겨내자 아이의 어깨에는 녹색의 작은 새가 앉아 있었다. 아이의 체격과 비교하면 상당히 큰 앵무새처럼 보였다.

나는 손을 멈추고 여자아이와 앵무새를 빤히 들여다보았다. 그리고 천천히 사다리에서 내려와 화장실로 가서 그림물감과 용액으로 더러워진 손을 씻었다. 주방 쪽에서 마야가 "엄마, 눈이야!" 하고 외치는 소리가 들렸다. 바닥까지 내려오는 유리문 너머로 비스듬히 흩날리는 자잘한 눈이 보였다.

나는 마야와 나란히 서서 눈을 바라보았다. 그날도 눈이 왔었다…….

녹색 앵무새를 죽인 차가운 눈. 점점 강해지는 눈발이 꼼짝없이 나를 과거로 데려갔다.

초등학생 때, 우리 집 근처는 작은 공장 천지였다. 어디에 있어도 공작기계가 돌아가는 소리가 들렸고 기름 냄새가 풍겼다. 같은 반 유이코네도 우리처럼 프레스 금형 가공 공장을 운영했다. 하지만 규모가 전혀 달랐다. 유이코네는 종업원을 열 명도 넘게 두고 조업했다. 그래도 어느 회사의 하청업체였고, 우리는 유이코네 공장에서 일을 받는 재하청업체였다.

할아버지와 부모님은 매일 기름투성이가 되도록 일했지만, 그래도 먹고살기가 빠듯했다. 반면 유이코네는 형편이 제법 넉넉했다. 집도 공장에서 떨어진 단독주택이라 공장 위층에 사는 우리 가족과는 천지 차이였다. 외동딸인 유이코는 늘 예쁜 옷을 입었고 땋은 머리를 하고 다녔다. 피아노와 발레도 배웠다.

하지만 아이들 세계에서 그런 사정은 아무 상관없었다. 우리는 같은 서민 동네에 사는 사이로서 거리낌 없이 왕래했다. 유이코가 딱히 부럽다는 마음도 없었다. 처음으로 그런 마음이 싹튼 건 초등학교 5학년 무렵, 유이코가 집에서 새를 기르기 시작했을 때였다.

인도나 스리랑카에 서식한다는 중간 크기의 그 앵무새는 눈이 번쩍 뜨일 만큼 선명한 녹색이었다. 유이코는 백화점 반려동물 코너에서 이 새를 보고 부모님에게 사달라고 졸랐다고 한다. 당시 가격이 얼마인지도 들었는데 잊어버렸다. 아무튼 깜짝 놀랄 만큼 비쌌다는 것만 기억난다.

유이코는 앵무새에게 '리리'라는 이름을 붙이고 멋진 새장에 넣어서 길렀다. 반 아이들이 몇 번이나 보러 찾아갔다. 리리는 간단한 말을 배워서 떠들었다. 나도 앵무새를 죽도록 갖고 싶었다. 동시에 우리 집 형편으로는 못 산다는 사실도 잘 알았다.

유이코는 가끔 마음이 내키면 새장째로 친구에게 앵무새를 몇 시간 빌려주는 놀이를 했다. 처음에는 자기처럼 피아노를 배우는 아이에게 빌려주었다. 그리고 좋아하는 남자애한테도 빌려주었다. 나는 유이코와 친한 편이라 자부했으므로 순번이 돌아오기를 고대했다. 리리가 든 새장을 들고 돌아다니며 리리에게 말을 가르쳐주는 몽상을 했다. 하지만 아무리 기다려도 순번은 돌아오지 않았다.

"다마키한테는 안 빌려줄 거야." 내가 조르자 유이코는 그렇게 딱 잘라 말했다. "너희 집은 시끄럽고 더럽잖아. 리리가 불쌍해."

주변의 여자애들이 킥킥 웃었다. "게다가 냄새도 나고." 한 남자애가 그렇게 덧붙였다.

나는 난생처음으로 증오라는 감정을 느꼈다. 그리고 질투도.

나는 그래서 어떻게 했을까? 리리를 훔쳤다. 왜 그런 짓을 했는지는 지금도 잘 모르겠다. 유이코네 집 정원에 면한 창문이 활짝 열려 있길래 거기로 리리를 꺼냈다. 새장째로 들고 달리고 또 달렸다. 어떻게 하겠다는 계획도 없었다. 강가를 따라 달리다 눈에 들어온 나지막한 산에 올랐다. 철탑이 서 있는 산이었다. 산꼭대기에서 나는 마침내 걸음을 멈췄다. 어디 갈 곳이 있는 것도 아니었다. 그저 막막했다.

해가 떨어지기 시작했다. 눈발이 희끗희끗 날렸다. 나는 새장을 열어 리리를 놓아주었다. 증거 인멸은 꾀하지 않았다. 빈 새장을 들고 터벅터벅 집으로 돌아갔으니까. 그 후에 어떻게 됐는지는 기억이 잘 안 난다. 부모님에게 야단맞은 기억은 없지만, 어쩌면 잊어버린 건지도 모른다. 아버지는 유이코네 집에 사과하러 갔을 것이다.

학교에서 무슨 일이 있었는지도 기억이 안 난다. 유이코와 친구들을 어떻게 대했는지, 그 부분만 기억이 쏙 빠져나갔다. 다만 어떤 아이가 눈 속에서 죽은 리리를 발견한 건 똑똑히 기억난다. 남쪽 나라에서 온 새는 눈 속에서 얼어 죽고 말았다. 보지도 않았으면서 하얀 눈 속에 후줄근한 꼴로 죽은 녹색 앵무새가 머릿속에 되풀이해 떠올랐다.

1년도 지나지 않아 나는 전학을 갔다. 우리 공장이 망했기 때문이다. 유이코 아버지가 경영하는 공장에서 더 이상 일감을 주지 않았기 때문인데, 가족 중에 내가 불미스러운 일을 일으킨 탓이라고 책망하는 사람은 아무도 없었다.

나는 기분을 전환하고 덧칠된 다른 부분을 벗겨내는 작업에 착수했다. 여자아이와 앵무새가 나온 탓에 봉인했던 기억이 터져 나왔다. 꺼림칙한 기억이다. 요즘은 거의 생각이 나지 않았는데. 조용한 아틀리에에 나이프로 오래된 그림물감을 벗겨내는 소리만 퍼져나갔다.

마야는 낮잠을 자는 중이다. 게이스케도 외출했다. 어떤 화랑에서 그림을 전시해주겠다기에 완성된 작품을 두세 점 들고 갔다. 미대 입시 학원에서 강사 일도 하므로 저녁에는 거기에 들렀다 올 모양이다.

게이스케는 일본 서양화단의 제1인자였던 스나가 기사부로 화백의 마지막 제자였다. 화백은 작년에 영면했지만, 그는 아직도 여기저기에 영향력을 미치고 있다. 그 덕분에 다들 게이스케를 함부로 대하지는 않는 모양이다. 그러한 추세를 타고 그의 그림이 그럭저럭 괜찮은 가격에 거래된다면 생활도 안정될 텐데.

나는 머릿속에서 잡념을 떨쳐내고 눈앞의 작품에 집중했다. 이번에는 언덕 중턱에 있는 오두막 바로 옆 부분이다. 거리상 여자아이와 앵무새가 제일 멀고 이번에는 그보다 조금 앞이다. 역시 인물이 그려진 것 같았다. 용액으로 지운 황토색 밑에서 남자 얼굴이 나타나자 역시 그랬구나 싶었다. 정면을 향한 남자는 지금 막 오두막에서 나와 작은 길로 걸음을 내디디려는 듯한 자세였다.

나는 문득 손을 멈췄다. 몸집이 작은 중년 남자다. 머리는 한가운데 가르마를 타서 단정하게 빗었다. 코 왼쪽에 튀어나온 검은색 점이 하나. 나이프가 손에서 미끄러져 바닥에 땡그랑 떨어졌다. 떨리는 몸을 두 팔로 끌어안았다. 그래도 떨림은 멈추지 않았다.

나는 이 남자를 안다.

아버지의 친구, 이름은 고스기다. 공장이 망하자 아버지는 다른 공장에 취직해서 일했다. 공장이 망하는 바람에 갚아야 할 빚도 적지 않아 우리 집 형편은 예전보다 더 궁핍해졌다. 고스기는 아버지의 죽마고우로, 우리 가족이 좁은 연립주택으로 이사하고 난 뒤부터 자주 집에 드나들었다. 무슨 일을 하는지는 잘 몰랐다.

처음에 어머니는 수상쩍은 남자라며 고스기를 싫어했다. 하지만 고스기는 묘하게 호주머니 사정이 좋았다. 아버지는 빚 갚을 돈을 제때 마련하지 못하거나 할 때 그에게 조금씩 돈을 빌린 모양이었다. 대단한 액수는 아니었으리라. 하지만 아버지는 비굴해 보일 정도로 고마워했다. 할아버지가 입원했을 때도 신세를 진 듯했고, 어머니도 점차 고스기를 의지하기 시작했다.

그러던 어느 날, 어머니가 고스기와 함께 증발했다. 내가 중학교 3학년 때였다.

그 후로 나는 어머니와 고스기를 단 한 번도 본 적이 없다.

"엄마!!" 잠에서 깼는지 침실에서 마야가 울었다. 나는 서둘러 아틀리에를 뛰쳐나가 마야에게 달려갔다. 그림물감으로 더러워진 추리닝 차림으로 마야를 안아 들었다. 마야는 잠이 덜 깬 눈으로 훌쩍훌쩍 울었다.

무서운 꿈을 꾼 건 이 아이일까, 아니면 나일까?

게이스케는 기분이 좋았다. 새로 소개받은 미술상이 그의 그림을 높이 평가해주었다고 한다.

"그 화랑에서 스나가 선생님의 그림을 모조리 사들였대."

열띤 목소리로 아베라는 미술상에 대해 이야기했다. 내가 준비한 저녁이 그의 앞에서 식어갔다. 나는 드문드문 맞장구를 쳐주었다.

머릿속으로는 전혀 다른 생각을 했다. 우연히 복원을 의뢰받은 그림 속에서 내 과거와 연결되는 요소를 발견한들 그게 뭐 어쨌단 말인가. 두 번째로 나온 남자가 고스기와 닮기는 했다. 하지만 분명 우연이다. 앵무새와 여자아이 그림을 보고 유이코와 관련된 일화가 떠오른 직후였기에 신경이 과민해진 것이다. 차분하게 생각해보면 이런 일로 벌벌 떨다니 어처구니가 없다. 무엇보다 가모 슈에이는 제2차 세계대전이 일어나기 전에 그 그림을 그렸다. 기미에조차 태어나지 않았을 때인데 어떻게 내게 일어날 일을 예측할 수 있겠는가.

내가 큭 웃자 게이스케가 말을 멈추고 "왜?" 하고 묻는 듯한 시선을 던졌다. 나는 "아무것도 아니야" 하고 고개를 저었다.

"선생님은 어떻게 생각하실까. 자기 작품이 지금 매매된다는 걸." 게이스케는 다시 말을 꺼냈다. 스나가 화백은 만년에 자기 그림을 거의 팔지 않았다. 그래서 아틀리에는 화백의 그림으로 가득했다. 미대에 다니다 스나가의 그림에 심취한 게이스케는 무작정 그를 찾아가서 제자로 삼아달라고 떼를 썼다. 무슨 이유에서 마음에 들었는지 깐깐한 스나가는 게이스케를 제자로 받아주었다. 게이스케는 오로지 스승의 그림을 모사했다. 아주 끈기 있게 그림을 그리는 걸 보고 스나가가 방을 하나 내주었을 정도다.

스나가의 정물화와 인물화를 모사하면서도 게이스케는 자신의 화법을 확립해나갔다. 그리고 스나가의 소개로 조금씩 주목을 받기 시작했다. 그래도 유명한 미술전에서 입선한 건 미대를 졸업한 지 8년쯤 지나서였으리라. 우리는 그때 만났다. 같은 화랑에 드나드는 신인 화가와 미술상에게 의뢰받아 그림을 복원하는 복원사로서.

"어머니가 복원해달라는 그림은 어때? 잘 진행되고 있

어?"

게이스케가 느닷없이 그 그림 이야기를 꺼냈다. 나는 "응"이라고만 대답했다. 게이스케도 본가의 오래된 그림에는 그다지 흥미가 없는 듯 더 이상은 묻지 않았다. 그는 겨우 식사를 시작했다. 스나가 화백이 죽고 나자 유족은 그림 판매에 나섰다는 모양이다. 그걸 모조리 사들인 사람이 이번에 게이스케가 새로 소개받았다는 미술상인 아베였다. 좋은 인연일지도 모르겠다는 생각이 들었다.

마야가 크게 하품을 했다. 이제 잘 시간이다. 나는 부랴부랴 마야를 목욕시킬 준비를 시작했다. 마야는 잠이 가득한 눈으로 옷을 벗기는 내게 몸을 맡겼다. 통통하게 살찐 몸이 사랑스러워 탈의실에서 한번 꼭 끌어안았다. 나는 결코 아이를 버리지 않겠다. 어머니처럼……

아베의 주선으로 백화점에서 전시 및 판매를 하기로 했다며 게이스케는 의욕이 넘쳤다. 3월의 전람회 준비와 병행하느라 아주 바쁜 것 같았다. 아틀리에에서 작업할 때보다 밖에 나갈 때가 더 많아졌다. 이야기를 들어보니 아베는 상당한 수완가인 모양이었다. 매매하는 그림의 수도 지금까지 거래하던 미술상보다 훨씬 많았다. 아베를 따라 여기저기 다니다보니 게이스케의 교제 범위도 넓어졌다.

원래 그다지 사교적이지 않은 나는 남편이 나가거나 말거나 집에서 작업에 몰두했다. 물감이 덧칠된 부분을 찾아서 벗겨냈다. 조금씩 앞으로 이동하면서 덧칠된 범위도 넓어졌다. 즉, 멀리서 가까이로 올수록 숨겨진 부분이 점점 커져갔다.

아무래도 기미에의 할아버지는 캔버스에 그려 넣은 사람을 여러 명 지운 것 같다. 이번에는 모델의 오른쪽, 연못 근처다. 울타리에 걸터앉은 인물의 다리부터 시작해 배, 가슴이 드러났다. 젊은 남자인 듯 뾰족한 턱에 드문드문 수염이 났다. 입술 한쪽만 끌어올려 희미하게 웃고 있다. 거기까지 보았을 때 나는 용액에 적신 탈지면을 꽉 움켜쥐었다.

그럴 리 없다. 그럴 리…….

얼굴 위쪽 절반이 그림물감 밑에서 드러났을 때 나는 작게 비명을 질렀다. 내가 회화 복원 공방에서 일을 배우던 무렵에 사귀었던 남자. 후지와라 교헤이, 바로 그 사람이었다. 나는 도구를 내팽개치고 방구석까지 물러났다. 입을 손으로 막고 100호 그림의 오른쪽을 응시했다. 몇 번을 보아도 틀림없었다. 교헤이도 언제나 저런 식으로 웃었다.

"우리는 어차피 화가의 똘마니니까." 그 남자의 말버릇까지 생각났다. 스승님이 "화가는 예술가지만 우리는 전문가 혹은 장인이다. 그 사실에 자부심을 가져라" 하고 말하자 몰래 뒤에서 그렇게 투덜거렸다. 화가는 상상력을 발휘해 그림을 제작하지만, 복원사의 임무는 복원이다, 그러므로 작가의 의도를 파악해 그 붓놀림을 따라가는 것이 중요하다, 결코 창작력을 발동시켜서는 안 된다는 스승님의 충고를 마지막까지 이해하려 들지 않았다.

나와 사귈 때도 최악이었다. 아버지가 미대 교수고, 자신도 화가를 꿈꿨던 적이 있어서인지 언제나 불만과 굴욕, 짜증을 안고 살았다. 그리고 그 울분은 내게로 향했다. 동거하던 무렵에 그는 늘 나를 때리고 차며 폭력을 휘둘렀다.

이가 부러졌고, 삭발을 당한 적도 있었다. 이러다 죽겠다는 생각이 수도 없이 들었다. 하지만 어렸던 나는 연상인 교헤이에게 마음을 지배당해 조종당했다. 나 자신도 정신적으로 의존했으리라. 좀처럼 헤어질 수가 없었다. 그가 복원용 접착제로 사용하는 뜨거운 밀랍을 끼얹어 데인 흉터가 아직도 등에 남아 있다.

그와 사귀던 시절의 공포가 되살아나 이가 따닥따닥 맞부딪쳤다. 교헤이는 결국 복원사도 되지 못하고 공방을 떠났지만, 그와 완전히 결별하고 나서도 그 기억은 트라우마로 남아 나를 괴롭혔다. 그 탓에 몇 년간 나는 정신건강 의학과에 다녀야 했다.

그로부터 2주간 나는 그림에 다가가지 않았다. 아틀리에

에조차 들어가지 않았다. 내가 그러는 줄 게이스케는 몰랐다. 그건 그의 일이 순조롭게 진행되고 있다는 뜻이기도 했다. 아베도 전시 및 판매에 앞서 괜찮은 가격으로 그림을 몇 점 사주었다.

나는 그런 남편에게 슈에이의 그림에 나타난 괴현상에 대해 말하지 않았다. 나 스스로도 이 현상을 제대로 이해할 수 없었다. 왜 내 인생을 어둡게 물들인 사람들만 그림 속에 나타나는 걸까. 전부 잊어버리고 싶은 사람들인데.

게이스케와 결혼하지 않았다면 나는 그 저택에 드나들지 않았을 것이다. 만약 내가 복원사가 아니었다면 시어머니도 내게 그 그림을 맡기지 않았을 테고. 여기에 어떤 힘이라도 작용한 걸까. 아무리 생각해도 모르겠다.

─그림은 보는 사람의 마음을 비추는 거울이니까.

기미에의 말이 몇 번이고 귓속에 되살아나며 나를 몰아붙였다.

그래도 내가 다시 작업을 재개하려 마음먹은 건 마야 덕분이었다. 2주일간 마야와 꼭 달라붙어 시간을 보낸 후 나는 자신감을 되찾았다. 엄마가 된 나는 더 이상 옛날의 내가 아니다. 교헤이의 지배 아래, 몸을 웅크렸던 젊은 시절의 약한 내가…….

이유는 하나 더 있었다. 덧칠된 부분이 이제 한 곳뿐이었다. 이걸로 끝이다. 여기를 확인하지 않고 두려워만 하기는 싫었다. 그건 연보라색 원피스를 입은 여자의 왼쪽, 가시덤불 속이었다. 제일 가까운 장소니까 또 사람이 가려져 있다면 표정이 크고 선명하게 드러날 것이다.

가시덤불에 다리가 반쯤 파묻힌 사람은 풍채가 좋은 초로의 남자였다. 과일나무 줄기에 한 손을 짚은 남자의 얼굴이 똑똑히 보였다. 은색 머리칼, 혈색 좋은 얼굴에 동그란 눈, 평퍼짐한 콧방울. 이쪽을 보고 똑바로 선 남자를 유심히 바라본 끝에 나는 숨을 크게 내쉬었다. 처음 보는 남자였다.

그림 오른쪽에는 여전히 교헤이가 있다. 작은 길을 내려오는 고스기도 있다. 어깨에 앵무새가 앉은 유이코 같은 소녀도. 하지만 제일 앞쪽에 낯선 남자가 그려진 걸 보고 마음이 진정됐다. 적어도 이게 뭔가 악의로 가득 찬 괴현상은 아니라고 생각할 정도로는.

나는 최대한 담담하게 작업을 진행했다. 빨리 끝내고 그림을 기미에에게 보내자. 그리고 저택에 가더라도 독서실에는 발을 들여놓지 말자. 이 그림을 무서워한 어릴 적 게이스케처럼.

아베가 구입한 게이스케의 그림이 개인 수집가에게 팔렸다고 한다. 우리는 오랜만에 외식을 했다. 옷을 차려입은 마야도 신이 났다. 8시에 가게를 나섰다. 나는 마야를 차에 태웠다. 아베와 만나기로 했다는 게이스케와는 거기서 헤어졌다.

10시 반이 지났을 즈음, 휴대전화로 게이스케에게서 연락이 왔다. 분명히 상태가 이상했다.

"미안해." 게이스케가 사과했다. "이렇게 될 줄이야……." 그리고 흐느껴 울었다. 취했나? 나는 침착함을 유지하려 애썼다. 내 의지와 달리 심장이 가슴속에서 미친 듯이 날뛰었다. 불길한 일이 일어난 것이다. 본능이 바로 그런 냄새를 맡았다.

"여보? 무슨 일 있어? 지금 어디야? 당장 갈게."

아베네 화랑의 사무실에 있다고 한다. 가본 적은 없지만 어딘지는 머릿속에 들어 있었다. 잠자리에 든 마야를 살펴보러 갔다. 푹 잠든 딸의 이마에 살짝 입을 맞추었다. 그러자 지금까지 이어져 온 행복이 터무니없는 기적처럼 느껴졌다.

겉옷을 걸치고 차에 올라탔다. 아베의 화랑은 중심가 외곽에 있었다. 세련된 빌딩 1층에 자리한 화랑은 당연히 셔터가 내려져 있었다. 주변 빌딩의 불도 대부분 꺼졌고, 길은 조용했다. 나는 셔터 옆 계단을 올라갔다. 거기가 아베의 사무실이었다. 묵직한 유리문 너머는 왠지 어두침침했다. 벽에 설치된 매립 등만 켜져 있었다. 게이스케는 내객용 소파에 검은 덩어리처럼 웅크리고 있었다. 나는 서둘러 달려갔다.

"대체 무슨 일이야?" 내가 게이스케의 머리를 끌어안자 그는 어린아이처럼 몸을 떨었다. 게이스케의 겁에 질린 시선을 좇았다. 바닥을 보고 나는 하마터면 비명을 지를 뻔했다. 사람이 쓰러져 있었다.

"누구야?"

"아베. 죽었어. 내가 죽였어."

아아 신이시여, 하고 나는 중얼거렸다. 신에게 기도해본 적도 없으면서.

"진정하고 무슨 일이 있었는지 자세히 말해봐."

말하는 중에도 게이스케가 몸을 떠는 게 전해졌다. 연하의 남편은 나를 가만히 밀어내고 어두운 눈으로 바라보았다.

아베는 스나가 화백의 그림을 사들일 때 아틀리에에 방치되어 있던 게이스케의 모사품도 가지고 갔다. 스나가의 유족도 제지하지 않았다. 젊은 제자가 모사한 그림에는 아무 가치도 없었다. 게이스케 본인도 잊어버리고 있었다. 아베는 그 그림에 스나가의 사인을 넣어 지방의 애호가에게 팔았다고 한다. 그림에 안목이 없는 지방 사람이라면 대번에 속아 넘어가리라.

원래 제자가 공부를 위해 모사를 할 때는 크기를 바꿔서 그리거나 사인을 넣지 않는다는 규칙이 있다. 물론 게이스케도 그에 따랐다. 회화 복원사로서 다양한 종류의 그림을 봐왔는데, 위작에서는 얼핏 보기에도 뭐라 형용할 수 없는 추잡함과 상스러움이 풍긴다. 어떻게든 베껴내서 팔아먹겠다는 심보가 엿보인다. 하지만 순수한 모사에는 그런 의도가 없다. 아베는 그걸 역이용한 것이다.

그런 말을 듣고 게이스케가 얼마나 충격을 받았을지 짐작이 가고도 남았다. 반발하는 게이스케에게 아베는 말했다. 모사품으로 돈을 벌었으니, 그 사례로 네 그림을 구입하고 후원해준 거라고. 그 말에서 모사품을 진품으로 알고 산 사람이 한두 명이 아니라는 걸 알 수 있었다. 게이스케가 강하게 항의하자, 그런 게 아니면 자기가 왜 네 그림을 사겠느냐고 아베는 적반하장으로 나왔다고 한다. 이제 넌 우리와 한패라면서.

"나도 모르는 사이에 위작을 그리는 범죄자가 된 거야."

게이스케는 펑펑 울었다. 본의는 아니지만 심취했던 스승의 존엄한 명성을 더럽히는 데 일조하고 말았다.

"그래서, 울컥해서…… 정신을 차려보니……"

나는 천천히 일어섰다. 머뭇머뭇 아베의 시체로 다가갔다. 피는 흐르지 않았다. 몸싸움을 벌이다가 상대를 넘어뜨리고 정신없이 목을 조른 모양이다. 키가 그렇게 크지는 않은 남자다. 하지만 체격은 실팍하고 배도 튀어나왔다. 매립

등 불빛이 희미하게 비치는 아베의 얼굴을 들여다보았다.

그리고 이번에는 정말로 비명을 질렀다. 그 남자였다. 그림의 덧칠된 부분 밑, 가시덤불 속에 서 있던 남자. 우리는 운명에 사로잡힌 것이다.

게이스케가 유령처럼 스르르 일어섰다. 문을 향해 걸어갔다.

"어디 가!!"

"경찰에. 내가 죽였으니까……"

"그건 안 돼!"

이건 그 그림이 놓은 덫이다. 아니 그 저택이, 어쩌면 성을 머리에 인 그 산이. 이런 일로 재능 있는 게이스케의 미래를 망칠 수는 없었다.

내가 타고 온 차는 계단 아래에 대놨다. 나는 게이스케를 재촉해 아베의 시체를 함께 차 트렁크에 실었다. 아무에게도 안 들켰다. 게이스케는 넋이 나간 것처럼 내가 하자는 대로 했다. 이미 생각하기 자체를 포기한 것이다.

일단 집에 돌아가 뒤뜰의 광에서 삽과 파란색 비닐시트를 꺼냈다. 한 시간 반쯤 차를 달려 예전에 가봤던 삼림공원에 도착했다. 거기서 더 깊숙이 들어가 컴컴한 숲길을 부지런히 달렸다. 스스로도 어디를 달리는지 알쏭달쏭할 만큼 좁고 막연한 길이었다. 차를 겨우 돌릴 수 있을 정도로 좁은 공터에 정차했다. 우리는 아베의 시체를 비닐시트에 싸서 나무숲 안쪽으로 옮겼다. 움푹 팬 곳을 발견해 삽으로 땅바닥을 더 파냈다. 게이스케와 나는 교대해가며 말없이 무시무시한 작업을 계속했다.

아베의 시체를 묻고 날이 희끔하게 밝아오는 무렵에야 집에 돌아왔다. 녹초가 된 우리는 마야 옆 침대에 쓰러지다시피 누워 서로 끌어안고 기절한 것처럼 잠들었다.

아베가 갑자기 사라지자 경찰은 수상하게 여기고 수사에 나섰다. 다행히도 그날 밤 게이스케가 아베와 만나기로 약속한 건 아무도 몰랐다.

사무실에서 몸싸움을 벌인 흔적은 주의 깊게 지웠지만, 경찰이 치밀한 수사를 통해 어떤 미세한 증거를 발견할지 모를 일이었다. 어쩌면 내 차가 그 근처 CCTV 카메라에 찍혔을 수도 있고, 아베에게 속아 위작을 산 지방 애호가가 속은 걸 눈치채 그쪽 방향에서 게이스케에게 다다를지도 모른다.

우리 집에도 경찰관이 몇 번 찾아와 사정을 물었다. 게이스케는 태연한 척하려 애썼지만, 겁에 질린 건 명백했다. 밖에 나가기를 싫어하고 창작한다는 명목으로 아틀리에에 틀어박혔지만, 실상은 아무것도 하지 않고 그저 멍하니 있었다.

내 아틀리에에 가면 가모 슈에이의 그림 구석에서 아베가 내게 찌르는 듯한 눈빛을 던졌다. 마치 우리가 무서운 죄를 저질렀다고 땅속에서 주장하는 것만 같았다. 이게 게이스케의 눈에 띄어서는 안 된다. 하지만 그전에 나부터 죽은 사람의 시선을 견디기가 힘들었다.

결국 어느 날, 나는 과도로 그림을 찢었다. 캔버스가 너덜너덜해지도록 칼질을 했다.

"복원에 실패했다고?" 전화를 받은 기미에가 놀란 목소리로 말했다. "그럼 그림은 어떻게 됐는데?"

"죄송해요. 이미 처분했어요. 너무 심각하게 손상돼서요."

내 대답에 기미에는 말문을 닫았다. 뒤쪽에서 "왜 그래, 이모?" 하고 묻는 유카리의 목소리가 들렸다. 나는 그대로 수화기를 내려놓았다. 저 멀리 성 아래 저택에서 소중한 그림을 멋대로 버린 내게 악담을 퍼붓는 유카리와 씁쓸한 심정으로 듣고 있는 시어머니의 모습이 눈앞에 선했다. 하지만 그런 건 아무래도 상관없었다.

지금 내 마음을 가득 채운 건 연보라색 원피스를 입은 그 여자다. 그건 대체 누구일까. 내 삶을 어두운 방향으로 이끄는 사람들을 짊어지고, 상상으로 만들어낸 세 발가락 동물을 무릎에 얹은 그 여자는? 분명 어느 날 홀연히 그 여자가 내 앞에 나타날 게 틀림없다. 살인이라는 중죄를 범한 나와 게이스케에게 결정적인 인생의 전환점을 쇠망치처럼 내리치기 위해.

게이스케는 드디어 붓을 잡았다. 지금까지 그려온 것과는 인상이 전혀 다른 그림을 그리기 시작했다. 대부분 풍경화였는데, 실제 경치나 사진을 보고 영감을 얻은 게 아니라 마음속에 있는 심상 같았다. 어둡고 탁한 색조 속에 폐허나 기괴하게 비틀린 식물, 표정이 흐릿한 군중이 배치됐다. 저 멀리 있는 산, 호수, 숲은 어쩐지 슈에이가 그린 그림의 배경과 비슷했다.

배경이 된 산 위에 성으로 보이는 하얀 건조물을 반드시 그려 넣는다는 걸 알고 나는 얼어붙었다. 게이스케는 정신병이 들었는지도 모른다. 3월에 친구와 공동으로 전람회를 개최했다. 게이스케가 출품한 그림은 대부분 그런 풍경화라 관람 온 사람들은 당황스러움을 금치 못했다.

기미에가 전람회를 보러 상경했다. 의뢰받은 그림을 망가뜨려서 버린 후로 나와 시어머니의 관계는 최악이었지만, 전람회장에 온 기미에는 눈곱만큼도 그런 내색을 하지 않았다. 전람회가 끝난 후 우리 집에 와서 마야에게 선물을 주었다. 마야의 네 살 생일이었다.

기미에는 게이스케를 유심히 뜯어보았다. 어머니의 눈은 못 속인다. 그의 상태가 심상치 않다는 걸 기미에는 이미 알아차렸다. 현명한 기미에는 이것저것 캐묻지 않았다. 그런 의미에서는 아들의 기질을 잘 안다고 할 만했다. 사소한 일로도 뚝 부러져버리는 순진하고 연약한 기질을.

"한동안 둘이서 여행이라도 다녀오는 게 어떻겠니?" 기미에가 제안했다. "비용은 내가 대마. 온천지에 장기 체류하는 것도 괜찮겠고, 학창 시절 친구를 만나러 가는 것도 좋겠구나. 뭣 하면 이참에 큰맘 먹고 유럽에라도 다녀오든가. 그 사이에 마야는 내가 돌볼게."

게이스케는 망설여지는 듯 내 얼굴을 보았다. 그날 이후로 게이스케는 혼자서 결정을 못 하게 됐다. 내가 앞장서서 아베의 시체를 감추도록 그를 이끈 탓이다. 나는 시어머니의 제안을 머릿속으로 곱씹었다. 괜찮을지도 모르겠다. 이제 우리가 지은 죄는 사라지지 않을 테니, 현재 상황을 타개해야 한다.

내가 승낙하자 기미에는 안도한 듯 말했다.

"빠른 편이 낫겠지. 내일이라도 당장 여행사에 다녀오렴." 그리고 마야를 안아 들었다. "아빠랑 엄마가 편히 쉴 수 있게 할머니네 집에 가 있자꾸나."

마야는 묘하게 어른스러운 얼굴로 고개를 끄덕했다.

이 아이는…… 전부 다 아는지도 모른다.

말도 안 되는 소리지만, 그런 생각이 들었다. 분명 본질을 꿰뚫어 보는 힘을 지녔을 거라고.

죄의식과 언제 수사의 손길이 뻗어올지 모른다는 공포에 짓눌려 지내던 게이스케는 여행사에 가자 기분이 조금 밝아진 것 같았다. 결국 우리는 2주간 파리와 피렌체를 여행하기로 했다.

"마야는 착하게 잘 지내려나?"

"걱정 마. 지금도 할머니랑 재미있게 잘 노는걸."

"하지만 어머니 집에 가면 어떨까? 그렇게 넓은 집에서 외롭지는 않을까."

돌아오는 차 안에서 게이스케는 연신 마야를 걱정했다. 나도 어린 딸을 남겨두고 여행을 떠나려니 영 마음이 놓이지 않았다. 하지만 지금은 남편을 최우선으로 생각하고 싶었다. 예전처럼 약동적이고 색채가 넘치는 그림을 다시 그렸으면 하는 마음뿐이었다. 그 때문에 우리는 넘어서는 안되는 선을 넘었으니까.

"걱정 말래도." 나는 운전대를 가볍게 꺾었다. 마야가 좋아하는 양과자를 사서 돌아갈 생각이었다. "아이는 사고가 유연하잖아. 할머니한테도, 할머니 집에도 금방 익숙해져서 거리낌 없이 지낼 거야."

이제 독서실에 무서운 그림도 없고 말이야, 하고 속으로 중얼거렸다. 기미에한테는 미안하지만 그 그림을 없애길 잘

했다.

신호가 파란불로 바뀌었다. 나는 가속페달을 밟았다. 교차로를 지나 속력을 높였다. 교통 상황은 원활했다. 우리 차 오른쪽 차선을 달리던 400시시 오토바이가 중앙선으로 다가가는가 싶더니 갑자기 우회전을 하려고 방향을 돌렸다. 반대 차선을 달려온 흰색 벤츠가 오토바이를 피하려고 급히 운전대를 꺾었다. 그대로 중앙선을 넘어 곧장 우리 차 쪽으로 다가왔다. 나는 얼른 브레이크를 밟았다. 하지만 이미 늦었다.

벤츠가 기울어지며 밀고 들어오는 모습이 슬로모션처럼 느껴졌다. 타이어가 찢어지는 듯한 비명을 질렀다. 벤츠 운전석이 바로 앞에 보였다. 눈을 부릅뜬 채 몸이 굳어버린 젊은 여자의 얼굴이 가까워졌다. 얇은 연보라색 원피스가 몸에 착 달라붙어 있었다.

"아아……" 나는 탄식했다.

그 여자다. 그림 속의 여자. 슈에이가 그린 수수께끼의 여자.

게이스케는 알아챘을까? 하지만 조수석을 볼 틈은 없었다. 엄청난 충격이 몸을 꿰뚫었다. 에어백이 터졌지만 아무 도움도 되지 않았다. 푹 찌그러진 차 앞쪽이 내 몸을 파고들었기 때문이다.

마야…….

의식이 흐려지는 가운데 나는 딸의 이름을 불렀다.

누가 그 아이를 지켜주길…….

연보라색 원피스를 입은 여자가 안고 있던 신기한 동물이 마지막으로 떠올랐다. 그 동물을 본 순간, 왠지 마음이 편해졌다.

나는 깊고 깊은 암흑 속으로 천천히 가라앉았다.

고치
속

커다란 은행나무에서 황금빛 잎사귀가 차례차례 떨어졌다. 떨어진 잎이 은행나무 아래 잔디밭과 인도에 쌓였다. 나는 대나무 빗자루를 크게 휘둘러 은행잎을 쓸어 모았다. 쓸어도 쓸어도 못 따라간다. 바람도 없는데 은행나무가 스스로 몸을 흔드는 게 아닐까 싶을 정도로 금빛 낙엽은 그칠 줄 몰랐다.

스스슥, 스스슥, 반원형으로 비질을 한 곳에 또 나뭇잎이 떨어졌다. 보람 없는 작업이다.

여학생 몇 명이 그 낙엽을 밟고 지나갔다. 하마터면 빗자루까지 밟을 뻔했지만 내게는 눈길 한번 주지 않았다. 이야기에 푹 빠진 탓이다. 아마도 노인 청소부 따위는 그녀들 눈에 들어오지 않는 것이리라. 나는 손을 멈추고 허리춤에서 수건을 뽑아 땀을 닦으며 여학생들의 뒷모습을 바라보았다. 옆에 있는 테니스 코트에서 공을 때리는 단조로운 소리와 기운차게 기합을 넣는 소리가 울려 퍼졌다.

　오늘 하루 강의가 끝난 듯 캠퍼스를 오가는 학생의 숫자가 늘었다. 스마트폰을 귀에 대고 뭐라고 바쁘게 통화하며 지나가는 사람, 자전거로 사람과 사람 사이를 솜씨 좋게 빠져나가는 사람, 길가 벤치에 앉아 담소를 나누는 사람. 나는 비질을 하면서 그런 학생들의 얼굴을 슬그머니 바라보았다. 내가 평소 눈으로 찾는 얼굴은 그중에 없었다.

　도서관에서 40대 중반 여자 두 명이 청소도구를 들고 나왔다. 한 명은 퉁퉁하니 듬직하고, 한 명은 호리호리하게 말랐다.

　"미즈구치 씨, 이만 끝내죠? 간식 먹고 가요."

　퉁퉁한 여자가 내게 말을 붙였다. 내가 고개를 젓자 아랫입술을 살짝 내밀고는 물러갔다.

　정리를 마치고 휴게소 앞을 지나가자니 캠퍼스에서 돌아온 에비스 클린의 직원이 의자에 앉아 이야기꽃을 피우고 있었다. 나처럼 대학에 일하러 오는 청소부는 대부분 파트타임 직원이다. 시내의 빌딩과 공공시설, 학교 등의 청소를 맡는 에비스 클린에서는 그러한 시설에 파트타임 직원을 보낸다. 나도 모르게 배에 손을 댔다. 위장 바로 밑의 대장 언저리에 멍울이 생겼다. 이건 대장에 암이 전이됐다는 증거다.

스킬스 위암. 이 도시에 오기 전에 갔던 병원에서는 그렇게 진단했다.

"수술밖에 방법이 없습니다. 그것도 아주 시급해요."

정밀 검사 후에 의사는 그렇게 말했다. 위장 입구가 딱딱하고 좁아져 호리병 아가리 같은 모양이 됐다고 한다. 스킬스 위암은 위장의 점막 아래를 넓게 퍼져나가는 암이다. 증상이 잘 나타나지 않으며, 구역질이 나거나 통증이 느껴질 때는 이미 위장 전체에 암세포가 침윤되고 여기저기 딱딱해져 절제가 불가능할 만큼 암이 진행된 경우가 많다. 그렇게 설명해놓고 절제하자는 의사의 제안에 순순히 따를 기분은 들지 않았다. 그 무렵에 이미 구역질도 통증도 다 겪었으니까. 그렇지 않았다면 걱정해줄 가족도 없는 내가 의사에게 진찰을 받으러 갈 리도 없었다.

"선생님, 만약 수술을 안 하면 얼마나 살 수 있겠습니까?"

그렇게 묻자 의사는 아주 간단하게 대답했다.

"글쎄요. 앞으로 반년…… 길어도 1년이겠죠."

마치 그날 아침 식단을 말해주는 것 같은 느낌이었다. 내가 수술을 거절할 줄은 꿈에도 몰랐으리라. 어쨌거나 환자 본인의 생명이 달렸으니까. 하지만 그거야말로 내가 바라는 바였다. 나는 그 말을 듣자마자 의사 앞에서 벌떡 일어섰다.

"알겠습니다. 감사합니다."

의사에게 깊이 머리를 숙이고 진찰실을 나섰다. 의사도 간호사도 떠나는 나를 어안이 벙벙한 표정으로 바라봤다. 어쩌면 중형급 병원은 믿을 수 없다고 판단하고 더 큰 병원에 가는 모양이라고 생각했을지도 모르겠다. 그런 환자도 있기는 있으리라.

하지만 그 후로 나는 병원에 가지 않았다. 멍울은 날마다 커지고 딱딱해졌다. 이제는 병에 대해 잘 모르는 나조차 쉽게 만져서 확인할 수 있을 정도다. 위장뿐만 아니라 대장까지 멍울이 퍼졌다는 건 복막 전이가 일어났다는 뜻이다. 지금은 겨우 일을 하지만 조만간 이 일도 그만둬야 하리라.

죽음은 이미 받아들였다. 하지만 죽음에 이르는 과정은 무섭다. 더 직접적으로 말하자면 국민건강보험에도 가입하지 않았기 때문에 심한 통증이 찾아온들 진통제도 처방받지 못하는 게 아닐까 걱정된다. 혼자 살기에 생판 모르는 남에게 폐를 끼치지는 않을까 염려스럽기도 하다.

나는 옆집에 사는 중년 여자를 생각했다. 파트타임 일을 하는 여자들과 똑같이 필요 이상으로 군살이 쪘고, 반응도 둔한 것이 꾀바르다고는 하기 힘들다. 귀도 안 좋은지 보청기를 끼고 다닌다. 집에서 못 나오는 나를 바지런히 챙겨주기를 기대할 수는 없을 듯하다.

하지만 내가 제일 겁나는 건 복지 사무소 같은 데서 척 나서서 죽어가는 (또는 죽은) 내 신원을 조사하는 일이다. 그 생각을 하자 생침이 올라와 살짝 트림이 나왔다. 형기를 다 살고 나왔다고는 하나, 나는 살인범이다. 아들을 죽인…….

또 시코쿠 지방의 이 도시에 오게 될 줄은 생각도 못 했다. 태어난 고향도 아니다. 과거에 살았던 적도 없다. 다만 아들이 다닌 대학이 여기 있다. 그리고 지금은 아들의 전처와 손녀딸이 조용히 살아가는 곳이기도 하다.

죽음이 다가온다는 걸 알았다고 해서 내가 이런 짓을 하는 인간일 줄은 몰랐다. 단 하나뿐인 육친을 보러 가는 정 깊은 인간일 줄은…….

도리어 그런 것에 등을 돌리고 살아왔기에 지금까지 살아남았다고 생각했다. 그런데 그날 병원을 나서서 집에 도착하자 이 도시의 한복판에 우뚝 솟은 성산이 떠올랐다. 손녀와 재회하고 싶었던 건 아니다. 그 아이와 같은 곳에 살다가 같은 곳에서 죽고 싶었다. 그런 마음을 먹게 하는 뭔가가 이 도시에는 있었다.

아들 류헤이가 이 도시의 대학에 진학했을 때, 나는 무직이었다. 아들을 부양하기는커녕 몸 상태가 엉망진창이라 나

하나 건사하기도 힘든 지경이었다. 류헤이는 학자금 대출과 아르바이트로 겨우겨우 학비와 생활비를 충당했다.

시즈오카현 야이즈에 있는 우리 집은 대대로 어부 집안이었다. 나도 열일곱 살 때부터 원양어선을 탔다. 1년 중 여덟 달은 배를 타고 참치를 쫓아 태평양, 인도양, 대서양, 지중해까지 항해했다. 생명이 위험할 때도 있었다. 고된 노동과 오랫동안 가족을 못 본다는 데서 오는 스트레스를 잊기 위해서라도 술은 꼭 필요했다. 바다 위에서도 뭍에서도 뒤집어쓰도록 마셨다. 그런 면에서는 다들 비슷했다. 누구 하나 가릴 것 없이 얼마 지나지 않아 술고래가 됐다.

다만 나는 술버릇이 몹시 안 좋았다. 주량을 넘기면 앞뒤 구분 못 하고 날뛰었다. 술 때문에 사고를 쳤고 몇 번은 경찰 신세도 졌다. 당연히 배에서도 쫓겨났다. 내가 서른여덟 살, 외아들 류헤이는 초등학생 때였다.

그전에도 술에 취하면 가끔 아내와 아들을 때렸지만, 배에서 내리고 나서는 폭행을 밥 먹듯이 했다. 대낮부터 코가 삐뚤어지도록 마시고 말리려는 아내를 때린다. 엉엉 우는 류헤이가 신경에 거슬려서 고함을 지른다. 류헤이는 어부 집안의 자식답지 않게 섬세하고 유약한 아이였다. 그런 점이 내 성질을 더 건드렸다.

술 마시고 고함을 지르고, 또 마시고 때린다. 지옥 같은 나날이었다. 오만 정이 다 떨어졌는지 아내는 결국 집을 나갔다. 류헤이를 놔두고서. 그 당시 내게 초등학생 아들놈은 짐덩어리에 지나지 않았다. 아내가 나가고 얼마 지나지 않아 나는 피를 왕창 토하고 쓰러졌다. 류헤이가 이웃집에 도움을 청하러 뛰어갔다.

만약 류헤이가 없었다면 나는 틀림없이 죽었을 것이다. 내가 구급차에 실려 간 후 류헤이는 정신을 잃었다고 한다. 너무 긴장한 나머지 정신을 붙잡아둔 끈이 뚝 끊어진 것이다. 어머니에게 버림받은 것도 모자라 아버지까지 죽어버리는 것 아니냐는 공포가 류헤이를 붙들고 놓아주지 않았다.

하지만 나는 아들에게 전혀 신경을 써주지 않았다. 오랜 세월 술을 퍼마신 탓에 간이 상했다. 그 시점에 이미 만성 알코올성 간염은 꽤 많이 진행된 상태였다. 간 비대, 황달, 부종, 복수, 토혈과 하혈 등 온갖 증상이 나를 괴롭혔다. 입원이 길어져 류헤이는 먼 친척 집에 맡겼다. 그 집에서 류헤이는 묘하게 얌전하니 애늙은이같이 지냈다고 한다.

나는 그 지경이 되고서도 술을 완전히 끊지 못했다. 병원을 빠져나와 몰래 술을 마시고는 강제 퇴원당하고, 다른 병원에 실려 가는 추태를 부렸다.

그 무렵 중학생이 된 류헤이가 몰래 나를 만나러 왔다고 한다. 하지만 나는 기억이 안 난다. 금단증상 중 하나로, 병실 구석에서 작은 벌레가 우글우글 기어 나오는 환각에 시달리던 시기였다. 자기 아들을 보고 "작은 괴물이 왔다!" 하며 몹시 무서워했다는 이야기를 나중에 들었다. 그런 연유로 나는 어떤 병원의 금주 세미나에 참가했다. 그런 그룹에 매달리지 않고서는 안 될 지경까지 갔다.

먼 친척의 도움으로 류헤이는 대학까지 들어갔다. 나도 간신히 술과 인연을 끊고 앞으로 살아갈 길을 모색하기 시작했다. 하지만 이제 류헤이 앞에서 아버지 행세는 못 하겠다고 생각했다. 그 아이와 떨어져 살아가는 게 최선의 선택이라고 제멋대로 믿었다. 류헤이의 심정을 헤아리지 않았다. 아버지라는 존재가 녀석의 인생에 얼마나 큰 그림자를 드리웠는지 어리석은 나로서는 알 까닭이 없었다.

은행잎이 전부 다 떨어졌다.

새해가 밝았다. 복부의 멍울이 좀 더 딱딱해진 것 같았다. 하지만 몸 상태는 별 변화가 없었다. 구역질과 통증은 여전하지만, 예전보다 심해졌다는 느낌은 아니다. 굳이 따지자면 식욕이 없어졌다는 것 정도일까. 식욕이 없다기보다는 구역질이 나는 게 싫어서 안 먹는다는 쪽이 맞으리라.

먹질 않아서 체력이 떨어졌지만 간신히 일은 계속하고 있다. 이제 곧 의사가 선고한 1년이 다 되어가지만, 나는 아직 살아 있다. 내가 죽는다면 간암이 원인일 줄 알았는데, 얄궂게도 금주가 효과를 발휘해 간은 회복됐다. 하지만 저승사자는 나를 내버려두지 않을 모양이다. 인생은 끌어 쓴 빚을 마지막에 다 갚도록 되어 있기 마련이다.

일륜차를 밀고 캠퍼스 여기저기를 돌아다니며 동그란 쓰레기통에서 쓰레기를 회수했다. 업무용 폐기물임을 알리는 노란색 쓰레기봉지를 꺼내고 새 비닐봉지를 넣었다.

앞에서 여학생 네댓 명이 나란히 걸어왔다. 그중에서 미쿠의 얼굴을 보고 손을 멈췄다. 이렇게 매일매일 대학 캠퍼스에서 일해도 미쿠와 만나는 건 일주일에 한 번 정도다. 만난다고 해도 내가 일방적으로 바라볼 뿐이지만. 미쿠는 지금 자기 아버지가 졸업한 대학에 다니고 있다.

내 곁을 지나칠 때 미쿠는 웃음을 빵 터뜨렸다.

"그거 정말이야, 마리코?"

"정말이라니까. 어? 혹시 의심하는 거야?"

그렇게 대답한 친구는 학생답지 않게 화장이 진했다. 청초한 분위기의 미쿠와는 정반대다. 미쿠는 할아버지가 자신을 가만히 바라보고 있는 줄은 꿈에도 모를 것이다. 그걸로됐다. 내가 여기서 이렇게 살고 있다는 걸 아무도 몰랐으면싶었다.

류헤이가 아무 연고도 없는 지방 도시의 대학에 진학해

서 나는 오히려 기뻤다. 쓰레기 같은 아버지가 해줄 수 있는 일은 하나도 없었다. 먼 친척이 연락을 준 건 류헤이가 대학교 3학년 때였다. 이야기를 듣고 가슴이 철렁했다. 류헤이가 술독에 빠졌다는 것이다. 실연이 계기라고 했다. 사귀던 여고생이 갑자기 변심했다는 모양이다. 어디에서나 흔히 들을 수 있는 이야기다.

"어쩌면 류헤이는 그런 계기가 생기기를 기다렸는지도 모르겠어요."

류헤이를 부모처럼 돌봐준 친척 여자가 그렇게 말했다. 자식 운이 없었던 그 부부는 10년도 넘게 류헤이를 맡아준 은인이었다.

"무슨 계기를?" 나는 끌려들어가듯 물었다.

"망가질 계기를……"

차마 잇지 못한 말은 "당신처럼요"이었을 것이다. 대신에 친척 여자는 "류헤이의 마음은 유리 같았어요. 빛을 모조리 흡수하는 데다 깨지기 쉬웠죠. 톱날같이 깔쭉깔쭉한 곳에서 늘 스스로를 상처 입히는 것 같은 기분이 들더군요" 하고 말했다.

금주 모임에서 들은 이야기가 머릿속에 되살아났다. 알코올의존증 부모를 둔 아이의 4분의 1이 알코올의존증이 된다는 데이터가 있다고 했다. 유전적인 소인에 환경적 요인이 추가되기 때문이다. 알코올의존증 부모 아래서 자란 아이는 집에서 늘 술과 관련된 긴장감에 노출된다. 그 결과 참는 법을 익히고, 남에게 미움받는 걸 극단적으로 두려워해 착한 아이인 척한다. '어덜트 칠드런'이라 불리는 이런 사람은 자기표현에 서툴러 인간관계가 원만하지 못하다는 이야기였다.

그야말로 류헤이가 이런 유형의 사람이었다.

나는 어떻게든 이 악의 연쇄에서 아들을 구해내고 싶었다. 드디어 아버지로서 가져야 마땅할 감정이 솟구쳤다. 키워준 부모의 격려에 힘입어 나는 류헤이를 만나러 시코쿠 지방까지 갔다. 처음 발을 들여놓은 그곳은 모형처럼 조그마한 도시였다.

한복판에 만들어 붙인 것처럼 봉긋하니 나무가 우거진 산이 있었다. 하늘이 푸르러서인지 산꼭대기에 자리한 성의 흰색 회반죽벽이 한결 돋보였다. 도회적인 건조물 가운데 분위기가 다른 이물질이 혼입된 것처럼 묘한 느낌이었다.

술독에 빠졌다지만 지금까지 거의 술을 입에 대지 않았다 보니, 류헤이의 몸에 그렇게 심각한 손상은 없었다.

"실연은 누구나 하는 거야."

나는 흔해빠진 말을 꺼내는 게 고작이었다. 아들을 어떻게 대해야 할지 감이 잡히지 않았다.

결혼까지 생각했던 상대 여고생은 류헤이를 배신하고 중학교 시절 은사에게 열을 올렸다고 한다. 그 후 그녀는 영문을 알 길 없이 실종됐다. 은사와 사랑의 도피를 했는지, 변덕스럽게 류헤이의 앞에서 자취를 감췄는지 자세한 사정까지는 묻지 않았다. 살면서 수없이 겪기 십상인 작은 고난을 잘 처리하는 기술이 류헤이에게는 없었다.

그래서 별안간 연인을 잃은 류헤이는 제일 친숙한 것, 즉 자기 아버지가 의지했던 술로 도피한 것이다. 확실히 여고생이 못된 짓을 하기는 했지만, 내게 그걸 책망할 자격은 없었다. 그녀는 그저 버튼을 눌렀을 뿐이다. 친척 여자가 지적했듯이 류헤이가 망가질 밑바탕은 내가 만들었으니까.

그래도 류헤이는 "대학만은 졸업해다오" 하고 내가 되풀이하는 진부한 당부에 순순히 귀를 기울였다. "나처럼은 되지 마라. 네 아버지는 개망나니야. 실컷 경멸해도 상관없어." 그렇게 말하자 몹시 상처 입은 표정을 지었지만.

다시는 술을 마시지 않겠다고 약속한 류헤이를 남겨두고 나는 부랴부랴 시코쿠 지방을 뒤로했다. 진심을 말하자면 무서웠다. 내 아들이 추한 나 자신을 비추는 거울이 된 것 같은 기분이었다. 내게 류헤이는 여전히 작은 괴물이었다. 이 지경이 됐는데도 아들은 아버지를 원하는구나, 하고 느낀 것도 내가 몸서리를 친 이유였다.

류헤이는 대학을 졸업하고 고향으로 돌아왔다. 친척 남자의 연줄로 작은 광고 대리점에 취직한 후에도 가끔 만났지만, 우리는 여전히 삐걱거렸다. 부모 자식 관계를 본모습으로 되돌리기에 류헤이는 이미 너무 어른이었다. 그래서 류헤이가 결혼한다는 소식을 들었을 때는 진심으로 안도했다. 단 한 명의 육친인 아버지에게 더 이상 연연하지 않으리라 생각했다. 분명 새로운 가정을 잘 꾸려나가리라고 그때는 믿었다.

며느리 아이코는 류헤이의 대학교 동기로, 시코쿠 지방에서 멀리 떨어진 곳에서 우연히 마주친 걸 계기로 친해졌다고 한다. 결혼식도 올리지 않고 살림을 차린 두 사람은 금방 아이를 얻었다. 그게 바로 미쿠다.

또 욱신욱신 아파오는 배에 손을 댄 채, 멀어지는 미쿠의 뒷모습을 바라보았다. 헤어졌을 때 미쿠는 고작 돌쟁이였다. 뭔가를 붙잡고 일어서기 시작했고, 한두 마디 말도 하며 한창 귀여울 시기였다. 그러니 할아버지는 기억도 못 하리라. 분명 아버지에 대해서도.

의사에게 암을 선고받고 나서 바로 아이코와 미쿠가 생각났다. 미쿠의 나이를 헤아려보자 대학에 다닐 시기였다. 류헤이가 죽은 후 두 사람이 아이코의 친정에 의탁했다는 건 알고 있었다.

나는 그저 아들 류헤이가 4년간 살았고 지금은 손녀가 사는 이 도시에서 죽고 싶었을 뿐, 미쿠를 만날 생각은 꿈에도 없었다. 하지만 이사 후에 구인광고 잡지에서 본 청소회사에서 류헤이와 아이코의 모교에도 청소부를 파견한다기에 미쿠도 부모와 같은 대학에 다니는 건 아닐까 막연하게 추측했다.

그리고 그 추측은 들어맞았다.

청소회사는 내 바람대로 대학교를 근무지로 잡아주었다. 거기서 미쿠를 발견했다. 신입생 환영회로 시끌벅적하던 한 달이 지났을 무렵이다. 바람이 강해 먼지가 풀풀 날리는 캠퍼스에서 나는 제 어머니와 똑같이 부드러운 미소를 띤 미쿠를 보았다. 이름을 부르는 친구의 목소리와, 벤치에 아무렇게나 놓아둔 노트에 적힌 이름을 보고 둘도 없이 소중한 내 육친임을 확신했다. 경제학부였던 류헤이와 달리 미쿠는 인문학부에서 영문학을 공부하고 있었다.

나는 이 요행을 신에게 감사드렸다.

죽기 전에 가장 사랑하는 손녀와 함께 지낼 수 있다니 이 얼마나 행복한가. 설령 상대는 모를지언정. 아이코도 한번 보고 싶었지만 그건 너무나 염치없는 소망이다. 하지만 아이코와 미쿠는 이 도시에서 행복하게 살고 있다. 그것만으로도 만족해야 하리라.

아무것도 모르고 지나가는 미쿠의 뺨을 살짝 쓰다듬어보고 싶다는 욕망을 억누르며 나는 그해 겨울을 보냈다. 고맙게도 위암은 소강상태를 유지했다. 하지만 증상이 안정적일 뿐, 세포 단위에서는 엄청난 속도로 암세포가 증식하고 있을 것이다. 그건 식욕에서 여실히 드러났다. 입이 더 짧아졌고 몸에 힘이 들어가지 않았다.

나는 이 도시에 와서 대학에 가까운 성산 바로 밑의 허름한 연립주택에 세를 들었다. 다다미 넉 장 반과 여섯 장 반짜리 방이 전부다. 작은 방에는 명색뿐인 개수대가 딸려 있어 부엌도 겸한다. 그러고는 화장실과 벽장뿐이다. 욕실은 없으므로 목욕탕에 가야 한다. 요즘은 학생도 이런 곳에는 살지 않으리라.

연립주택 남쪽에 성산이 다가붙은 탓인지 방은 어둡고 눅눅하다. 다다미는 습기를 먹어 울룩불룩 들떴다. 바닥 밑에서 습기가 올라오는 탓이다. 예전에 전등 상태가 안 좋아서 배선을 확인하고자 벽장 위쪽 판자를 치우고 천장 위에 올라간 적이 있었다. 거기가 건조하니 산뜻해서 훨씬 기분이 좋았다. 날림으로 지어서 어딘가에 틈새가 있는 듯 외풍도 느껴졌다.

"쯧쯧, 분명 몸이 어디 안 좋은 거야. 꼭 병원에 가봐요."

집주인 모리오카 씨가 그렇게 말하며 샘플용으로 들어온

영양 드링크 몇 병을 주었다. 그는 근처 큰길에서 약국을 운영하며 몸이 불편한 아내를 돌보느라 고달픈 사람이었다. 우리는 나이가 비슷한 터라 가끔 이야기 정도는 나누었다. 직장 동료 외에 내게 말을 걸어주는 귀중한 사람이다.

"여기도 조만간 철거하고 새집을 지어서 살려고." 모리오카 씨가 말했다. 큰 도시에서 약사로 일하는 아들에게 약국을 넘길 계획인 모양이다. 나는 묵묵히 들었다. 아마 그 계획이 실행될 무렵에 나는 이미 죽었으리라.

나는 지금 일을 계속할 수 없을까 봐 제일 겁난다. 결국 끝나리라는 건 알지만 캠퍼스를 돌아다니고, 친구와 웃고, 분수 옆에 혼자 서 있는 미쿠의 모습을 최대한 오래 보고 싶었다.

그리고 겨울 끝자락부터 미쿠가 또래 남학생과 함께 있는 모습이 눈에 띄었다. 그러자 사람은 참 간사한 법인지 언제 죽어도 여한이 없다는 마음이, 좀 더 오래 살아 이 두 사람이 사랑의 결실을 맺는 모습을 보고 싶다는 마음으로 바뀌었다. 그렇게 생각하면 꺼져가던 생명의 푸르스름한 불길이 확 기세를 올리는 것처럼 몸 상태가 나아지곤 했다.

결혼한 류헤이의 살림집을 찾아가 본 적은 거의 없었다. 이제 신경 써줄 사람이 생겼으니 그럴 필요도 없으리라고 대수롭지 않게 여겼다. 금주하고 병원과도 작별한 나는 임시 고용이나 단기 아르바이트 같은 형태로 영세기업을 여기저기 전전하며 일했다.

하지만 류헤이의 마음속 어둠은 깊었다. 친척 여자가 지적했듯이 류헤이는 사소한 일로도 우르르 무너져 내리는 성격을 타고났다. 인간관계를 잘 쌓아 올리지 못하는 어덜트 칠드런이라 회사에서 고생이 심했다. 사실 결혼조차도 류헤이에게는 구원이 아니라 고행이 아니었을까. 아무튼 대학시절에 실연한 후로 류헤이는 술을 달고 살았다. 나는 그걸 몰랐다.

미쿠가 태어나자 나로서도 큰맘 먹고 약간의 축의금을 지참해 손녀의 얼굴을 보러 갔다. 맞이해준 아이코의 얼굴은 어두웠다.

꼴이 말이 아니었다.

아이가 태어난 지 얼마 되지도 않았건만, 류헤이는 이미 석 달 전에 광고 대리점을 그만뒀다. 입사한 지 고작 몇 년만이었다. 그리고 제법 중증의 알코올의존증에 걸린 상태였다. 삐죽삐죽하게 자란 수염을 깎지도 않고 흐리멍덩하니 탁한 눈으로 나를 올려다본 류헤이는 예전의 내 모습과 똑같았다.

나는 도피한 걸까?

억지로라도 류헤이와 정면으로 맞부딪쳐 관계를 회복해

야 했던 걸까? 구세주같이 나타난 아이코에게 모든 걸 떠맡기지 말고? 모르겠다. 지금도 나는 답을 내지 못하겠다.

"대체 어떻게 하면 좋을지 모르겠어." 술이 떨어져 아주 가끔 정신이 멀쩡할 때 류헤이는 그렇게 말했다. "아이코와 함께 살며 미쿠를 안아 드는 내 모습이 우스꽝스러운 연극을 하는 것처럼 느껴져"라고.

처음부터 새로운 가정에 위화감이 있었어. 아이코에게 불만이 있는 건 아니야. 분명 누구와 결혼했어도 마찬가지였을걸. 아무튼 마음이 어수선해. 이상하지? 자기 집에서 마음이 어수선하다니. 미쿠가 태어났을 때 몸이 벌벌 떨리더라. 부모 노릇은 도저히 못 할 것 같아서.

류헤이가 자아내는 말을 듣고 있자니, 눈앞에 갑자기 막이 내려온 듯한 기분이 들었다. 무릎이 부들부들 떨려 서 있을 수가 없었다. 남에게는 지리멸렬하게 들릴 류헤이의 설명이 일일이 마음에 스며들었다. 암울한 하늘에서 내리는 시커먼 비처럼. 내가 어린 류헤이를 무서워했던 것처럼, 류헤이도 자신의 피를 물려받은 딸이 무서웠던 것이다.

취했을 때 류헤이는 이렇게 말하며 어린아이처럼 울었다.

"아빠, 날 버렸지?"

그런 게 아니라고 그때 백만 번을 말했어도 류헤이의 마음을 달랠 수는 없었으리라. 하여튼 그 말을 듣고 류헤이가 오랜 세월 동안 거친 물결이 밀려오는 물가에서 가정이라는 모래성을 계속 만들어왔다는 걸 알았다. 기억을 더듬어 쌓아 올린 류헤이의 모래성은 만들자마자 물결에 쓸려갔다.

내 입에서 절망적인 신음이 터져 나왔다. 이 아이는 어머니가 집을 나가고 아버지가 반송장이 되어 구급차에 실려 갔을 때 기절한 상태 그대로다. 그때부터 성장하지 못했다. 이 아이를 미성숙한 식물 같은 인간으로 만든 건 다름 아닌 아버지인 바로 나다. 나는 술로 몸을 망가뜨린 내 인생을 반추해보았다. 류헤이도 나처럼 아내에게 버림받지 않을까. 그리고 어디에도 풀 길 없는 쓸쓸한 분노를 몸속에 쌓으며 땅바닥을 기는 인생을 살지 않을까.

그러면 미쿠는 어떻게 될까?

나는 번민하면서도 류헤이네 가족을 구하지 못했다. 류헤이는 이미 갈 데까지 가버렸던 것이다. 류헤이는 대학 시절, 술에 빠졌을 때 폭력에 호소함으로써 마음의 균형을 유지하는 방법마저 배웠다. 고등학교에 다니는 연인이 변심했을 때 흠씬 두드려 팼다고 제 입으로 말했다. 내 목구멍 속에 시큼한 덩어리가 그칠 줄 모르고 솟구쳤다.

술 때문에 스스로를 통제할 수 없어진 류헤이는 아이코에게도 똑같은 짓을 했다. 분명 다음에는 미쿠에게도 손을 댈 것이다. 나는 되감긴 영상을 보았다. 아버지의 인생을 고스란히 물려받아 천천히 파멸로 향해 가는 아들의 인생이 내 눈앞에 펼쳐졌다.

하지만 류헤이는 나와 다른 길을 선택했다. 더 안 좋은 길을⋯⋯.

어느 날 밤늦게 아이코에게 전화가 왔다. 비가 퍼붓는 밤이었다.

"류헤이가⋯⋯" 뒷말을 잇지 못했다. 다그쳐서 류헤이가 구급차로 병원에 실려 갔다는 것만 알아냈다. 내 경험에 비추어 보건대 류헤이가 피라도 토했나 싶어 서둘러 병원으로 달려갔다. 하지만 거기서 더 가혹한 현실과 맞닥뜨렸다. 류헤이는 자살을 기도했다.

침실에서 목을 맨 류헤이를 아이코가 발견했다. 바로 밧줄을 끊어서 내려놓았다고 한다. 빨리 발견한 덕분에 류헤이는 죽지 않았다. 하지만 의식이 없었다. 당장 병원에서 응급 처치를 실시했지만 호흡이 돌아오지 않아 인공호흡기를 씌웠다. 나는 침대 옆에서 말없이 아들을 내려다보았다. 인공호흡기 작동음이 고요한 병실에 규칙적으로 퍼져나갔다. 류헤이의 표정은 어째선지 아주 평온했다. 이 녀석은 스스로 죽음을 택함으로써 고통스러운 세상에서 겨우 달아난 걸까.

옆집에 미쿠를 맡기고 왔다는 아이코는 망연자실한 표정

이었다. "사실 류헤이는 저와 결혼하고 싶어 하지 않았어요."
아이코는 계속 몸을 떨었다. "결혼이라는 말이 나온 순간 겁
을 먹었죠. 그런데 제가 밀어붙인 거예요. 류헤이를…… 좋
아해서."

"아니야." 나는 아이코의 말을 막았다. "네 잘못이 아니다.
잘못한 건 나야. 이 녀석은 이럴 수밖에 없었던 거야. 이럴
수밖에……" 마지막 말은 목구멍에서 쥐어짜냈다.

류헤이는 식물인간 상태로 생명을 유지했다. 친정인 시
코쿠 지방에서 아이코의 부모님이 찾아왔다. 부모님에게 걱
정을 끼치기 싫어서 아이코는 일이 여기에 이르기까지의 경
위를 이야기하지 않았다. 부모님은 모든 사실을 알고 기겁
했다. 당연하다. 딸이 알코올의존증에 걸린 남편에게 폭행
을 당했다는 말에 펄펄 화를 냈다. 이런 놈의 수발을 왜 드느
냐고 아이코의 아버지가 말했다. 아이코와 미쿠는 자기들이
거둘 거라고도.

나는 승낙했다. 류헤이가 의식을 찾을 가능성은 거의 없
다고 의사에게 들었다. 평생 이렇게 지낼 각오를 하라고도
했다. 두 사람의 장래를 고려하면 친정으로 돌아가 새로운
인생을 찾는 편이 낫다. 류헤이는 남은 평생 내가 돌볼 생각
이었다. 그게 내게 남겨진 유일한 사명이었다.

하지만 아이코는 한사코 말을 듣지 않았다. 부모님을 쫓

아 보내고 류헤이를 간병했다. 눈조차 뜨지 않는 남편에게 말을 걸고, 몸을 마사지해주었다. 아이코는 미쿠를 등에 업고 매일 병원을 찾았다. 하지만 의사 말대로 류헤이는 아무 반응도 보이지 않았다. 그저 기계의 힘으로 살아 있을 뿐이었다. 절망과 후회가 아이코를 좀먹었다. 차마 볼 수도 없이 야위었고, 미쿠에게 먹일 젖도 말랐다. 고작 한 달 만에 10년이나 늙은 것 같았다.

병원비는 아이코가 적금을 깨서 지불했지만, 금전적인 면에서도 결국은 막다른 길에 몰리리라. 모든 것이 파멸을 의미했다.

산송장이 된 아들을 내려다보며 나는 결심했다. 류헤이도 죽음을 바랐다. 이런 꼴로 살아가는 건 본의가 아니리라. 무엇보다 아이코와 미쿠를 이 지옥에서 해방시켜주어야 한다.

아이코가 없을 때 나는 인공호흡기 튜브를 절단했다. 류헤이는 괴로워하지 않았으리라 믿는다. 이제는 고통마저 표현할 수 없었을지도 모르지만. 류헤이가 숨진 후에도 나는 머리맡에 가만히 앉아 있었다. 아이코가 돌아와서 그런 시아버지를 발견했다. 숨을 헉, 삼켰지만 아이코도 이번에는 남편의 죽음을 받아들였다.

아이코가 가까이 다가오더니 호주머니에서 뭔가를 꺼냈다. 그리고 내게 차갑고 조그마한 물건을 쥐어주었다. 자세히 보니 2펜스짜리 갈색 동전이었다. 오래전 원양어선을 탈 때 영국에 들렀다가 가져온 것이다. 이걸 어린 류헤이에게 주었던 기억이 났다. 너무나 먼 옛적 기억이었다.

"이거, 류헤이의 보물이었어요. 얼마나 아꼈는지 몰라요."

나는 동전을 꼭 움켜쥐고 울었다. 포효하는 듯한 울음소리를 듣고 간호사가 뛰어왔다. 나는 경찰에 출두하기 전에 고생시켜서 미안하다고 아이코에게 머리 숙여 사과했다. 그리고 이제 우리 인연은 다 끝났으니 다시는 연락할 생각 말라고 부탁했다. 재판에서는 정상이 참작돼 4년의 실형을 언도받았다. 고작 4년이다. 자식의 인생을 망친 끝에 목숨까지 빼앗은 것치고는 너무나 가벼운 벌이었다.

아이코는 미쿠를 데리고 시코쿠 지방의 친정으로 돌아갔다고 들었다. 성산이 있는 오래된 도시로……

다시 봄이 돌아온 대학 캠퍼스에서 그 벌레를 발견했다.

평소처럼 중정의 화단에서 잡초를 뽑다가 한 나무의 가지에 큼지막한 애벌레가 앉은 걸 발견했다. 길이가 7, 8센티미터는 되어 보였고 색깔은 밝은 황록색이었다. 몸 옆면에는 기다란 흰 선이 있고, 몸뚱이는 아홉 마디쯤 됐다. 마디 하나하나마다 등 부분에 육질의 돌기가 돋았고, 검은색 털이 나 있었다.

나는 그 아름다운 벌레를 넋 놓고 바라보았다. 아마 산누에나방과에 속하는 나방의 애벌레이리라. 애벌레는 내가 바로 옆에서 숨을 죽인 채 바라보는데도 아랑곳없이 바쁘게 나뭇잎을 먹었다. 자세히 보니 그 관목의 아랫부분에 달린 잎사귀는 모조리 먹어 치운 뒤였다. 지금의 나로서는 그 식욕이 부러울 정도였다.

그 벌레는 다음 날도 같은 나무에 있었다. 새똥으로 운반된 씨앗이 싹터서 자란 모양인지 처음 보는 야생 나무였다. 이 기세라면 2, 3일 안에 나뭇잎을 다 먹어 치우리라. 나는 문득 좋은 생각이 나서 벌레가 앉은 나뭇가지를 꺾어 집으로 가지고 돌아왔다.

커다란 골판지 박스에 벌레를 넣고 꺾어 온 가지를 그 위에 얹어주었다. 처음에는 성산에라도 놓아줄 작정이었다. 성산에는 온갖 나무가 있을 테니 마음에 드는 나뭇잎으로 옮겨 가지 않을까 싶었다. 하지만 애벌레는 움직임이 몹시 둔했다. 몸 아래 죽 달린 짧은 다리를 바삐 놀려도 움직이는 범위에는 한계가 있었다.

나는 이 무렵 거의 아무것도 입에 대지 못했고, 변비와 설사를 되풀이했다. 지금까지 손을 늦추었던 암세포가 다시 몸속에서 침략을 시작한 것이다.

왜 그 벌레에게 그렇게 집착했는지는 모르겠다. 캠퍼스를 돌아다녔지만 같은 종류의 나무는 찾지 못했다. 나뭇잎을 구해서 주지 않으면 애벌레는 죽는다. 나는 성산에 올랐다. 올라가려 하자 다리가 말을 듣지 않았다. 숨이 너무 찼다. 그래도 3분의 1쯤 올랐을 때, 숲속에서 그 나무와 똑같이 생긴 나무를 발견했다. 들 수 있을 만큼 전정가위로 가지를 잘라 집으로 돌아왔다.

깔쭉깔쭉하게 생긴 진녹색 이파리를 골판지 박스에 넣어주자 애벌레는 즉시 달라붙었다. 머리를 요리조리 흔들며 주둥이를 오물거려 이파리에 구멍을 냈다. 나는 시간 가는 줄도 모르고 그 모습을 지켜보았다. 가져온 나뭇잎으로는 사흘 정도밖에 버티지 못해서 나는 다시 구부정한 자세로 쉬엄쉬엄 그 관목이 무리지어 있는 곳으로 올라갔다. 그리고 요전보다 나뭇가지를 더 많이 잘라 왔다.

힘이 없어 나뭇가지를 질질 끌며 집에 돌아오자 옆방에 사는 도가와라는 중년 여자가 "뭐해요?" 하고 물었다. 아주 수상쩍다는 표정이었다. 그럴 만도 하다. 고목처럼 삐쩍 마른 노인이 나뭇가지를 질질 끌며 돌아왔으니까.

"어, 그게 말이지. 벌레한테 밥으로 주려고."

"벌레한테?"

도가와는 소름 끼친다는 듯이 이맛살을 찌푸렸다.

내 배 속의 멍울은 더 이상 커지지 않았지만, 이제는 등까지 통증이 번졌다. 배에 손을 대고 방에 드러누워 있으면, 애벌레가 왕성한 식욕을 발휘해 나뭇잎을 사각사각 갉아먹는 소리가 들린다. 끊임없이 들리는 그 소리에 나는 벌떡 몸을 일으켰다. 그리고 골판지 박스를 들여다보았다. 애벌레는 주둥이를 열심히 움직이고 있었다.

그 모습을 잠시 바라본 후, 나는 나뭇가지에 손을 뻗었다. 이파리 한 장을 떼어내 눈앞으로 쳐들었다. 차조기 잎과 비슷하지만 더 두껍고 잎맥이 뚜렷하다. 차조기처럼 냄새가 나지는 않았다. 입에 넣어보았다. 질겅질겅 씹어서 삼켰다. 뭔가 조금이라도 먹으면 위장이 아프고 구역질이 심해지는데, 그럴 낌새가 없었다. 나뭇잎은 별 탈 없이 위장 속으로 내려갔다. 이파리를 하나 더 떼서 입에 넣었다. 애벌레가 골판지 박스 속에서 사각거리는 소리를 들으며 나는 나뭇잎을 연신 입에 밀어 넣었다.

다른 건 입에도 못 대면서 그 나뭇잎만큼은 얼마든지 먹을 수 있다니, 기가 막혀서 한숨이 나왔다. 나는 애벌레와 나 자신을 위해 성산에서 나뭇가지를 계속 잘라 왔다. 점차 숲 깊숙이 들어가게 됐다. 고맙게도 이름도 모르는 그 관목은 숲속에 아주 많았다.

애벌레는 둥글둥글하니 살이 올랐다. 나도 그 나뭇잎을 먹은 뒤로 체력이 조금씩 돌아오는 걸 실감했다. 배 속의 멍울은 변함없었지만, 통증은 완화됐다. 그 진녹색 나뭇잎은 내게 청정식품이었다. 잎사귀를 갉아먹는 애벌레처럼 나는 나뭇잎을 우적우적 먹었다. 맛있지는 않았지만, 그게 분명 생명을 지탱해주는 것 같은 기분이었다.

대학 도서관에서 애벌레에 대해 찾아보았다. 비슷한 나비나 나방의 애벌레는 책에 실려 있었지만, 완전히 똑같은 건 찾지 못했다. 산누에나방 애벌레의 몸속을 설명하는 컬러 그림이 있었다. 몸속은 대부분 먹은 나뭇잎을 흡수하는 소화기관으로 이루어져 있었다. 등에는 체액을 순환시키는 배맥관이 곧게 뻗어 있었고, 배 중앙부에는 실을 만드는 견사샘이 있었다. 나는 배의 멍울을 만져보았다. 만약 내가 애벌레라면 이 언저리에 견사샘이 있을 것이다.

회복까지는 아닐지언정 내가 원래 생활을 영위할 수 있을 정도로 체력을 되찾은 것과는 반대로, 미쿠는 시름에 겨워 보였다. 남자 친구와 헤어진 건 아니었다. 두 사람은 대개 함께 있었지만, 남자 친구 곁에 있으면서도 미쿠의 표정은 흐려지기 십상이었다. 무슨 일이 있었는지 나로서는 알 방도가 없었다. 그저 걱정하며 애만 태울 뿐이었다.

지금까지와는 달리 두 사람의 뒤를 밟기도 했다. 놀랍게도 미쿠의 남자 친구가 사는 원룸 맨션은 내 셋방 근처였다. 그 녀석은 아직 새로 지은 티가 나는 그 3층짜리 맨션의 1층에 살았다.

우편함의 이름표를 보고 이름이 후지모토라는 걸 알았지만, 내가 할 수 있는 일은 없었다. 류헤이가 죽은 뒤로 내 인생에는 아무 의미도 없었다. 그저 아이코와 미쿠가 지금 행복하게 살고 있다는 사실만이 당시 내가 저지른 행동이 정당했음을 뒷받침해주었다. 그러니 미쿠는 어떻게든 행복해져야 한다.

봄도 깊어진 어느 날, 미쿠가 시름에 빠진 이유를 알게 됐다. 햇살이 강해져도 긴팔 차림으로 다니던 미쿠가 혼자 있을 때 팔을 걷고 손을 씻는 모습을 보았다. 그 뽀얀 팔에 생긴 보랏빛 멍 자국을 보자 기시감이 덮쳤다. 19년 전, 아이코의 몸에 수두룩했던 긁힌 상처와 멍…… 류헤이가 새긴 공포의 각인.

후지모토가 사는 맨션 뒤편에는 키 큰 교목과 키 작은 관목을 함께 심어놓은 멋들어진 화단이 있었다. 해가 완전히 져서 주변이 어둠에 감싸이자 나는 방을 나서서 그 화단에 몸을 숨겼다. 미쿠가 매일 온다는 보장은 없지만, 끈기 있게 잠복을 계속했다. 미쿠가 와서 둘이 함께 저녁을 지어 먹고 즐겁게 이야기를 나눌 때도 있었다. 달뜬 목소리가 희미하게 새어나올 때도 있었다. 하지만 일주일도 지나지 않아 내 걱정은 확실한 형태를 이루어 모습을 드러냈다.

환기를 위해 살짝 열어놓은 창문 너머에서 후지모토의 나지막이 억누른 목소리가 들렸고, 달래는 듯한 미쿠의 목소리가 거기에 겹쳤다. 뭔가를 마룻바닥에 내팽개친 듯 쿵, 하는 소리가 들린 후 미쿠의 짤막한 비명 소리가 귀를 때렸다. 그런 미쿠를 욕하는 남자의 목소리. 나는 화단에서 슬금슬금 나와서 창문으로 다가갔다.

역시 기시감이 덮쳤다. 눈을 사납게 뜬 남자가 아무 저항도 못 하는 여자를 마음껏 때리는 모습이었다. 나는 소리 없이 울었다. 일찍이 아이코에게 느낀 박복함의 그림자가 미쿠에게도 드리워졌음을 지금 깨달았다. 이 모녀가 슬픈 팔자를 짊어져야 하는 원인은 오로지 나 때문이라는 절망감을 뼈저리게 느꼈다.

기다시피 집으로 돌아가 또 진녹색 나뭇잎을 먹었다. 나는 펑펑 울면서 침과 위액이 뒤섞인 액체를 토했다. 끈적끈적한 액체를 턱에 묻힌 채 골판지 박스를 들여다보자 애벌레는 박스 한구석에서 꼼짝도 하지 않았다. 고치를 만들어 번데기가 될 준비를 하는 것이다.

애벌레는 나뭇잎 먹기를 멈추고 실을 토해내기 시작했다. 주둥이 바로 옆에 있는 토사관에서 반짝반짝 아름답게 빛나는 가느다란 실을 토해낸다. 처음에는 나뭇가지 사이에서 발판을 다지듯이 실을 토해낸 후, 머리를 8자 모양으로 움직이며 쌀가마 모양의 고치를 만들었다. 나는 그 천연적인 조형물을 가만히 바라보았다. 그리고 나뭇잎을 먹었다. 고치에서 나방이 나올 때까지 2주일쯤 걸린다. 그 사이에 나는 후지모토와 미쿠를 감시했고, 나뭇잎을 먹기 위해 성산에서 나뭇가지를 잘라 왔다. 나뭇잎을 먹은 덕분에 몸에는 힘이 넘쳤다.

후지모토의 폭력은 나날이 심해졌다. 미쿠는 이미 저항하거나 남에게 도움을 요청할 기력을 잃은 것 같았다. 가끔은 울지도 않고 후지모토의 폭력을 받아냈다. 일찍이 아이코에게 찾아왔던 인격 상실과 무력감에 휩싸인 것이다. 후지모토는 일그러진 얼굴로 미쿠를 두드려 팬 후, 망연자실하게 풀썩 주저앉았다. 두 사람의 빈껍데기가 어두운 방 안에 멀찍이 떨어져 웅크린 모습을 나는 몇 번이나 보았다.

집에 돌아오자 고치 일부분이 찢어져 있었다. 성충은 엉덩이에서 나오는 갈색 액체로 고치를 녹여서 밖으로 나왔다. 성충은 온몸이 흰색 털로 뒤덮여 있었다. 지금까지 이렇게 아름다운 나방은 처음 봤다. 앞날개와 뒷날개에 희미하게 갈색 눈알 무늬가 들어가 있는 걸 제외하면 순백색이었고, 뒷날개에 긴 꼬리 모양의 돌기가 달려 있었다. 산누에나방과는 그 크기와 우아함 때문에 황제 나방이라고 불린다는

데, 그야말로 그런 풍격을 갖추었다.

밤이 깊어지자 성충은 날갯짓을 시작해 방 안을 날아다녔다. 형광등 불빛 주변을 날자 올려다보는 내 위에 커다란 그림자가 드리워졌다. 나는 전등을 끄고 창문을 살짝 열었다. 나방은 서늘한 밤의 어둠 속으로 날아갔다. 어둠 속에서도 잠깐 보이던 하얀 몸뚱이가 이윽고 성산 방향으로 사라졌다.

애벌레를 돌본 기간은 고작 한 달 정도였다. 그런데도 애벌레가 떠난 것이 뭔가 확실한 계기로 여겨졌다. 나방을 놓아준 다음 날, 또 후지모토의 집을 찾아갔다. 이 무렵 후지모토는 매일같이 미쿠에게 폭력을 휘둘렀다. 왜 아이코는 딸의 마음과 몸에 변화가 생긴 걸 모른단 말인가. 분명 미쿠가 기를 쓰고 어머니에게 숨기는 게 틀림없다. 저 비열한 놈이 얼굴만은 때리지 않으니까.

창문에서 또 남자의 고함 소리, 미쿠의 연약한 살결이 이유 없는 폭력을 받아내는 소리, 미쿠가 흐느껴 우는 소리, 작은 물건이 부서지는 소리가 새어나왔을 때, 나는 주저 없이 화단에서 뛰어나가 창문을 활짝 열고 방으로 들어갔다.

창문을 등진 후지모토는 마룻바닥에 몸을 웅크리고 쓰러진 미쿠에게 발길질을 하는 중이었다. 그런 꼴인데도 후지모토보다 미쿠가 먼저 나를 알아차렸다. 시선이 마주치자 깜짝 놀란 듯 미쿠의 눈이 동그래졌다. 그 또한 아이코의 표정과 아주 흡사했다.

후지모토가 고개를 돌리고 "당신, 뭐야?!" 하고 소리쳤다. 지금 자신이 하는 짓과는 딴판으로, 두려움에 차서 쩔쩔 매는 것 같은 목소리였다. 후지모토는 호리호리하게 마르기는 했지만 키가 컸다. 놈이 몸을 돌려 자세를 가다듬기 전에 나는 수건을 후지모토의 목에 감았다. 그리고 등을 돌려 수건을 내 쪽으로 끌어당겨 목을 꽉 졸랐다. 후지모토의 입에서 "컥!!" 하고 신음이 새어나왔다.

"쇼타!!"

미쿠가 몸을 일으켜 소리를 질렀지만 나는 힘을 풀지 않았다. 그 나뭇잎 덕분에 힘이 다시 돌아온 걸 하늘에 감사했다. 한 사람을 목 졸라 죽일 힘만 주어진다면, 더 이상은 숨 쉴 힘도 필요 없다는 마음이었다. 그렇게 후지모토에게 등을 돌린 채 어깨 너머로 수건을 계속 잡아당겼다. 체격이 우월한 후지모토를 상대하기에는 '지장보살 짊어지기'라는 이 방법밖에 떠오르지 않았다.

그때였다.

쾅, 하고 큰 소리가 났다. 나는 강한 충격을 받고 쓰러졌다. 아프지는 않았다. 의식과 시야가 몽롱해지는 가운데, 미쿠가 들고 있던 묵직한 크리스털 꽃병을 바닥에 내던지는 모습이 보였다. 꽃병은 내 바로 옆에서 산산조각 났다. 후지모토가 심하게 콜록거리다 웩웩 구역질을 했다. 그 소리를 들으며 나는 눈을 감았다.

아마 정신을 잃은 건 몇 분, 어쩌면 수십 초였으리라. 의식은 돌아왔지만, 눈은 떠지지 않았다. 몸도 말을 안 들었다. 미쿠가 거듭 후지모토를 걱정했다. 아무래도 후지모토는 별 타격을 받지 않은 듯했다. 잠시 후 두 사람이 내 쪽으로 주의를 돌렸다.

"그 사람, 죽었어?"

"아니, 숨은 쉬어."

"하지만 피가 나는데." 미쿠는 떠는 것 같았다. "나, 그 사람 알아."

"응, 학교에서 봤어. 청소부잖아."

거의 다 끝냈는데. 왜 미쿠는 이놈을 구한 걸까? 여자를 때리는 쓰레기 같은 놈을.

"야, 미쿠, 괜찮아?"

후지모토가 미쿠를 끌어안은 모양이었다. 미쿠의 흐릿한 목소리가 들렸다.

"무사해서 다행이야, 쇼타. 나 쇼타 없이는 못 살아."

"응, 알아."

미쿠가 훌쩍훌쩍 우는 소리가 들렸다.

"미안해, 미쿠. 이제 다시는 안 때릴게. 그러니까……"

순 거짓말이다. 지금까지도 미쿠를 무자비하게 때린 후에 후지모토가 퍼뜩 정신을 차리고 몇 번이나 그런 말을 입에 담지 않았는가. 하지만 나는 손가락 하나 움직일 수 없었다.

"진짜지, 쇼타? 절대로 날 떠나면 안 돼. 날 혼자 두지 마."

"응, 걱정 마. 절대 안 그럴게."

"혼자는 싫어. 죽을 만큼 무섭단 말이야. 얼마나 외로운데……. 엄마도 그래서 죽었는걸. 아빠가 죽고 외톨이가 되는 바람에."

어마어마하게 차가운 덩어리가 내 위에 떨어져 몸이 딱딱한 바닥을 파고드는 듯한 기분이었다.

"응, 전에 들었어. 너희 엄마, 자살했다며. 아빠 뒤를 따라서."

후지모토의 목소리가 이어졌다. 내 몸은 미동도 없이 점점 아래로 가라앉았다.

"미안해, 내가 잘못했어."

"내가 늘 말했지? 내게는 이제 쇼타밖에 없다고."

나는 통곡하고 싶었다. 하지만 입술을 달싹이는 데 그쳤다.

이 모녀를 구했다는 생각은 내 착각에 지나지 않았다.

외로웠구나, 아이코는. 아니면 완전히 지쳤든지. 눈앞이 아찔할 정도로 비참한 운명에.

"이 사람 어쩌지? 경찰 부를까?"

"아니." 후지모토는 내 곁에서 잠시 고민하는 것 같았다. "나, 이 영감탱이 어디 사는지 알아. 전에 셋방에서 나오는 걸 봤거든. 요 근처야."

두 사람의 목소리가 멀어졌다. 문을 열고 밖을 살피는 기척이 느껴졌다. 아무래도 나를 집으로 데려가기로 결정한 모양이다. 대학교에서 청소부로 일하는 노인이 느닷없이 창문으로 침입해서 당황한 걸까, 경찰을 불러서 조사받으면 자기가 미쿠에게 폭력을 휘두른 게 들통날까 봐 그런 걸까.

"야, 미쿠. 아무도 없으니까 빨리 영감탱이를 내 등에 업혀 줘."

"하지만……"

"빨리! 이러다 여기서 영감탱이가 정신을 차리면 골치 아파진다고. 크게 다친 것도 아니니, 집 앞에 놔두면 자기가 어떻게든 알아서 하겠지."

마침내 결심한 듯 미쿠가 내 뒤로 돌아와 내 몸 아래에 손을 넣었다. 캠퍼스에서 볼 때마다 잠깐이라도 좋으니 쓰다듬어보고 싶었던 손녀가 내게 딱 달라붙어 힘을 써서 몸을 일으켰다. 나는 후지모토의 등에 몸을 맡겼다.

밤공기에 감싸였다. 여기서 우리 집까지는 몇 분밖에 안 걸린다. 납작하게 야윈 배가 후지모토의 등에 눌렸다. 나를 가볍게 들쳐 업은 후지모토가 재빨리 길을 나아갔다. 그 리듬 있는 발걸음에 맞춰 배가 그의 등에 붙었다 떨어졌다 했다. 배 속의 멍울이 꿀렁꿀렁 들썩여 가볍게 구역질이 올라왔다.

"여기야."

"어쩌려고?"

미쿠가 여닫이문을 잡은 듯했다. 원래부터 잠그고 다니지 않는다.

"아, 열렸다."

"쉿!"

조심스레 문을 여는 소리. 나는 현관 마루에 내던져졌다.

"가자."

"이 사람, 괜찮을까?"

미쿠가 떨리는 목소리로 말했다. 후지모토가 미쿠를 억지로 끌고 나갔다. 문이 다시 닫혔다.

정적이 찾아왔다.

도시 중심부지만, 산과 숲이 모든 소리를 흡수해 이 부근은 고요하다.

19년 전, 나는 아들을 해쳤다. 그게 아이코와 미쿠를 위해 제일 좋은 방법이라고, 그럴 수 있는 사람은 나밖에 없다고 믿었다. 하지만 아이코는 먼 옛날에 스스로 목숨을 끊었고, 남겨진 미쿠는 할아버지와 아버지처럼 반려자에게 폭력을 휘두르는 남자를 선택했다. 아이코와 미쿠의 행복을 위해서라는 내 대의명분은 사라졌다.

이제 살기 싫다. 더 이상 숨을 쉬고, 밥을 먹고, 사람과 얽히고 싶지 않다.

나는 힘을 쥐어짜내 몸을 뒤집었다. 안쪽의 큰방까지 기어가자 머리가 휘청거렸다. 벽장의 장지문을 열었다. 또 배 속의 멍울이 움직여서 쓴 물이 목구멍까지 밀려 올라왔다. 간신히 몸을 벽장 상단으로 끌어올렸다. 천장의 네모난 판자를 밀어 올렸다.

고개를 천장 위로 내밀었을 때 결국 참지 못하고 정체 모를 액체를 입에서 토해냈다. 공기에 닿자 액체는 가느다란 실로 변해 천장 위쪽 공간과 내 몸에 들러붙었다. 나는 끈적끈적한 그 실에 의지해 천장 위로 기어올랐다. 천장 위는 건조하고 온도와 바람도 적당해 기분이 좋았다. 삼각형으로 생긴 천장 위쪽 공간의 구석에 다다르자 드디어 편안하고 충족되는 느낌이 들었다. 배 속의 멍울이 활발하게 움직이자 입에서 투명한 실이 쭉쭉 뿜어져 나왔다.

이 멍울은 암이 아니었다. 내 견사샘이었다.

나는 산누에나방 애벌레를 흉내 내 계속 실을 토해냈다.

그 실은 엉겨 붙으며 보드랍게 내 몸을 감쌌다.

나는 고치를 만들었다. 바깥세상과 나를 격리할 고치를.

다만 나는 산누에나방처럼 이 고치를 찢고 나가지는 않으리라.

나는 드디어 깨달았다.

고치라는 닫힌 세상에 머무는 게 얼마나 행복한 일인지.

내
친구

"다오 선생님!"

나는 고개를 들어 주변을 두리번거렸다. 킥킥 웃는 소리가 머리 위에서 들렸다.

"선생님, 뭐 해요?"

창문에서 지호와 이쿠오가 고개를 내밀었다.

"화단의 흙을 갈 거야."

그렇게 대답하며 들고 있던 삽에 힘을 주었다. 나는 교사도 보육사도 아니고 그저 임시 직원일 뿐이지만 '꿈나무 집' 아이들 입장에서 보면 모두 '선생님'이다. 이 보육원에서 일한 지 얼마 되지 않아서인지 나는 아직 그 호칭이 어색하다.

올봄에 아버지의 연줄로 간신히 현청에 임시 직원으로 고용됐다. 오사카에서 대학을 졸업하고 한때는 제약회사 영업

사원으로 일했지만, 업무량이 어마어마한 데다 의료 관계자의 비위까지 맞춰야 하니 도저히 견딜 수 없어서 1년하고 5개월 만에 사표를 냈다. 어차피 나는 대도시 체질이 아니어서 고향으로 돌아왔다.

여기에는 술과 골프 접대도, 무수당 야근도 없다. 처음에는 아이들을 대하기가 만만치 않았지만, 익숙해지니 별것 아니었다. 아버지는 "임시 채용 기간 2년만 참으면 다른 곳으로 발령이 나겠지" 하고 말했지만, 이제는 성산 서쪽 기슭에 자리한 꿈나무 집에서 일하는 게 제법 마음에 든다.

튤립 구근을 파내서 연석 위에 죽 늘어놓았다. 그리고 화단의 흙을 퍼서 체로 쳤다. 구근을 파내고 남은 잔뿌리와 돌멩이를 제거한 흙에 원예점에서 구입한 적옥토를 섞었다. 성산의 나무들 사이에서 바람이 불어오자 땀에 젖은 얼굴이 시원하니 기분 좋았다.

어느새 지호와 이쿠오가 2층에서 내려와 내가 화단에 흙을 채우는 모습을 가만히 지켜봤다. 화단에 소석회를 뿌리기 시작하자 자기들도 하고 싶어 했다. 내가 소석회 봉지를 벌려주자 조그마한 손으로 하얀 가루를 조금 집어서 흙 위에 뿌렸다.

"선생님, 이번에는 뭐 심어요?"

"글쎄다, 뭐가 좋을까."

영리한 지호가 꽃 이름을 차례차례 말했고, 이쿠오는 그 옆에서 생글생글 웃었다.

올해 초등학교에 올라간 아이는 이 두 명을 포함해 다섯 명이었다. 로터리 클럽에서 기부한 새 책가방을 메고 기운차게 학교에 다니고 있다.

"이쿠오, 이렇게 하는 거야. 이렇게, 이렇게."

지호가 소석회를 뿌리고 흙에 섞는 방법을 이쿠오에게 가르쳤다. 이쿠오는 지호의 손동작을 열심히 따라 했다. 이쿠오는 다운증후군이다. 학교에서는 특별 지원 학급에서 공부한다.

정문 쪽이 갑자기 소란스러워지더니 고학년 아이들이 줄줄이 돌아왔다. 놀이기구에서 놀던 어린아이 몇 명이 달려갔다. 이 보육원에는 형제자매가 함께 들어온 아이도 있다. 이쿠오가 화단에서 고개를 들어 "저, 저거!" 하고 뭔가를 가리켰다. 정문 쪽에 정신이 팔렸던 나와 지호가 그쪽으로 얼굴을 돌리자 벽돌담 아래에 몸을 웅크린 고양이가 눈에 들어왔다.

"야옹이다!" 지호가 목소리를 높였다. 고양이는 몸을 움찔했지만 달아나지는 않았다.

"아, 그 고양이인가."

노란색 목걸이를 한 고양이가 4, 5일 전부터 보육원 주변을 돌아다녔다. 꿈나무 집과 성산을 오가는 것 같았다. 길을 잃은 고양이인지 경계심이 강해 사람에게는 다가오지 않는다. 지호는 꼼짝 않고 눈만 움직이더니 금방이라도 보육원 건물에 들어가려는 말라깽이 남자애를 살며시 불렀다.

"아키라 오빠, 저 고양이 잡아줘."

초등학교 5학년인 아키라는 책가방을 현관 앞 발판에 내려놓고 우리 쪽으로 다가왔다. 화단 건너편으로 돌아가서 잠깐 멈춰 섰다. 조용히 앉아서 고양이에게 한 손을 내밀었다. 손끝을 부드럽게 움직이자, 손짓에 이끌리듯 고양이가 몸을 벌떡 일으켰다. 낮은 자세로 한 발짝 두 발짝 다가온다. 주의 깊은 야생 고양이과 동물을 연상시키는 움직임이었다.

아키라는 고양이가 다가오기를 참을성 있게 기다렸다. 이윽고 회색 고양이는 아키라의 손끝에 콧등을 댔다. 그대로 머리를 숙여 목덜미를 손바닥에 비벼댔다. 아키라는 한손으로 잠시 등을 쓰다듬어준 후에 고양이를 척 안아 들었다.

"아키라 오빠, 굉장해!"

지호가 부드러운 화단 흙에 발자국을 남기며 아키라와 고양이에게 달려갔다. 아키라의 품속에서 실눈을 뜬 고양이의 머리를 조심조심 쓰다듬었다.

"역시 아키라 오빠야."

구경하던 아이들이 마법이 풀린 것처럼 제각각 하던 일로 되돌아갔다. 그 가운데 모리오카 선생님이 서 있었다. 아키라가 고양이를 안겨주자 이쿠오는 의기양양한 표정으로 이쪽을 보았다

"어느 집 고양이지? 분명 주인이 찾고 있을 거야."

50대인 모리오카 선생님은 노련한 보육사다. 모리오카 선생님이 아키라와 아이들이 있는 곳으로 다가갔다. 고양이는 긴장이 완전히 풀렸는지 이쿠오가 콘크리트 바닥 위에 내려놓자 벌렁 뒤집어져서 배를 드러냈다.

"배, 배가 고, 고픈 걸까?"

아키라가 모리오카 선생님을 올려다보고 말했다.

"우유 줘볼래?" 모리오카 선생님의 말에 "제가 가져올게요!" 하고 지호가 뛰어갔다.

고양이는 접시에 담아 준 우유를 정신없이 핥아먹었다. 회색 바탕에 검은 줄무늬. 나는 고양이를 잘 모르지만 펫숍에서 파는 비싼 고양이가 아닐까 싶었다. 그렇게 생각하자 우유를 먹는 동작도 어쩐지 우아해 보였다. 고양이 등에 줄무늬와는 다른 갈색 얼룩이 있는 걸 모리오카 선생님이 알아차렸다.

"어머, 이거 피 아닌가? 어디 다쳤을지도 모르겠네."

선생님은 우유를 먹어 치우고 입 주변을 핥는 고양이를 안아 올려 온몸을 구석구석 살폈다. 하지만 상처를 입은 것

같지는 않았다.

"서, 선생님, 이, 이 고양이, 어떻게 해?" 아키라가 불안스러운 목소리로 물었다.

"글쎄." 모리오카 선생님은 잠깐 생각에 잠겼다. "아키라와 친해졌으니 밖에 내보내도 분명 돌아오겠지. 주인을 찾을 때까지 보호해도 될지 원장 선생님께 물어볼까."

아키라는 고양이를 받아 들고 기쁜 듯이 뺨을 비볐다. 고양이를 안은 아키라와 지호, 이쿠오가 모리오카 선생님을 둘러싸고 원장실 쪽으로 향하자 나는 다시 화단으로 몸을 돌렸다.

화단의 흙을 가는 작업을 마치고 보육원 건물로 들어갔다. 고양이는 따뜻한 물에 적신 수건으로 온몸을 닦아서 깔끔해졌다. 고양이를 좋아하는 젊은 보육사 야스이 시오리 선생님의 말에 따르면 이 고양이의 품종은 아메리칸 쇼트헤어라고 한다. 줄무늬가 등에서 빙그르르 소용돌이치고 있었다.

원장 선생님이 허락해서 당분간 보육원에서 기르기로 했다. 단 주인을 찾을 때까지만, 아이들 방에는 들여놓지 않고, 열심히 잘 돌본다는 조건부로.

암고양이라서 지호가 지코라는 이름을 붙였다. 지코의 잠자리는 놀이방 한구석에 마련해주었다. 배변 훈련도 잘되어 있었다. 다만 한동안 신경이 예민했고 소리에도 민감했다. 아이들은 쉴 새 없이 지코를 만지고 싶어 했지만, 지코는 그걸 싫어했다. 작은 틈새와 어두운 곳에 숨어 한참 동안 나오지 않았다. 그래도 아키라에게만은 달랐다. 어디에 있든지 그의 발소리를 알아듣고 튀어나온다. 아키라가 앉으면 바로 무릎 위로 뛰어올랐다. 놀이방에서도, 식당에서도, 주차장에서도 지코는 언제나 아키라를 쫓아다녔다.

아키라에게는 가벼운 지적장애가 있다. '가볍다'고는 하지만 실제로 어느 정도인지는 불확실하지 않을까 싶다. 그도 이쿠오와 같이 특별 지원 학급에서 공부한다. 말을 더듬다 보니 남들과 의사소통이 원활하지 않다. 나는 아직 아키라와 제대로 이야기를 해본 적이 없다.

그와 마음이 통하는 상대는 사람이 아니라 동물이었다. 보육원에서 기르는 금붕어와 햄스터는 당번을 정해서 돌보는데도 결국은 아키라가 도맡고 만다. 아키라는 동물들과 친해지는 능력을 타고났다고 모리오카 선생님이 말했다.

"개가 말을 별로 안 하는 건 그럴 필요가 없어서일지도 몰라" 하고 모리오카 선생님이 말을 이었다.

"동물들과 이야기를 할 줄 아니까요?"

내가 농담 삼아 묻자 모리오카 선생님은 아주 진지한 표정으로 고개를 끄덕였다.

"눈치챘어? 동물들도 개의 생각을 헤아리는 것처럼 움직이지. 그뿐만이 아니야. 아키라는 새나 짐승을 머릿속으로 조합해서 새로운 생물을 만들어내. 그런 공상 놀이에 푹 빠져 있지. 그런 생물이 진짜로 있는 게 아닐까 싶을 때도 있다니까."

아키라가 자신만의 껍데기에 갇혀서 그런 놀이에 빠져 있다면, 놀이 소재는 모자라지 않을 것이다. 성산에는 야생동물이 수없이 많이 서식한다. 들새와 곤충뿐만 아니라 들쥐, 너구리, 족제비, 사향고양이, 뱀, 도마뱀 등등. 산속 어딘가에 박쥐 보금자리도 있는지 저녁이 되면 보육원 주변에 작고 검은 박쥐가 날아다녔다. 성산 곁에 있다 보니 꿈나무 집에는 이러한 동물들이 자주 들어온다. 아이들도 방과 후에는 등산로와 해자 안쪽 구역의 공원을 놀이터로 삼았다.

꼭대기에 성을 인 산과 깊은 숲이 시가지 한복판에 떡 버티고 있다니 참으로 신기하다 하지 않을 수 없다. 현 청사와 백화점을 포함한 빌딩숲에서 그렇게 멀지 않은데도 밤이 되면 성산은 칠흑 같은 어둠과 으스스한 정적이 지배하는 다른 세계로 변한다.

어두운 밤이 깊게 뿌리를 내리면 그 속에서 활동하는 작은 동물들의 기척은 한층 농밀해진다. 인적도 아주 드물어져 남자인 나조차 숙직하는 날 밤에는 밖에 나가기가 꺼려진다. 그래서인지 작년에는 성산 부근에서 여성을 성폭행하는 사건이 몇 건 발생했다고 한다. 나는 아직 오사카에서 일하던 무렵의 일이다.

지코는 점점 아키라에게 커다란 존재가 되어갔다. 아키라는 지코와 다른 동물들로 이루어진 세계에서 사는 것 같았다. 그를 공상의 세계에서 끌어내 일상생활로 되돌려놓기는 몹시 어려웠다. 특히 나 같은 임시 선생님에게는. 아키라는 모리오카 선생님이 주장한 것처럼 말을 하지 않고도 동물들을 잘 다뤘다. 유일하게 그의 마음에 가닿는 말을 할 줄 아는 사람은 고양이 기르는 법을 알려준 야스이 선생님이었다. 그녀는 아키라와 지코의 특이한 관계를 다른 어른들처럼 걱정하지는 않았다.

"걔는 분명 동물한테 마음을 의지하는 거야. 온 마음을 다해 자신을 고스란히 받아줄 존재가 있을 거라는 기대감이 누구에게나 필요하지. 아키라에게는 그게 마침 지코였을 뿐이고. 언젠가 아키라도 고양이에게서 졸업할 거야."

나와 별로 나이 차이도 나지 않는 야스이 선생님의 말에 나는 묘하게 감동했다. 아키라는 확실히 인간 세상에서는 고독했다. 여름방학과 같이 휴일이 길 때면 부모와 함께 시간을 보내는 아이들도 꽤 있었지만, 아키라를 찾는 사람은 전혀 없었다. 친척이 만나러 온 적도 없다. 아키라와 지코는 서로 사정을 알고서 위로하듯이 꼭 붙어 다녔다.

하지만 야스이 선생님이 말한 '졸업'은 갑작스레 찾아왔다. 지코의 주인을 찾은 것이다. 모리오카 선생님은 성 북쪽 지구에서 약국을 운영하는 남편과 살고 있는데, 집에서 그리 멀지 않은 곳에 사는 주부의 고양이가 없어졌다는 소문을 남편이 우연히 들은 것이다. 확인해보니 아니나 다를까 아메리칸 쇼트헤어라고 했다.

부부는 지코를 찾으러 단숨에 달려왔다. 고양이의 진짜 이름은 앨리스였다.

그런데 조금 전까지 있었던 아키라와 지코가 보이지 않았다. 아무래도 아키라가 지코와 헤어지기 싫어서 성산으로 달아난 모양이었다. 야스이 선생님과 모리오카 선생님, 나까지 셋이서 분담해 산속으로 찾아다녔다. 날이 저물 무렵 나는 드디어 아키라를 발견했다. 아키라는 지코를 품에 안고 멀구슬나무 밑동에 기대어 자고 있었다. 바로 근처에 있는 바위 틈새에서 박쥐가 수없이 튀어나와 아키라 주변을 빙글빙글 날아다녔다. 대체 무슨 꿈을 꾸고 있는 걸까.

"가엾게도." 어느 틈엔가 야스이 선생님이 다가와서 아키라의 머리를 쓰다듬었다. 더러워진 뺨에 눈물이 흐른 자국이 있었다. 나는 홀쭉하게 마른 소년을 업고 산을 내려왔다.

보육원에 돌아오자 아키라는 지코를 순순히 주인에게 돌

려주었다.

2학기가 시작되자 꿈나무 집에서 문제가 발생했다. 이쿠오가 학교에 가기 싫다고 떼를 쓴 것이다. 아무래도 일반 학급 아이에게 괴롭힘을 당하는 모양이었다. 몸에 상처나 멍이 생겼고, 타고난 명랑한 성격이 사라졌다. 지호 및 다른 아이들의 말을 들어보니 괴롭히는 아이들이 누구인지 짐작은 갔지만, 수법이 워낙 교묘해서 교사는 모르는 듯했다. 대장 격인 6학년 남학생의 보호자와 이야기를 해보려고 시도했지만, 오히려 부모가 "증거가 어디 있어" 하고 보육원을 찾아와 거세게 항의하는 지경이었다.

모리오카 선생님은 아키라에게 "이쿠오를 도와주렴. 늘 곁에 있어줘" 하고 당부했다. 아키라는 입술을 꼭 깨물 뿐이었다. 나이 많고 건강한 아이에게 맞서라니 가혹한 이야기였다. 특히 체격이 뒤떨어지고 말도 서툰 아키라에게는.

그러던 어느 날, 지코의 주인에게서 또 고양이가 없어졌다는 연락이 왔다. 이번에는 보육원에 오지 않았다고 답변하자 몹시 낙담하는 눈치였다고 한다. 아메리칸 쇼트헤어가 독립심이 강하고 야생의 본능이 많이 남았다고는 하지만, 지코가 길고양이로 살아갈 수 있을 것 같지는 않았다. 지코는 어디에도 모습을 나타내지 않았다.

이쿠오를 괴롭히는 아이들도 한동안은 잠잠했다. 특별 지원 학급에 소속된 학생 여섯 명이서 교외의 도예 교실에 체험 실습을 나가기도 했다. 이쿠오도 기운차게 버스를 타고 실습을 나갔다. 아이들은 도예 교실에서 저마다 작품을 만들었다. 며칠 후 가마에 구운 작품이 배송됐다. 모두의 시선이 아키라의 작품에 쏠렸다. 그건 아키라가 상상한 가공의 생물이었다.

"이거 지코 아니야?"

지호가 식당에 장식된 도예품을 가리키며 말하자 다른 아이들은 웃었다. 확실히 몸의 줄무늬는 지코와 똑같았지만 머리는 어떻게 봐도 박쥐고, 벌어진 입 안의 송곳니는 가늘고 길쭉했다. 덧붙여 앞발가락은 세 개고, 원숭이처럼 상체를 일으킨 자세로 앉아 있었다.

제목 카드에는 '내 친구'라고 적혀 있었다. 지코를 넘겨주어야 했던 날, 고양이를 안고 잠들었던 아키라가 생각났다. 그때 아키라가 꾼 꿈을 슬쩍 엿본 기분이었다. 이런 생물이 있다면 이쿠오를 지켜줄 수 있으리라고 공상한 건지도 모른다. 힘없는 자신을 대신해서.

다음 날 이쿠오가 학교 2층 창문에서 떨어졌다.

그나마 2층이라 높이가 낮아서 다행히 이쿠오는 오른쪽 다리만 부러지는 데 그쳤다. 2층 창문에 걸터앉아 놀다가 미끄러졌다는 것이 학교 측 설명이었다. 하지만 겁이 많은 이쿠오가 그렇게 위험하게 놀 리 없었다.

"그, 그 녀석이야! 그 녀석이 등을 밀었어."

학교에서는 말할 수 없었는지 꿈나무 집에 돌아오자마자 아키라는 못된 아이들의 대장 격인 아이를 고발했다. 그 말을 듣고 모리오카 선생님과 나는 얼굴을 마주 보았다. 나는 어째야 좋을지 통 결심이 서지 않았다. 솔직히 말하자면 장애가 있는 아키라의 말을 100퍼센트 곧이들을 수는 없었던 것이다.

하지만 모리오카 선생님은 불끈 화를 내며 행동에 나섰다. 원장 선생님과 함께 학교에 항의하러 간 것이다. 물론 상대방은 인정하지 않았다. 이쿠오는 겁에 질려 입을 꾹 다물었고 아키라의 언어 능력에도 한계가 있어 일이 잘 풀리지 않았다. 대장 격인 아이의 이름은 사토 리쿠였다. 리쿠의 아버지는 오히려 아키라에게 욕을 잔뜩 퍼부었다고 한다.

나는 깁스를 한 이쿠오를 당분간 학교까지 바래다주는 역할을 맡았다. 다시 과묵해진 아키라에게 어두운 그림자가 드리워진 것이 걱정됐다. 그의 마음속에서 자라고 있는 건 뭘까. 나는 줄곧 그런 생각을 했다.

가을이 깊어졌을 무렵 이번에는 사토 리쿠가 사고를 당했다. 성산에서 놀다가 반쯤 무너진 석벽에서 떨어진 것이다.

상처 자체는 별것 아니었는데도 리쿠는 좀처럼 퇴원을 하지 않았다. 원인 불명의 고열에 시달린다는 모양이었다. 무슨 감염증이 아닐까 의심됐다. 리쿠는 산속에서 작고 재빠른 동물이 쫓아와 할퀴었다고 거듭 호소한다는데, 그게 사실인지 고열 때문에 의식에 이상이 생긴 탓인지는 분명치 않았다.

리쿠는 수막염에 걸려 하마터면 죽을 뻔했다. 하지만 간신히 회복됐다고 했다. 다만 학교에는 돌아오지 않았기에 그 후에 어떻게 됐는지는 모른다.

겨울이 되자 이쿠오는 깁스를 풀고 기운차게 학교에 다니기 시작했다.

나는 집에서 꿈나무 집까지 오토바이로 통근했다. 성산 바로 아래를 빙 돌아서 성 북쪽 지구에 있는 대학교와 고등학교 사이를 빠져나와 돌아오는 길 곳곳의 벽과 전신주에 고양이를 찾는 작은 전단지가 붙어 있었다. '앨리스'라는 이름의 고양이를 찾는 전단지였다. 첨부된 사진이 눈에 익었다. 틀림없이 한때 꿈나무 집에 살았던 지코였다. 그 고양이는 아직 발견되지 않은 모양이었다.

어쩌면 아키라가 지코를 성산에서 몰래 기르고 있는지도 모르겠다고 야스이 선생님이 말했다. 아키라가 가끔 음식을 가져다주는 듯하다는 것이다. 아키라에게 캐물었지만 그는 고개를 저을 뿐이었다. 꿈나무 집은 성산 서쪽 기슭의 니노마루 공원 바로 밑에 있었다. 니노마루 공원에서는 구로몬구치 등산로가 정상까지 이어졌다. 이 등산로는 성주가 통치하던 시절의 정면 통행로로, 밝고 오르기 편했다. 울창한 느낌 없이 기분 좋은 잡목림에 둘러싸여 있다. 그래서 니노마루 공원과 이 등산로 입구는 아이들이 놀이터로 애용했다.

"하지만 아키라는 고마치구치 등산로 쪽으로 가는 것 같더라고."

야스이 선생님이 내게 소곤소곤 귓속말을 했다. 그러고 보니 전에도 아키라는 지코를 데리고 성산 북서쪽에 위치한 고마치구치 등산로 쪽으로 도망쳤다. 녹나무와 담팔수, 팽나무같이 큰 나무가 하늘을 뒤덮고, 그 밑에는 식나무, 참식나무, 감탕나무 등 그늘에서도 잘 자라는 나무가 우거져 있다. 요컨대 깊은 삼림 속으로 나아가는 길이다. 이쪽 등산로에는 다가가지 말라고 원장 선생님도 아이들에게 주의를 주지만, 고양이를 숨겨서 기르기에 안성맞춤인 곳이기는 하다.

모든 직원이 은근슬쩍 아키라에게 주의를 기울이자 아키라는 더 이상 성산에 올라가지 않았다. 얼마 지나지 않아 모두 집 나간 고양이에 대해서는 잊어버렸다.

그 사건은 겨울 추위가 누그러지기 시작했을 무렵에 터졌다.

야스이 선생님이 성산으로 끌려가서 몹쓸 짓을 당한 것이다. 너무나 충격적인 사건이라 직원들은 모두 할 말을 잃었다. 비가 내려 쌀쌀한 날, 오후 근무를 마치고 돌아가는 길이었다.

작년에 몇 차례 벌어졌던 성폭행 사건의 범인이 아직 붙잡히지 않았다는 걸 나는 그제야 알게 됐다. 범행은 성 북쪽 지구의 성산 기슭 주차장에서 두 건, 고마치구치 등산로에서 숲을 헤치고 깊이 들어간 곳에서 한 건, 합쳐서 세 건이었다. 1년 넘게 숨죽이고 있던 범인이 봄을 앞두고 다시 범행에 나선 걸까. 야스이 선생님은 휴직원을 냈다. 공백을 메울 보육사가 즉시 현에서 파견됐다. 아이들에게는 사건에 대해서 덮어두었다. 야스이 선생님은 아파서 쉰다고 전달했다. 하지만 직원들 사이에 퍼진 동요는 아이들 사이에서도 서서히 퍼져나갔다.

특히 아키라의 상태가 변했다는 걸 모리오카 선생님도, 나도 알아차렸다. 지코와 헤어지고 나서 푹 빠졌던 독특한 공상 세계에 더욱 색다른 것이 더해져 아키라는 현실 세계에서 점점 더 멀어진 것 같았다. 자신을 이해해주던 야스이 선생님에게 무슨 일이 일어났는지 아키라는 정확하게 파악하고 있는 게 아닐까, 나는 아무 근거도 없이 그렇게 생각했다. 모리오카 선생님도 비슷한 느낌을 받았는지 아키라를 여러모로 걱정했다. 집이 보육원에서 가까운 선생님은 근무를 마친 뒤에도 아키라 곁에 붙어 있곤 했다.

하지만 야스이 선생님과 고양이를 잃은 아키라는 이제 사람에게 쉽게 곁을 내어주지 않았다.

한 달 후, 야스이 선생님은 현장에 복귀하지 않고 사표를 냈다. 다른 보육원에서 다시 보육사로 일하고 싶다는 뜻은 전해왔지만, 꿈나무 집에 인사하러 오지는 않았다. "언젠가 아키라도 고양이에게서 졸업할 거야"라는 야스이 선생님의 말이 머리 한구석에 걸렸다. 장애가 있고, 자신만의 껍데기에 틀어박혀 어른이 되기도 거부한 아키라가 만약 고양이에게서 졸업하지 못한다면? 어처구니없지만 나는 그런 생각을 했다. 그렇다면 지코는 어떻게 될까?

그 대답을 얻은 곳은 역시 성산이었다.

나는 독신 남성이라 매인 데 없이 홀가분하므로 일주일에 한 번씩 숙직을 섰다. 야스이 선생님이 떠나고 그다음 숙직 날 밤, 조그마한 소리에 나는 잠에서 깼다. 2층에서 맨발로 내려오는 조용한 발소리. 아이들 중 하나가 잠결에 방을 빠저나온 걸까? 나는 침상 속에서 귀를 기울였다. 희미한 기척은 건물 안에서 자물쇠를 풀고 밖으로 나갔다. 나는 놀라서 벌떡 일어났다.

운동복 위에 겉옷을 걸친 후 손전등을 들고 밖으로 나가자, 작고 검은 형체는 이미 정문을 나선 뒤였다. 고맙게도 보름달이 떠서 밤인데도 그럭저럭 주변이 분간됐다. 뚜렷이 보이지 않는데도 그 형체가 아키라라는 확신이 들었다. 아키라는 한 번도 멈추지 않고 고마치구치 등산로의 입구로 향했다. 전등갓이 깨져서 불안해 보이는 가로등 아래를 지나칠 때 내 추측이 옳았음을 알았다.

아키라를 따라 등산로에 들어서기 전, 도로가 휘우듬하게 꺾인 곳에 거무스름한 차 한 대가 주차된 걸 알아차렸다. 높이가 낮고 커다란 소음기가 달린 튜닝 차량이었다. 찜찜한 느낌이 들었다. 그래도 나는 등산로를 올라가야 했다. 입구의 가로등을 지나치자 불빛이라고는 하나도 없었다. 그야말로 구멍 속에 빠진 것처럼 짙고 끈적한 어둠으로 가득했다. 이미 아키라의 모습은 어디에도 보이지 않았다.

나는 작은 손전등 하나에 의지해 조심조심 발을 내디뎠다. 좁은 산길에는 돌이 많은 데다 양쪽에서 나온 나무뿌리가 가로세로로 뻗어 있었다. 이런 곳을 손전등도 없이 지나가다니, 아키라는 밤길에 익숙한 걸까.

끼럭끼럭끼럭끼럭.

밤을 찢을 듯이 날카로운 울음소리가 들렸다. 대체 무슨 새가 이런 한밤중에 우는 걸까. 차가운 바람과 나 자신의 망상 때문에 몸이 부르르 떨렸다.

아무리 올라가도 아키라를 따라잡을 수 없었다. 손전등의 동그란 불빛은 주변의 어둠을 한층 강조할 뿐이었다. 슬슬 불안해졌을 즈음에 숲속에서 소리가 났다. 잡초가 버스럭거리는 소리와 몇 사람이 다투는 듯한 기척. 머리보다 몸이 먼저 움직였다. 아키라에게 무슨 일이 벌어진 게 아닌가 걱정됐다.

길에서 벗어나 허리까지 오는 사스레피나무를 헤치고 숲속으로 들어갔다. 점차 인기척이 강해졌다. 경사면 아래에 튀어나온 커다란 바위 너머, 발풀고사리가 무성하니 탁 트인 곳에 이르렀다. 아래에 있는 사람은 내가 온 줄 몰랐다. 나는 살그머니 손전등을 껐다. 달빛과 별빛만이 고사리 덤불과 그 속에 있는 세 사람을 비췄다. 아키라는 없었다.

눈이 어둠에 익숙해져 그들이 뭘 하고 있는지 이해가 되자 나는 얼어붙었다. 고사리 덤불 속에 반쯤 파묻힌 젊은 여자 위에 한 남자가 올라타 있었다. 다른 남자는 여자 머리 쪽에서 두 팔을 꽉 붙잡거나 입을 틀어막은 모양이다. 남자 두 명이 여자를 성폭행하려는 상황이었다. 여자는 격렬하게 저항했다. 흐릿하지만 비명도 질렀다. 하지만 이 시간에, 이 깊은 산속에서 그 소리에 귀 기울일 사람은 나밖에 없었다.

나는 주저했다. 여자를 구해야 한다. 놈들은 야스이 선생님을 덮친 범인들이 분명하다. 하지만 이번에는 몸이 움직이지 않았다.

"야 이 새끼야, 잘 좀 붙잡아!"

"빨리 끝내!"

남자들의 긴박한 목소리에 다리가 와들와들 떨렸다. 소리를 지르면 된다. 아니면 손전등으로 비추든가. 하지만 상대는 두 명이다. 만약 흉기를 가지고 있다면? 수십 초쯤 망설였을까, 나는 마음을 단단히 먹고 한 발짝 내디뎠다.

눈을 들었을 때 남자들 건너편의 관목 사이에 아키라가 서 있는 게 보였다. 아키라는 아까부터 거기 있었던 것이다. 깜짝 놀란 순간, 아키라 옆쪽의 나무가 흔들리며 뭔가가 튀어나왔다. 작고 검은 동물이다. 그 녀석은 멋지게 점프해 여자에게 올라탄 남자에게 덤벼들었다. 일단 등에 올라탔다가 재빨리 기어올라 남자의 목덜미를 물고 늘어진 것처럼 보였다.

"으악!!" 남자는 짤막한 비명을 지르며 몸을 일으켰다. 상반신을 비틀며 정체 모를 동물을 떼어내려 애썼다.

"야, 뭐해?"

다른 남자가 고사리 덤불에서 손전등을 들어 한패의 머리를 비췄다.

"이것 좀 떼어내 줘!"

이쿠오를 괴롭혔던 사토 리쿠가 생각났다. 그 아이가 성산 숲속에서 마주쳤다는 동물도. 하지만 깊이 생각할 여유는 없었다.

"이봐!! 거기서 뭐하나!"

목소리가 뒤집어졌고, 손전등 불빛은 중심을 못 잡고 이리저리 춤췄다. 그래도 효과는 있었다. 검은 동물은 뒷발로 남자의 등을 박차고 나무 사이로 사라졌다.

끼릭끼릭끼릭끼릭.

그건 저 녀석의 울음소리였다. 저 정체 모를 동물의 소리.

남자들은 고사리 덤불에서 빠져나와 거품을 물고 언덕길을 뛰어 내려갔다. 시선을 돌렸을 때 건너편 관목 사이에 아키라는 없었다. 나는 멍하니 제자리에 서 있었다. 고사리 덤불 속에서 몸을 일으킨 여자가 훨씬 침착했다. 퇴근하는 길에 차로 납치당해 여기로 끌려왔다는 여자는 차 번호도 기억하고 있었다.

덕분에 성폭행범은 금방 체포됐다. 작년에 벌어진 사건, 그리고 요전에 야스이 선생님에게 몹쓸 짓을 한 범인도 그 2인조로 판명됐다. 자동차 주인인 주범은 사흘 후에 경찰관이 찾아냈을 때 이미 증상을 보였다. 심한 오한에 구역질, 고열에도 시달렸다. 사토 리쿠와 같은 증상이었다. 그는 뇌염에 걸린 것으로 밝혀졌고, 사건이 벌어진 지 2주일쯤 지났을 때 결국 죽었다.

나는 입을 꾹 다물기로 했다.

공범이 주범에게 불빛을 비췄을 때 한순간이지만 보았다. 그 작은 동물은 예전에 아키라가 도예 교실에서 만든 작품과 생김새가 똑같았다. 털이 짧은 몸통에는 아메리칸 쇼트헤어 특유의 줄무늬가 있었고, 채찍처럼 휘는 긴 꼬리에는 털이 없었다. 박쥐와 똑 닮은 머리가 내 쪽을 향한 순간, 그 녀석은 시뻘건 입을 쩍 벌렸다. 남자의 목덜미에서 뽑아낸 기괴하리만치 긴 송곳니가 피로 번들번들 빛났다.

1초도 안 되는 시간에 본 동물의 모습은 내 머릿속에 선명하게 새겨졌다. 그리고 깨달았다.

아키라의 마음속에, 그 순진한 소년에게는 익숙지 않은 감정이 자라고 있음을. 그것은 증오이자, 악의와 독기, 잔학성이었다. 괴물은 그 어두운 정념을 완벽하게 베껴내어 탄생했다. 아키라의 상상력이 자아낸 산물이 지코의 몸을 빌려 구현되고 말았다. 그리하여 그의 충실한 종복, 고독을 치유할 친구, 어둡고 일그러진 정의감을 실행할 동료가 태어났다.

놈은 아키라를 대신해 이쿠오를 지켰고, 야스이 선생님의
복수를 해낸 것이다.

그날 밤, 보육원에 돌아오자 아키라는 이미 잠자리에 든
뒤였다. 그의 신발은 산에서 묻은 흙과 풀로 지저분했다. 나
는 아키라를 흔들어 깨워 닦달하고 싶은 충동에 휩싸였다.
하지만 그만뒀다.

내가 그건 대체 뭐냐고 캐물었다면 아키라는 이렇게 대답
했으리라. "내 친구"라고.

봄이 돌아와 아키라는 6학년이 됐다. 이제 적어도 밤에 보
육원을 빠져나가는 일은 없었다.

대신에 아키라의 신상에 변화가 생겼다. 친어머니가 데려
가고 싶다고 연락해온 것이다. 그녀가 아키라를 낳은 열여
섯 살 당시에는 생활력이 없어서 떠나보낼 수밖에 없었다고
한다. 그 후에 다른 지역에서 일하며 삶을 재정비했고, 3년
전에 나이 차가 나는 남자와 결혼했다. 남편과 상의해 여기
로 돌아와 아키라를 거두어 살기로 했다.

아동상담소가 개입해 아키라를 가정에 돌려보내야 할지
말지 검토했다. 가정이 안정적이라 판단되면 맡고 있던 아
이를 돌려보내는 게 가장 좋은 방법이다. 아이들이 원래 있
어야 할 곳은 육친의 애정으로 넘치는 가정이니까. 부모인

오노 요시유키와 에이코는 몇 번이나 면회를 왔다. 아동상담소의 지도에 따라 아키라는 부모님 집으로 외박도 나갔다.

상담소는 새아버지에게 직업이 없다는 점을 유일한 문제로 삼았다. 당연히 수입도 없었다. 지금은 어머니가 파트타임으로 일하며 가계를 유지하고 있다고 했다. 애당초 부부가 아내 에이코의 고향으로 돌아온 것도 요시유키가 정리해고를 당했기 때문인데, 그는 새로운 지역에서 직장을 찾을 작정이라고 했다. 요시유키와 에이코는 나이가 스무 살 가까이 차이 났다. 아직 20대인 에이코는 머리를 금색으로 물들였고 화장도 요란했다. 파트타임으로 한다는 일도 술장사인 모양이었다. 직장을 찾고 있다는 요시유키는 후줄근한 중년 남자로, 취업하겠다는 의욕은 전혀 느껴지지 않았다.

당연히 꿈나무 집 직원은 이 부부에게 불신감을 품었다. 자기들 앞가림도 제대로 못 하면서 왜 갑자기 장애가 있는 아키라를 데려가려는 건지 이해가 되지 않았다. 원장 선생님은 아키라를 보내는 데 난색을 표했지만, 결과부터 말하자면 아동상담소는 아키라를 부모에게 돌려주라고 결정했다.

아키라는 부모 곁에 있으면 긴장하는 눈치였지만, 자신의 의사를 잘 전달하지 못해 결국 새로운 생활을 시작했다.

학교도 전학 갔다. 마지막에 아동상담소가 긍정적인 결론을 내린 이유는 요시유키가 경비원으로 취직했기 때문이다. 주임 보육사인 모리오카 선생님은 끝까지 아키라를 걱정했다. 우연하게도 아키라 가족의 집이 우리 동네라 모리오카 선생님은 아키라의 소식을 궁금해했다. 그래서 나는 아키라의 생활에 슬며시 주의를 기울였다. 변함없이 무표정하고 말수가 적은 아키라는 혼자서 학교에 다녔다. 성산에서 멀어진 그는 고독하고 공허했다.

여름방학에 아이들 몇 명이 보육원에 들어와 나는 날마다 업무에 치여서 지냈다. 2년차가 되어 맡은 일도 늘었고, 숙직도 많이 했다. 솔직히 떠나간 아이에게 매달릴 틈이 없었다. 처음에는 외로워하던 지호와 이쿠오도 아키라가 없다는 현실에 점점 익숙해졌다.

그래서 아키라 가족에게 기울이던 주의도 느슨해졌다. 몰랐는데 요시유키는 경비원 일을 이미 때려치운 뒤였다. 한 직장에 오래 붙어 있지 못하는 성격이었던 것이다. 아키라 가족이 세 들어 사는 낡은 목조 2층 주택에 불이 났을 때, 마침 쉬는 날이라 나는 집에 있었다. 한낮이었다. 소방차 사이렌 소리를 듣고서야 불이 났다는 것을 알았다. 식은땀이 명치를 미끄러져 떨어졌다. 나는 빈손으로 슬리퍼만 신고 동네 외곽으로 달렸다. 가을이 깊어진 무렵, 바람이 세찬 날이었다.

아키라의 집이 거센 화염에 휩싸인 걸 알고 다리가 풀려 주저앉을 뻔했다.

"아무도 없어." 이웃 주민이 말했다. "부부는 아침에 나갔다 안 들어왔고, 아이도 학교에 갔겠지."

나는 서둘러 집에 돌아가 꿈나무 집에 전화를 걸었다. 다시 뛰어서 현장에 돌아가자 소화 작업이 한창이었다. 원장 선생님과 모리오카 선생님이 급히 택시를 타고 왔다.

"아키라가 다니는 학교에 전화해봤어." 원장 선생님의 눈에 핏발이 서 있었다. "아키라는 오늘 감기로 학교를 결석했다나 봐." 모리오카 선생님이 뒤이어 말했다.

"하, 하지만 집에는 아무도 없다고……"

입술이 바짝바짝 말랐다. 불기운이 닿아 등이 뜨거웠다. 그때 구경꾼들이 술렁거렸다.

"아키라!!"

내가 돌아보기도 전에 모리오카 선생님이 외쳤다. 2층 유리창이 열린 것이다. 검은 연기가 엄청난 기세로 뿜어져 나왔다. 그 속에 서 있는 아키라가 보였다. 검댕이 묻어 더러워진 얼굴을 창밖으로 내밀고 숨을 헐떡거렸다.

"아키라!!" 모리오카 선생님이 다시 한번 외쳤다. 그 목소리가 들렸는지 힐끗 이쪽을 본 것 같은 느낌도 들었다. 하지만 그대로 서 있으면 연기에 삼켜지고 말았다. 창틀을 붙잡은 손이 스르르 안쪽으로 미끄러져 떨어지는 모습을 나는 똑똑히 보았다.

그때 모리오카 선생님이 사람들을 뚫고 뛰쳐나갔다. 원장 선생님과 소방대원의 손을 피해 집으로 달렸다. 마침 현관 유리문을 깨고 물을 뿌리기 시작한 참이었다. 아무도 모리오카 선생님을 막지 못했다.

모리오카 선생님이 집 안으로 뛰어든 직후에 우당탕쿵쾅, 하고 시끄러운 소리가 났다. 2층 바닥이 내려앉은 것이다. 원장 선생님이 "아아……" 하고 탄식하며 무릎을 꿇었다. 한심하게도 나는 제자리에서 벌벌 떨기만 했다.

소방대원 몇 명이 과감하게 돌입했다. 물줄기가 현관에 집중됐다. 1층에서 타오르는 불길이 조금 잦아들었다. 연기 색깔도 검은색에서 회색으로 바뀌었다. 연기 속에서 분주히 움직이는 은색 방화복이 보였다. 흠뻑 젖은 그들이 모리오카 선생님을 끌고 나왔다. 즉시 옆쪽의 구급차에 선생님을 실었다. 원장 선생님이 정신을 가다듬고 함께 탑승했다.

나는 화재 현장에 남으라기에 40분이 지나 화재가 진화될 때까지 거기에 있었다. 연락을 받고 도와주러 온 아동상담소의 복지사와 함께 아키라의 작은 시신을 확인했다. 바닥이 내려앉을 때 커다란 들보가 몸 위를 가려준 덕분에 시신이 그렇게 많이 상하지는 않았다.

그의 부모님과는 밤이 될 때까지 연락이 되지 않았다. 감기에 걸린 아들을 내버려두고 외출하다니 몰상식한 짓이다. 게다가 깜박하고 가스레인지를 끄지 않은 것이 화재의 원인이라는 모양이었다. 강풍 때문에 불이 빨리 번져 2층에서 자고 있던 아키라는 미처 도망치지 못했다.

그런 사정을 전해 듣고 모리오카 선생님은 병원 침대 위에서 울었다. 선생님은 불탄 계단과 함께 떨어져 척추를 다쳤다. 하반신 불수로 평생 자신의 두 다리로는 걸을 수 없게 됐다. 아키라의 장례식에 참석하고 싶어 했지만, 그것도 여의치 않았다.

그 불성실한 부부가 데려가지 않았다면 아키라는 죽지 않았을 것이다. 그 아이는 성산 기슭에서 조용히 살아가는 게 어울렸는데, 어른의 사정을 우선시하다가 이런 결과가 나오고 말았다. 모리오카 선생님은 가슴이 찢어지는 기분이었을 것이다. 선생님은 실의에 빠져 퇴직하고 헤이와 길에 있는 자택에 틀어박혀 지냈다. 남편이 정성을 다해 선생님을 돌보았다.

경찰과 소방서가 끈질기게 화재 원인을 조사했다. 근처 집에까지 탐문을 나왔다.

"개 앞으로 보험을 많이 들어놨다더라."

듣는 사람도 없는데 어머니가 목소리를 낮추어서 말했다.

"걔라니 누구?"

"아키라 말이야. 가엾게도 불에 타 죽은 애."

나는 천천히 고개를 들어 차를 홀짝이는 어머니를 빤히 바라보았다. 이야기를 이해하는 데 시간이 좀 걸렸다. 아키라의 아버지가 말실수를 한 걸 근처의 누군가가 들었다고 어머니는 속삭였다.

즉 이런 뜻인가? 오노 부부는 보험금을 타기 위해 아키라를 데려가서 계획적으로 죽였다? 설마.

"설마 그러려고."

어머니도 같은 생각이었는지 불쑥 중얼거렸다.

꿈나무 집에도 보험회사 조사원이 찾아왔다. 그래서 아키라 앞으로 거액의 보험을 들어놓았다는 게 진짜인 걸 알았다. 너무나 부자연스럽다. 먹고살기도 빠듯한 부부가 그만한 보험을 계속 부을 능력이 있을 것 같지는 않았다.

—아키라는 살해당한 거야.

머릿속에 흔들림 없는 결론이 열매를 맺었다.

신중한 조사가 거듭돼 보험금은 좀처럼 나오지 않았다. 애가 달았는지 오노 요시유키가 보육원으로 찾아왔다.

"아들이 죽은 것도 서러운데 보험금마저 안 나오다니, 너무한 거 아닙니까." 요시유키는 원장 선생님에게 따지고 들었다. "그것도 모자라 우리가 걔를 해친 게 아닌가 의심하다니요."

한 핏줄이 아닌 아버지는 아키라를 데리러 왔을 때와 달리 말이 많았다. "불이 난 뒤로 아내는 몸이 안 좋아서 드러누웠습니다. 삶이 엉망진창이라고요. 그런데 보험금이 안 나오다니 말도 안 됩니다."

나를 포함한 직원들은 파티션으로 구분된 응접실에서 새어 나오는 요시유키의 목소리에 귀를 기울이다 불쾌감을 느꼈다. 요시유키는 아들이 죽은 건 제쳐놓고 자신들의 결백함을 주장하며 보험금이 지불되지 않는 게 얼마나 불합리한지만 호소했다. 적어도 이 남자는 아키라를 잃은 것을 슬퍼하지는 않았다.

장애는 있었지만 자기보다 어린 아이들에게 친절했고, 동물들과 영혼으로 교감했던 아키라가 홀로 불 속에 남겨져 두려움에 떨며 죽어간 일이야말로 불합리하건만. 대체 이 남자는 뭘 하러 온 걸까? 원장 선생님을 비롯해 직원들이 의아해하기 시작했을 즈음, 요시유키가 용건을 꺼냈다.

"아키라를 구하려 했던 선생님께 감사 인사를 드리고 싶은데, 주소 좀 알려주시겠습니까?"

잠시 더 대화를 나눈 후 원장 선생님이 내게 요시유키를 모리오카 선생님 댁까지 안내해주라고 지시했다. 나는 떨떠

름하게 요시유키 앞으로 나섰다. 이 녀석은 주변의 의혹을 불식시키기 위해 공작을 시작한 게 아닐까. 경찰과 보험회사에 좋은 인상을 주려고 모리오카 선생님한테 감사 인사를 하러 가겠다는 것이 아닐까.

내 마음도 모르고 요시유키는 "바쁘실 텐데 죄송합니다" 하고 주절거리며 따라왔다. 모리오카 선생님도 평상심을 유지한 채 아키라의 아버지를 만나기는 어려우리라. 성산 기슭을 빙 돌아 성 북쪽 방면으로 향하는 내 발걸음은 무거웠다. 하늘이 찌뿌드드한 것이 금방이라도 비가 내릴 것 같았다. 나는 고마치구치 등산로 입구까지 와서 멈춰 섰다.

"성산을 질러서 갈까요? 그게 더 빠른데요."

거짓말이다. 하지만 다른 지역에서 온 요시유키는 아무런 의심 없이 나를 따라 산길로 발을 들여놓았다. 나는 잠자코 성큼성큼 걸음을 옮겼다. 머리 위로 교차된 나뭇가지들이 버스럭버스럭 흔들렸다. 날씨가 점점 나빠져 한적한 산길은 발밑도 잘 안 보일 만큼 어두침침해졌다. 뒤룩뒤룩 살찐 요시유키는 벌써부터 진땀을 흘리며 숨을 헐떡거렸다.

"선생님, 조금만 천천히 갑시다."

나는 그 말을 무시하고 더 빨리 걸었다. 요시유키가 돌에 걸려 꼴사납게 비틀거렸다. 나는 구불구불하게 굽은 좁은 길에 그를 남겨둔 채 앞만 보고 똑바로 올라갔다. 습기가 차서 눅눅한 바람이 불어 내려왔다.

끼럭끼럭끼럭끼럭.

바람에 섞여 그 짐승의 울음소리가 들렸다.

"선생님! 좀 기다려요."

아래쪽에서 요시유키의 목소리가 들렸다. 주변의 숲이 바람을 맞고 너울거렸다. 버스럭버스럭. 놈이 휜 가지를 타고 잡초를 헤치며 다가온다.

"으악!!" 요시유키가 비명을 질렀다. "뭐야, 이거!"

나는 돌아보지 않았다. 걸음도 늦추지 않았다. 헉헉 숨을 몰아쉬며 단숨에 산길을 올랐다. 결국에는 마구 달음박질했다.

등산로를 올라 이누이문에서 잠시 시간을 때운 후, 다시 산길을 천천히 내려왔다. 요시유키는 길가의 돌기둥에 멍하니 앉아 있었다. 그는 내 얼굴을 보자 비슬비슬 일어섰다. 뭣 때문에 여기 왔는지도 잊어버렸는지 그대로 산길을 내려갔다. 나는 그를 뒤따라가다가 산기슭에서 아무 말 없이 헤어졌다.

결국 오노 요시유키는 모리오카 선생님 댁을 방문하지 않았다. 아키라의 보험금도 받지 못했다. 두통과 고열, 구역질 등을 호소하던 요시유키는 일주일이 지나서야 병원에 실려 갔다.

병원에서는 소리에 민감하게 반응하며 몹시 겁을 냈다고 하는데, 금방 온몸의 상태가 악화돼서 말을 할 수 없게 됐다. 검사 결과 화농성 수막염이라는 진단이 내려졌다는 모양이다. 그는 입원한 지 나흘 후에 숨을 거두었다. 척수액에서 세균이 발견됐지만, 어디서 어떻게 감염됐는지는 결국 알아내지 못했다.

경찰이 아키라의 죽음을 사건으로 보고 수사에 착수하려 했다는 소문을 또 어머니가 어디선가 듣고 왔지만, 에이코도 다른 곳으로 가버렸으므로 그 후에 어떻게 됐는지는 아무도 모른다.

끼릭끼릭끼릭끼릭.

키리릭!

숙직을 서는 밤이면 지금도 가끔 놈의 울음소리가 들린다. 자려고 눈을 감으면 그날, 요시유키를 따라 산길을 내려왔을 때가 떠오른다. 그의 목덜미에는 작고 빨간 점 두 개가 나란히 찍혀 있었다. 짐승이 거기에 가느다란 송곳니를 박아 넣은 것이다. 주의해서 관찰하지 않으면 모를 만큼 작은 상처다.

놈은 아직도 성산의 숲속에 살고 있다.

다시는 돌아오지 않을 주인을 기다리고 있다. 아키라의

상상력에서 비롯된 산물은 앞으로도 계속 거기서 살아갈 것이 틀림없다.

어쩌면 아키라의 영혼이 가끔 그 짐승에게 명령하는지도 모른다. 이 세상의 부조리함에 분노하고, 힘없는 아이를 구하라고. 부정을 저지르며 못되게 구는 어른에게 복수하라고.

아키라가 도예 교실에서 만든 작품은 지금도 꿈나무 집 현관홀에 장식돼 있다.

7
1
1
호
실

나를 부르는 소리가 났다. 누군지는 안다. 언니다. 언니 목소리는 특별히 크거나 높지 않지만, 잘 울려 퍼진다. 학창 시절 합창부에서 활동했기 때문인지도 모르겠다.

나는 깊고 깊은 물속에서 둥실 떠올랐다. 수면에 빛이 비친다는 걸 알았다. 수면은 끊임없이 형태를 바꾸는 빛의 그물눈무늬로 가득했다. 그물눈무늬를 뚫고 수면으로 얼굴을 내밀었다. 확실치는 않지만 아름다운 음악을 들은 듯한 기분이었다.

"앗, 정신을 차린 모양이네." 누군가가 내 얼굴을 들여다보았다. "지아키, 나야. 알아보겠어?"

나는 두 사람을 멀거니 바라보았다. 둘 다 꼴이 이상했다. 조리복 같은 흰색 덧옷을 입었고, 머리에는 샤워캡 같은 하얀 모자를 썼다.

"아아, 다행이다. 수술은 성공적이래. 정말 다행이야, 지아키."

몸을 구부리고 거듭 내게 말을 거는 이 사람은 언니 하루코다. 그것만큼은 확실히 알겠다. 하지만 내 머릿속의 회로는 아직 완벽하게 연결되지 않았다. 왜 이런 곳에 누워 있는 걸까. 언니 뒤에 서 있는 사람은 누구일까.

나는 눈을 감았다. 너무 눈부셔서 오랫동안 눈을 뜨고 있기가 힘들었다.

"아, 다시 잠들었네. 아직 마취가 덜 풀렸나 봐."

언니가 뒤쪽 사람에게 그렇게 말하는 걸 들으며 나는 다시 물속으로 가라앉았다.

다음으로 눈을 떴을 때는 아무도 없었다. 몹시 눈부셔서 눈을 깜박이자니 간호사가 왔다.

"기분은 어떠세요?"

대답하려는데 말이 나오지 않았다. 간호사도 환자의 그런 반응에는 익숙한지 싱긋 웃더니 맥박을 재고 클립보드의 용지에 수치를 기입했다. 목소리는 나오지 않지만, 주변을 둘러볼 여유는 생겼다.

시야에 들어오는 건 무미건조한 흰색 천장이 대부분이었다. 간신히 고개를 살짝 돌리자 다른 침대에 누워 있는 환자와 어수선하게 배치된 의료기기, 그 사이를 요리조리 빠져나가며 일하는 직원의 모습이 보였다. 나에게 장착된 심전도 기기의 모니터에서 흘러나오는 전자음이 귀에 거슬렸다.

"여기가 어디예요?" 간신히 말을 꺼내자 간호사는 내 귓가에 입을 대고 한 글자 한 글자 또박또박 대답했다.

"집중 치료실이에요."

목소리가 너무 커서 나는 인상을 찡그렸다. 왜 귀에다 대고 목소리를 높이느냐고 따지고 싶었지만, 말이 나오지 않았다.

정신이 조금씩 뚜렷해졌다. 나는 배에 동맥류가 생겨서 개복수술을 받았다. 동맥경화 증상이 있다기에 만약을 위해 대동맥 초음파 검사를 받았는데 배에서 동맥류가 발견됐다. 척추를 따라 내려오는 대동맥은 배꼽 바로 아래서 두 줄기의 장골동맥으로 나누어진다. 나는 딱 그 분기점에 동맥류가 생겼다. 이미 크기가 4센티미터였다. 동맥류는 대부분 증상이 없으므로 파열되기 전에 발견해서 다행이었다고 의사는 말했다.

수술로 그 부분의 대동맥을 절제하고 폴리에스테르 섬유로 된 인공혈관을 삽입했다. 아주 안정적인 인공장기라 죽을 때까지 내 배 속에서 제 역할을 다할 것이다.

나는 다시 하얀 천장을 올려다보며 안개가 낀 듯한 머릿속을 검색했다. 그러자 불현듯 언니 뒤에 서 있던 남자가 남편 가쓰야인 걸 깨달았다. 나도 모르게 웃음이 나왔다. 자기 남편 얼굴도 모르다니. 가쓰야는 기분이 나빴을까. 하지만 어쩔 수 없는 상황이었다. 내가 눈을 뜬 건 고작 몇 분이었고, 일단 나서고 보는 언니가 내 위에 잔뜩 몸을 수그리고 있었으니까. 남편이 나설 기회는 없었다.

언니는 나보다 열 살이나 많아, 나는 어릴 때부터 툭하면 언니에게 의지했다. 언니는 근교의 병원에서 간호사로 일한다. 그래서 이번에 걸린 병과 수술에 관해서도 자주 상담해주었다. 가쓰야도 그런 우리의 관계를 잘 이해할 것이다.

아까 그 간호사가 주치의를 데리고 돌아왔다.

"수술은 잘 끝났습니다."

이어서 수술 후 경과를 간단히 설명했지만, 머리에 잘 들어오지는 않았다. 이건 마취 때문이 아니다. 원래 이렇게 어려운 이야기는 딱 질색이다. 수술 전에도 일부러 언니를 불러 남편과 셋이서 설명을 들었다. 의사는 그림을 그려가며 여기와 여기를 클립으로 고정하고 등등 꼼꼼하게 설명해주었지만 거의 기억이 안 난다. 그때도 오로지 언니만 질문을 했고, 결국 의사도 언니에게만 열심히 설명했다.

그래서 아까 언니가 수술에 성공했다고 하자마자 바로 안심했다. 언니 말이 그렇다면 틀림없다고 무조건 믿는다. 이

건 어릴 적부터 내 버릇이다.

언니는 멀리 사는 데다 아이를 키우며 일하느라 바쁘므로 일상생활에서는 남편 가쓰야에게 의지할 수밖에 없다. 결혼한 지 7년, 서른다섯 살이 될 때까지 아이를 가지지 못한 것이 나의 그런 성향에 박차를 가했다.

의사가 가자 간호사는 침대 옆에 달린 링거의 양을 확인하고 링거가 떨어지는 속도를 조절했다. 그제야 내 팔에 링거 바늘이 꽂혀 있다는 걸 알았다. 나는 투명한 액체가 똑똑 떨어져 내 몸속으로 들어오는 광경을 가만히 지켜보았다. 나는 언제나 이렇듯 수동적으로 받아들이는 입장이다. 외부에서 들어오는 건 뭐든지 '좀 더 나은 것', '누군가가 이미 음미해서 평가해준 것'으로 받아들인다.

남편은 말수가 적다. 은행에서 융자 업무를 하면서 그렇게 과묵해도 괜찮을까 염려될 정도다. 하지만 직장에 잘 다니니 밖에서는 안에서와 다른 모양이다. 자기 일에 대해서는 잘 이야기하지 않으니까 모른다. 나도 안 묻는다. 병문안을 와도 "오늘은 어때?" 하고 물어보는 정도라, 몸 상태가 어떻고 무슨 진찰을 받았고 의사와 간호사에게 어떤 말을 들었는지 이야기하고 나면 둘이서 가만히 창밖이나 바라보곤 한다.

제2외과 병동은 7층이라 전망이 좋다. 특히 밤이면 야간 조명을 받은 성이 성산 위에 예쁘게 부각돼 보인다. 하지만 그것도 이 병실로 옮기고 나서 바로 남편에게 말했으므로 그렇게 자주 화제로 삼을 수는 없다.

"빨래할 건 없어?"

이 말은 남편이 돌아가겠다는 신호다. 나는 남편에게 속옷 빨래를 부탁하는 게 미안하다.

"미안해. 빨리 좋아져서 퇴원할게."

남편은 사물함에서 비닐봉지를 꺼내 병실을 나섰다. 이런 병에 걸리다니 참 한심하다는 생각이 또 고개를 쳐들었다. 나는 언니처럼 밖에서 일한 적이 한 번도 없다. 대학을 졸업한 후 남편과 맞선을 보고 결혼하기 전까지 부모님과 함께 살면서 신부 수업을 하듯 이것저것 배웠다.

나는 늘 남의 보호 아래서 살아왔다. 그래서 사회성도 없고, 대인관계도 안 좋다. 대신에 내게 주어진 역할만큼은 완수하려고 노력해왔다. 공교롭게도 아이가 생기지 않아 '어머니'라는 역할은 맡지 못했지만, '아내'로서 남편이 불편함을 느끼지 않도록 집안일만큼은 철저하게 해왔다고 자부한다. 하지만 언니 같은 겸업 주부 입장에서 보면 내 작은 철칙과 실제로 하는 집안일은 웃음이 나올 만큼 하찮을 것이다.

남편이 나가자 나는 다시 불빛에 비친 성을 무료하게 바라보았다.

    수술 후 경과는 순조로웠다. 사흘 후 1인실로 옮겼을 때는 소변을 뽑아내기 위한 도뇨관을 제거해 혼자 화장실에 갈 수 있게 됐다. 이제 봉합한 곳에서 피가 날 위험성은 없다는 뜻인가. 간호사의 지시로 나는 링거 스탠드를 밀며 복도를 조금씩 걸었다. 역시 수술한 곳이 아팠다. 원래 몸을 움직이는 걸 좋아하지 않아서 침대에 누워 있고 싶었지만, 그러면 혈관에 혈전이 생겨서 심장이나 뇌혈관을 막을 수도 있으므로 위험하다고 했다. 시간이 흐르자 통증이 약해졌고, 주치의도 2주일쯤 있으면 퇴원할 수 있을 거라고 했다.

    남편에게 알리자 안심한 듯한 표정을 지었다. 낭보를 전하자 내 마음도 편해졌다. 나는 누군가의 반응을 통해 마음속의 기준을 정하는 면이 있다. 분명 부모님과 언니, 남편에게 기대어 살아온 탓이리라. 그렇게 내 기준점이 되어줄 사람 한두 명만 곁에 있으면 된다. 아니면 혼란스러워진다. 그게 내가 많은 사람과 원만한 관계를 유지하지 못하는 이유일지도 모르겠다.

    나는 시내의 고등학교와 대학교를 다녔지만 친구는 얼마 없었다. 나는 남에게 마음을 툭 터놓지 못한다. 외모도 뒤떨어지고, 여고생이나 대학생이 흥미를 가질 만한 일에도 어두웠으므로 어쩔 수 없는 일이었다. 괴롭힐 만한 재미도 없어서 왕따는 당하지 않았지만, 그렇다고 완전히 무시당한 건 아니었다. 반 아이들 일부는 내가 멍하니 있으면 뭐라고 소곤거리며 키득거렸다.

그다지 활동적이지 않은 남편 가쓰야는 그런 의미에서 내게 가장 바람직한 파트너였다.

1인실에서는 금방 쫓겨났다. 이런 대학병원은 중증 환자가 줄줄이 몰려와서 치료를 받는다. 수술 후 경과가 순조로운 환자는 그들에게 1인실을 넘겨주어야 한다. 나는 같은 병동의 2인실로 옮겼다.

711호실이다.

내게는 창 쪽 침대가 배정됐다. 병실에 들어갔을 때 옆쪽 침대에는 커튼이 쳐져 있었다. 간호실습생이 짐을 날라다주었다. 같이 방을 쓸 환자에게 인사를 해야 할 것 같았지만 커튼은 꿈쩍도 하지 않았다. 자고 있는지도 모른다. 간호실습생도 그 점에 대해서는 한마디도 언급하지 않았다. 실습하느라 정신이 없을 테고, 병실의 환자를 전부 파악하는 것도 아니리라.

나는 침대에 누워 간호실습생과 잠시 이야기를 나누었다.

"이 방에서도 성이 잘 보이네요." 내 말에 간호실습생은 "밤에 푸르스름한 조명에 비친 걸 보면 좀 무섭더라고요" 하고 대답했다.

간호실습생이 나가자 나는 누운 채 잡지를 펄럭펄럭 넘겼다. 잡지는 2, 3일에 한 번 남편이 가지고 온다. 여성잡지를 구입하는 남편의 모습을 상상하자 살짝 웃음이 났다.

그러고 있자니 옆 침대의 커튼이 차라락 걷혔다. 나는 손을 멈추고 상반신을 일으켰다. 나보다 나이가 조금 많아 보이는 마흔 살 가량의 여자가 침대에서 다리를 바닥에 늘어뜨리고 앉아 있었다.

"반가워요." 여자가 인사했다.

"아까 이 방으로 왔어요. 인사가 늦어서 죄송해요……."

내가 사과하자 "아니에요" 하며 여자는 웃었다. 약간 구슬픈 웃음소리였다. 그리고 엔도 유키라고 이름을 댔다. 나도 내 이름을 대고 "잘 부탁드립니다" 하고 다시 고개를 숙였다.

그동안 나는 줄곧 엔도 씨의 얼굴만 보았다. 엔도 씨는 미인이었다. 또렷한 쌍꺼풀과 길고 풍성한 속눈썹이 인상적이었다. 콧날은 곧게 쭉 뻗었고, 말할 때마다 품위 있게 움직이는 입술도 예쁘게 생겼다. 투명하리만큼 피부가 하얘서 화장기가 전혀 없는데도 입술이 몹시 붉어 보였다.

하지만 내 시선을 엔도 씨의 얼굴에 붙잡아둔 것은 그녀의 머리에 둘둘 감긴 붕대였다. 오른쪽 눈도 감싸고 있어서 그 아름다운 얼굴이 절반쯤 가려졌다. 나는 일단 내 병명과 수술한 지 얼마 되지 않았음을 밝히고, 머뭇머뭇 엔도 씨의 병명을 물었다.

"난 뇌종양이야." 엔도 씨는 별일 아니라는 듯이 대답했다. 할 말을 잃은 내게 "악성 신경교종이라고, 되풀이해 수술을 받아도 계속 재발하는 악성 뇌종양이지. 벌써 세 번이나 수술을 받았어" 하고 덧붙였다.

엔도 씨는 이제 익숙해졌는지 자신의 병증에 대해 술술 설명했다. 오른쪽 전두엽에 생긴 혈종 속에 종양이 숨어 있었다고 엔도 씨는 말했다. 두 번째 수술 때 종양 부근에 있던 시신경을 다쳐서 이제 오른쪽 눈은 보이지 않는다고도.

"여기." 엔도 씨는 자기 오른쪽 귀 위를 가리켰다. "두개골을 열고 깊숙이 있는 종양을 제거해야 해. 출혈을 억제하며 종양을 완전히 제거하지 않으면 순식간에 재발하지."

이때 내 표정은 어땠을까. 분명 내 두개골에 구멍이 뚫린 듯한 기분이 들어 뜨악한 표정을 지었을 게 틀림없다.

"하지만 왼쪽 팔다리를 움직이는 신경이 거기 있어서 너무 깊이 들어가면 좌반신에 마비가 올 우려가 있다지 뭐야."

엔도 씨는 마치 남의 일처럼 말했다. 어쩌면 일부러 남들에게 이런 식으로 말해서 혐오감을 주며 재미있어하는 악취미가 있는 게 아닐까 싶어 나는 엔도 씨의 표정을 살폈다. 하지만 엔도 씨는 덤덤하게 말을 마친 후 겸연쩍은 듯 살짝 웃었다.

"이렇게 흉한 꼴이라 미안해." 그러면서 붕대에 손을 댔다.

"아니에요, 무슨 말씀을……" 나는 허둥지둥 대답했다. "이제 종양은 전부 제거했나요?" 이런 질문도 해서는 안 되는 게 아닐까 생각했을 때는 이미 말을 뱉은 뒤였다.

"세 번이나 수술했으니 그러길 바라야지."

대답하는 말투를 듣건대 재발할 가능성이 높으리라 짐작이 갔다. 이 사람은 살날이 그리 길지 않을지도 모른다. 왜냐하면, 너무나 아름다우니까…….

아무 맥락도 없이 그렇게 생각했다.

711호실에서는 수술 후 체력 회복과 이런저런 확인을 위한 검사에 중점을 두고 지냈다. 수술 전에도 받았던 혈관 조영 검사를 또 받았다. 국부 마취한 오른쪽 서혜부*에 바늘을 꽂아 동맥에 조영제를 주사한다. 참으로 불쾌하니 꽉 눌리는 듯한 느낌이다. 굵직한 주삿바늘이 동맥을 찾아 살 속을 이리저리 헤집었다. 결과는 양호했다.

그 사실을 또 남편에게 전하고, 나 스스로도 안도했다. 남

* 아랫배와 접한 넓적다리 주변.

편이 올 때면 엔도 씨는 꼭 커튼을 치고 얼굴도 내비치지 않았다.

"이렇게 흉한 꼴을 남자에게 보여주기는 싫어." 엔도 씨는 그렇게 말했다.

그래서 나도 굳이 남편에게 엔도 씨를 소개하지는 않았다. 남편도 옆 침대에 대해서는 언급하지 않았다. 속으로는 엔도 씨가 신경 쓰는 것만큼 꼴사납지는 않다고 생각했다. 오히려 그 애처로운 흰 붕대 덕분에 엔도 씨의 가련한 미모가 돋보이지 않나 싶기까지 했다. 하지만 곧바로 엔도 씨가 얼마나 절망적인 병에 걸렸는지 떠올라, 그렇게 불경스러운 생각을 하면 안 된다고 스스로 훈계했다.

나는 태어나서 지금까지 예쁘다거나 귀엽다는 말과는 무관한 인생을 살아왔다. 뚱뚱하니 몸매도 별로였으므로 예쁜 사람을 보면 부러움보다 체념을 먼저 했다. 너무 단정하게 생긴 사람을 보면 가짜처럼 느껴진다고 객관적으로 생각하는 것도 그런 탓일지 모르겠다. 자기로서는 도저히 도달할 수 없는 아름다움은 멀리서 감상하는 수밖에 없다.

하지만 엔도 씨의 완벽한 미모에는 몹시 끌렸다. 젊고 생생한 아름다움이 아니라, 나이를 먹었지만 오히려 그 까닭에 정갈하다고나 할 아름다움이다. 게다가 이 아름다움은 조만간 병으로 사라질지도 모른다.

아무튼 몸이 회복될수록 같은 병실에 사람이 있어 이야기를 나눌 수 있는 게 얼마나 고마운 일인지 깨달았다. 엔도 씨를 병문안하러 오는 사람은 없었다. 엔도 씨 말에 따르면 가족은 저 멀리 떨어져 사는 오빠 한 명뿐이라고 했다. 결혼도 안 했고, 이 대학병원 선생님만 보고 시골에서 올라왔으므로 친구도 오기가 힘든 모양이었다.

"그럼 쓸쓸하겠네요"라는 내 말에 엔도 씨는 "아니, 전혀" 하고 웃었다. 웃음을 짓자 붉은 입술 양쪽 가장자리가 예쁘게 위로 올라갔다.

"그쪽이 올 때까지 혼자였지만 다양한 공상을 하며 지냈어. 그게 내 특기거든. 벌써 세 번이나 긴 입원 생활을 했으니까." 그렇게 말하고 엔도 씨는 또 웃었다. "뇌종양이 점점 커져서 뇌를 압박하면 남들은 두통이 오거나 구역질이 난대. 하지만 난 달라. 난 환영을 봐."

"환영을……?"

그때 간호사가 들어왔다. 엔도 씨는 커튼을 차라락 치고 또 그 속에 틀어박혔다. 커튼 너머로 침대에 눕는 엔도 씨의 실루엣이 보였다. 어쩌면 엔도 씨는 침대에 누워 안정을 취해야 하는 건지도 모른다. 하지만 두통을 호소한 적도 없고, 지금으로서는 딱히 몸 상태가 나빠 보이지 않는다.

"오늘부터 샤워하셔도 돼요."

"정말요?"

"지금 하실래요?"

나는 세면도구를 챙겨 욕실로 향했다. 그리고 샤워를 하며 아랫배를 내려다보았다. 상처를 소독할 때 벌써 몇 번이나 보았지만, 이렇게 서서 내려다보자 수술한 자국이 눈에 띄게 커 보였다. 복부의 중심선상을, 배꼽 바로 위에서 배꼽을 피해 치골 언저리까지 절개했다.

나는 수술 자국을 손가락으로 살짝 쓰다듬어 보았다.

이렇게 큰 흉터가 생겼는데 남편 가쓰야에게 내가 여자로 보일까. 병이 났다는 걸 알기 오래전부터, 정확하게 말하자면 2년쯤 전부터 우리는 잠자리를 가지지 않았다. 남편은 아직 30대다. 남자로서 한창일 때지만 그것도 개인차가 있으리라. 요즘은 육체관계를 가지지 않는 부부도 늘어나는 추세라고 들었다.

친구가 없어서 물어볼 사람도 없다. 이런 이야기는 언니에게도 못 한다. 분명 일도 너무 바쁠 것이다. 스트레스가 많은 직업이니까. 아니면 남편에게 잠자리는 순수한 생식 활동에 지나지 않았든지. 아이를 낳지 못하는 나와 육체관계를 가지는 게 쓸데없는 일인 걸 알아차렸는지도 모른다.

남편이 괜찮다면 나도 상관없다. 그래놓고 남편이 이 흉터를 아래에서 위로 핥아 올라온다면 어떨까, 몸의 중심부가 뜨겁도록 그런 상상을 하기도 했다. 탈의실의 큰 거울에 비친 내 모습은 여기저기 살이 늘어지고 몹시 늙어 보였다. 역시 남편이 몸을 요구할 일은 더 이상 없을 것 같아 씁쓸해졌다.

복도를 걷는 운동도 계속했다. 이제 링거도 빼서 번거롭게 스탠드를 밀지 않아도 되므로, 몇 번이고 복도를 왕복했다. 알고 보니 그렇게 걸어 다니는 사람이 많았다. 예전의 나처럼 바퀴 달린 링거 스탠드를 밀고 다니는 사람도 있었고, 보행기를 붙잡고 가까스로 걸음을 떼는 사람도 있었다. 나는 복도 걷기 운동을 하다가 다니오카 메이와 안면을 텄다.

예전에도 검사실 앞 등지에서 마주쳐 스무 살 안팎으로 보이는 메이의 얼굴은 알고 있었다. 메이도 수술 후 회복 운동을 하는 듯, 지루한 표정으로 슬렁슬렁 걸어 다녔다. 우리는 나란히 걸음을 옮기다 말을 나누게 됐다.

메이도 복부 동맥류 수술을 받았다는 걸 알고 갑자기 친근감이 솟았다. 평소 나는 남과 그렇게 허물없이 이야기를 나누지 않는다. 하지만 병원이라는 특수한 환경에 영향을 받았으리라. 우리는 언젠가 여기를 떠나서 각자의 인생으로 되돌아간다. 아주 잠깐, 일시적인 친분이라 생각하자 마음이 가벼워졌다.

"너처럼 젊은 사람도 동맥류가 생기는구나." 내 말에 메이는 집안 내력이라고 말했다.

"할머니는 거미막하출혈로 돌아가셨고, 아빠는 흉부 동맥류 수술을 받았어요. 그런데 그거 알아요, 아줌마? 흉부보다 복부 동맥류 수술이 간단하대요."

나는 '아줌마'라는 호칭에 무심코 헛발을 디뎠다. 스무 살먹은 이 아이의 입장에서 보면 서른다섯 살은 아줌마일까. 아니면 내가 너무 나이 들어 보이는 건가.

아무튼 한없이 쾌활한 메이는 거침없이 잘 떠들고 농담을 꺼내놓았다. 이런 상황이 아니었다면 고등학교를 중퇴하고 아르바이트를 하며 산다는 메이 같은 젊은 아이와는 말을 나눌 기회가 절대로 없었으리라.

메이는 금색으로 염색한 머리가 자라서 뿌리 부분이 까맣게 올라온 걸 몹시 거슬려 했다. 메이의 병실은 간호사실을 사이에 끼고 반대편 복도에 있었다. 이제 퇴원도 가깝고 해서인지 4인실이었다. 가끔 메이의 연인으로 보이는 젊은 남자가 병문안을 왔다. 코와 입술에까지 피어싱을 하다니, 나로서는 도무지 이해할 수 없는 사람이었다.

그 남자가 오면 메이는 아주 신나서 목소리가 높아지므로 같은 병실 환자들에게 빈축을 샀다. 그런가 하면 병동 휴게실에서 그 남자와 소곤소곤 이야기를 하면서 눈물을 짓기도 했다. 연인이 엘리베이터를 타고 내려가면 걷기 운동을 하는 내 곁으로 다가와 또 쾌활하게 조잘대기 시작했다. 감정 기복이 심한 아이였다.

"쟤는 곧 죽을 거야."

엔도 씨가 711호실 앞 복도를 지나가는 메이를 보고 말했다. 너무나 불길한 말이었다. 이런 곳에서 꺼내기에 제일 부적절한 말. 하지만 죽음에 한없이 가까운 엔도 씨에게만은 허용되는지도 모르겠다 싶었다.

그러나 대뜸 곧이들을 수 없는 말이기도 했다. 메이는 젊은 만큼 회복 속도가 빨랐다. 기분도 아주 좋은 듯, 방금 전까지도 내가 진저리를 칠 만큼 들떠서 떠들썩하게 말을 늘어놓았었다.

"전에 말씀하신 환영이라도 보신 거예요?" 내가 일부러 밝게 묻자 "응, 쟤의 환영" 하고 엔도 씨는 대답했다.

그로부터 30분 후, 메이는 병원 옥상에서 뛰어내렸다.

나는 한동안 엔도 씨와 말을 나누지 않았다.

무서웠던 건 아니다. 엔도 씨가 충격을 받지는 않았을까 배려한 것이다. 자신이 부주의하게 내뱉은 말이 우연히도 현실이 되어 우울해진 게 아닐까 싶어서.

우연…… 당연히 우연이다.

어쩌면 정서가 불안정한 메이의 심리를 엔도 씨가 민감

하게 읽어냈는지도 모른다. 메이의 몸속에 삽입된 폴리에스테르 섬유 인공혈관은 어떻게 됐을까. 수술 전에 설명을 들을 때 주치의가 보여준 신축성 있는 흰색 인공혈관이 내 꿈속에서 구불구불 굼실거렸다. 아마도 악몽을 꾸며 끙끙댔던 모양이다. 한밤중에 엔도 씨가 침대 곁으로 와서 나를 깨웠다. 나는 온몸이 땀으로 흥건했다.

"괜찮아?"

"네. 죄송해요."

나는 머리맡의 찻잔에 뜨거운 물을 따라 마셨다. 엔도 씨는 천천히 자기 침대에 누워 지금까지 보았던 환영을 이야기해주었다.

처음으로 본 환영은 아지랑이처럼 흔들리는 뭔가였다. 그것은 사람의 오른쪽 어깨 위 허공에 떠 있었다. 누구 어깨 위에서나 보이는 건 아니었지만, 확실히 있었다. 그리고 그것은 점차 형태가 잡혀갔다. "묵직한 얼음덩이같이 생겼더라고." 엔도 씨는 그렇게 표현했다.

오른쪽 어깨 위에 그 아이스 큐브가 있는 사람이 인파 속을 오갔다. 자세히 보자 그건 투명하지 않고, 속에서 색깔 있는 뭔가가 아른아른 움직이는 듯했다. 당연히 엔도 씨는 눈에 이상이 생긴 줄 알고 안과에 갔다. 다른 진찰과를 소개받아 다양한 검사를 거친 끝에 뇌에서 종양이 발견됐다. 뇌종양 때문에 시각장애가 생겨 그렇게 이상한 증상이 나타났다는 이야기였다.

첫 번째 수술을 받았다. 의사는 "적출할 수 있는 만큼은 종양을 전부 적출했다"고 말했다. 하지만 그 이상한 아이스 큐브는 의사의 오른쪽 어깨 위에도 떠 있었다.

"그걸 가만히 들여다보니 알겠더라고. 선생님이 등교를 거부하는 아들을 몹시 걱정한다는 걸."

아이스 큐브에 담긴 그러한 사연이 알맹이가 흘러넘치는 것처럼, 엔도 씨 앞에 아주 잠깐 영상으로 나타난다고 했다. 엔도 씨는 그 영상을 '그 사람의 이야기'라고 불렀다.

두 번째로 수술을 받은 후 엔도 씨의 능력은 더더욱 강해졌다. 엔도 씨는 사람의 어깨 위 아이스 큐브를 자유자재로 녹여 그 속에 있는 이야기를 읽었다.

그와 병행해 엔도 씨의 악성 신경교종은 몇 번이나 재발했다. 악성 뇌종양은 출혈을 초래하는 경우가 많은데, 엔도 씨의 종양은 발견됐을 때 이미 6센티미터 크기로 자라 주머니 모양의 농포에 감싸여 있었다. 암세포가 뇌 섬유를 따라 전이되는 건지, 수술할 때 흩어진 암세포가 척수액을 타고 올라오는 건지 되풀이해 재발됐다.

신경교종은 이렇게 뇌에 발생한 후 침윤성을 띠고 자라난다. 즉, 종양을 적출한다는 건 정상적인 뇌세포를 적출한다는 뜻도 될 수 있다.

"그래서 세 번째 수술 때는 종양이 침범한 뇌 자체를 떼어 냈다니까."

엔도 씨는 웃으며 자기 앞머리를 두드렸다. 오른쪽 측두 엽은 그렇게 큰 역할을 하지 않는 걸로 추정되기에 종양과 함께 전두엽이나 측두엽을 절제하는 경우도 드물지 않다는 모양이다.

"여긴, 텅 비었어." 나는 엔도 씨의 머리에 칭칭 감긴 하얀 붕대를 쳐다보았다. "그렇지만 그 빈 공간에." 엔도 씨는 아 주 우습다는 듯 작은 웃음소리를 흘렸다.

"내가 본 환영이 가득 들어차 있는 거야." 우리는 입을 다물었다.

어딘가 복도 저 멀리서 환자의 신음 소리가 들렸다.

환각이나 착란도 뇌종양의 증상이라고 한다. 엔도 씨가 본다는 환영도 그런 게 아닐까 의심스러웠다. 그럼에도 나 는 이렇게 물었다.

"제 어깨 위에도 그게 있어요?"

"아니." 엔도 씨는 지체 없이 대답했다. "네 어깨 위에는 없 어."

나는 안도하여 몸에서 힘을 뺐다.

"지금까지의 경험으로 판단컨대, 심각한 문제나 비밀을

가진 사람의 어깨 위에만 그게 있더라고."

그렇게 밝게 행동하던 메이도 혼자서 뭔가 고민했던 걸까. 나는 다시금 엔도 씨의 환영에 관심이 쏠렸다. 엔도 씨가 말을 이었다.

"그런데 너희 남편 어깨 위에는 있더라."

나는 고개를 빙글 돌려 창문을 보았다. 약간 걷힌 커튼 틈새로 칠흑같이 펼쳐진 어둠이 보였다. 성을 비추는 조명은 이미 꺼진 뒤였다.

내 체력은 회복됐는데 식욕이 떨어지자 간호사가 걱정했다.

"아무튼 힘내서 조금이라도 더 드셔보세요. 지금은 약보다 음식으로 영양분을 섭취하는 게 더 중요하니까요."

허공을 헤매던 내 시선이 옆 침대를 가린 커튼 위에 멈췄다. 간호사가 내 시선을 좇아 커튼을 바라보았다. 커튼 안쪽에서 사람이 움직이는 기척은 없었다.

왜 이렇게 시간을 질질 끄는 건지 나도 모르겠다. 스스로 결정을 내리는 데 익숙지 않은 탓인지도 모른다. 지금까지 뭐든지 남편 아니면 언니와 상의했으니까. 나는 결단력도 판단력도 부족하다.

어제 엔도 씨에게 물어보았다.

"우리 남편 어깨 위의 얼음덩이도 들여다봤어요?"

이렇게 묻기 전에 엔도 씨가 본다는 환영의 진위부터 확인해야 마땅하다. 아니, 대답은 뻔하다. 이런 게 진짜일 리 없다. 엔도 씨 본인도 환영이라고 하지 않는가.

그런데도 나는 귀가 솔깃해서 엔도 씨의 이야기에 홀딱 빠져버렸다. 씌었다고 해도 된다. 현실과 동떨어진 이 이야기를 뒷받침하는 건 엔도 씨의 미모다. 이렇게 예쁜 사람이 하는 말이 거짓말일 리 없다. 아름다움에 대해 예전에 품었던 생각과는 정반대다. 죽음이 임박해 엔도 씨의 미모가 처연하다 할 만큼 빛을 뿜어내기 때문인지도 모르겠다.

"아니. 아직 안 봤는데."

남편 어깨 위의 아이스 큐브에서는 뭐가 흘러나올까. 그렇게 대단한 일은 아닐지도 모른다. 분명 업무상의 고민이나 말썽 등, 나하고는 관계없는 일이리라.

"걱정 마. 이렇게까지 이야기했으니 멋대로 녹이지는 않을게."

엔도 씨는 그런 말로 넌지시 내 결심을 재촉했다.

내가 여기 711호실, 엔도 씨의 곁에 머물 수 있는 시간은 얼마 안 남았다. 퇴원이 가까운 환자는 좀 더 큰 병실로 옮기는 게 관례였다. 이제 곧 남편이 병문안을 올 시간이다. 나는 마침내 남편의 비밀을 들여다보기로 결심했다. 잘한 일인지 어쩐지는 지금도 모르겠다. 어쨌거나 그 후로 나는 고독으로 이어지는 길을 걸어가게 되지만.

나는 엔도 씨를 따라 1층 로비로 내려갔다. 밤의 로비는 한산했다. 줄지은 긴 의자에는 입원 환자 몇 명만 앉아 있었다. 저녁 식사 시간도 끝나 느긋한 분위기로 조용히 이야기를 나누고 있다. 접수처도 원무과도 커튼을 치고 불을 껐다.

우리는 입구에서 멀리 떨어진 복도의 긴 의자에 앉아 기다렸다.

남편이 들어왔다. 뒤에서 낯선 여자가 따라왔다. 남편이 다녀오겠다는 듯이 눈짓하자 여자는 로비의 의자에 앉았다. 남편은 혼자 엘리베이터로 걸어갔다.

나는 묵묵히 그녀를 관찰했다. 나이는 내 또래로 보였다. 하지만 그녀는 키가 크고 팔다리도 날씬하니 길었다. 화장도 연하고 머리도 뒤에서 하나로 묶은 것이 꾸민 기색 하나 없었지만, 어쩐지 요염함이 느껴졌다. 그녀는 문고본을 꺼내 열심히 읽기 시작했다.

그 모습을 보고 나는 드디어 엔도 씨가 꺼낸 턱없는 이야기를 전면적으로 믿을 마음이 들었다. 남편도 책을 좋아해서 자주 저렇게 문고본을 읽었다. 아아, 역시 남편에게는 나보다 저렇게 지적인 여자가 어울리는구나 싶었다. 남편에게 여자가 있다는 건 깜짝 놀랄 만큼 순순히 받아들일 수 있었다. 내가 진심으로 두려운 건 나 혼자 버려지는 일이다. 남편이 이 여자와 함께하고 싶으니까 헤어져 달라고 할까 봐 제일 무서웠다.

나는 미리 협의한 대로 다른 엘리베이터를 타고 병실로 돌아갔다. 엔도 씨는 거기 남았다. 그 여자의 오른쪽 어깨 위에 있는 아이스 큐브를 녹여 '이야기'를 읽어내기 위해.

나는 711호실에 들어갔다. 남편은 침대 옆의 접의자에 앉아 기다리고 있었다. "어디 갔었어?" 남편은 나무라는 기색 없이 그렇게 물었다.

"미안해. 잠깐 화장실에 다녀오느라고." 남편의 오른쪽 어깨 위를 응시했지만 내 눈에는 아무것도 보이지 않았다.

남편이 서점 종이봉투를 내밀었다. 그걸 받아들었을 때 드디어 알아차렸다. 남편이 읽을 만한 여성잡지를 센스 있게 골라서 사 올 수 있었던 이유를. 내 속옷도 그 여자가 빨아주었을까.

"너희 남편, 늘 여자랑 같이 병원에 와."

엔도 씨가 내게 가르쳐주었다. 이건 엔도 씨의 신비한 능력과는 관계없다. 함께 오는 두 사람을 엔도 씨가 그저 우연히 본 것이다.

"네가 남편의 '이야기'를 알고 싶어 하지 않았다면 이런 말은 안 꺼냈을 거야."

하지만 나는 남편의 모든 것을 아는 길을 선택했다. 이제 돌이킬 수 없다.

우리 부부가 평소 말이 많지 않았던 게 다행이었다. 대화가 무겁게 가라앉기 십상이었지만, 평소처럼 남편은 수상쩍어하는 기색 없이 돌아갔다. 빨리 그 여자와 단둘이 있고 싶었던 건지도 모르겠다. 여자 집에 가는 걸까. 아니면 우리 집에서 몸을 섞을까. 나는 수술한 곳에 살짝 손을 댔다. 남편은 그 여자의 매끈매끈하니 예쁜 배 위에서 절정에 다다를까. 요 몇 년 간 내게는 손가락 하나 대지 않았으면서…….

남편이 돌아가고 몇 분 지나자 엔도 씨가 병실로 돌아왔다. 그리고 그 여자의 '이야기'를 들려주었다.

나는 일단 그 여자의 이름을 알았다. 오구라 요코였다. 요코는 남편 가쓰야가 일하는 은행에서 융자를 받은 철공소 경영자의 아내였다. 가쓰야가 융자 업무로 가끔 철공소에 드나들다 친해졌고, 경영자인 오구라의 눈을 피해 내연관계가 됐다고 한다. 가쓰야는 번거롭게 내 눈을 피하지 않아도 됐으리라. 우둔한 나는 남편의 미묘한 변화를 전혀 알아채지 못했다.

하지만 남편이 그렇게 복잡한 불륜관계를 선택하다니 의외였다. 남편의 성격상 유부녀와 깊은 관계를 맺을 것 같지는 않았다. 하지만 내가 뭘 알겠는가. 남녀의 미묘한 심리에 제일 어두운 게 바로 나인데.

여고에 다닐 때도, 성산 북쪽에 있는 사립대학에 다닐 때도 연인이라 할 만한 남자는 없었다. 연인은커녕 남학생들은 내 외모와 뚱하고 침울한 성격을 싫어해서 나와 친구로 지내는 것조차 최대한 피하는 편이었다.

하지만 요코에게 남편이 있다는 사실에 나는 조금 안심했다. 두 사람은 서로의 가정을 파탄 내면서까지 함께하려는 생각일까? 아무리 서로에게 끌리더라도 그건 에너지가 아주 많이 들어가는 짓이다. 이대로 내가 모르는 척하면 조만간 자연스레 소멸될 관계일지도 모른다. 내 의견에 엔도 씨는 이렇게 답했다.

"그게 그렇지가 않아. 오구라 요코의 남편은 벌써 죽었거든."

"뭐라고요?!"

"공장 경영이 악화돼서 자살했어."

엔도 씨가 왼쪽 눈으로 내게 날카로운 눈빛을 날렸다.

나는 할 말을 잃었다. 소등 후에 켠 취침 등이 엔도 씨의 하얀 얼굴을 아래에서 비추었다.

"아니면 그렇게 매일같이 너희 남편이랑 찰싹 붙어 있을 수 있겠어?"

엔도 씨의 묘하게 빨간 입술이 우습다는 듯이 일그러졌

다. 희미하게 웃는 것처럼 보였다. 그때 비로소 엔도 씨의 악의 비슷한 감정이 느껴져 오싹함이 밀려왔다.

남편은 1층 로비에서 요코와 잠시 이야기를 나누다가 함께 병원을 나섰다고 한다. 그 사이에 엔도 씨는 남편의 아이스 큐브를 녹였다. 나는 입술을 깨물었다. 그걸 바란 사람은 다름 아닌 나다. 그리고 엔도 씨는 남편과 요코가 공유하는 무서운 비밀을 천천히 이야기했다.

요코는 술도 여자도 자제할 줄 모르는 남편 오구라를 혐오했다. 그래도 철공소 경영이 순조로운 동안에는 어느 정도의 잘못은 눈감아주었다. 오구라는 철공소를 해서 번 돈으로 배달 도시락집을 시작했다. 그때 융자를 받은 관계로 은행 융자 담당인 가쓰야가 철공소에 드나들기 시작했다. 뭐든지 주먹구구식인 오구라가 경리 전반을 요코에게 떠맡겼으므로, 가쓰야와 요코는 친밀하게 이야기를 나누게 됐다.

도시락집은 경영이 부진했다. 그쪽에 커다란 손실이 생겨 사업을 접었을 때, 도시락집 경영을 맡았던 사람이 오구라의 내연녀로 밝혀졌다. 내연녀가 도시락집의 영업 수익을 자신과 오구라의 윤택한 생활을 위해 유용했다는 사실도 드러났다. 도시락집의 실패는 철공소 쪽에도 큰 빚을 남겼지만, 내연녀는 아무 책임도 지지 않고 오구라와 헤어져 홀가

분한 생활로 되돌아갔다.

철공소 경영도 나날이 악화됐다. 종업원을 몇 명 해고해 규모를 축소하자는 은행의 제안을 받아들였지만, 그래도 만회가 안 됐다. 가쓰야와 요코는 술에 완전히 절어버린 오구라를 포기하고 마침내 넘어서는 안 될 선을 넘었다. 2년 반쯤 전이었다고 한다. 원래가 우직하고 고지식한 성격의 가쓰야는 요코에게 푹 빠져들었다. 요코도 이만 오구라와 철공소를 내버리고 은행원의 아내가 되기를 바랐다.

분명 나보다는 오구라가 더 버거우리라. 세상 물정 모르는 나는 남편이 이혼하자고 나서면 어쩔 줄 몰라 쩔쩔매고 눈물을 흘리다 결국은 남편이 하자는 대로 할 테니까.

"그래서 일단 넌 놔두고 오구라를 어떻게든 하기로 마음먹은 거지."

"헤어져 달라고 부탁했나요?"

언젠가 내게도 날아들 그 비정한 말이 떠올라 벌벌 떨면서도 물어보았다. 엔도 씨는 고개를 저었다.

두 사람은 전혀 다른 방법을 택했다. 가쓰야는 오구라에게 거액의 융자가 통과됐다고 알렸다. 절망의 구렁텅이에 빠져 있던 오구라는 춤출 듯이 기뻐했다. 그리고 가쓰야에게 고마워했다. 자기 아내를 가로챈 남자인 줄도 모르고……. 그만한 융자를 받는다면 철공소를 일으켜 세울 수 있었다.

오구라는 그날부로 술을 끊고 본업에 매진했다. 새로이 수주를 받고자 새 공작기계를 들여놓기로 했고, 기술공도 고용했다. 그 모습을 보고 옛날부터 거래하던 곳이 일을 맡겨주었다.

오구라는 사람이 변한 것처럼 의욕이 넘쳤다. 요코에게도 꼭 호강시켜주겠다, 바람도 안 피우겠다고 맹세했다. 그런 오구라를 요코는 싸늘한 눈으로 바라보았다. 모든 일이 순조롭게 풀리는 것처럼 보이던 바로 그때, 가쓰야는 오구라에게 융자 건이 틀어졌다고 알렸다.

그날 밤, 오구라는 철공소에서 목을 맸다.

융자고 뭐고 처음부터 없었다. 두 사람은 직접 손을 쓰지 않고 오구라를 처리했다.

"다음은 저겠네요?" 고요해진 병실에서 엔도 씨에게 물었다. "만약 제가 이혼해주지 않는다면 저도 죽이겠네요. 그렇죠?"

"모르겠어." 엔도 씨는 그렇게 답했다. "나는 과거의 이야기를 읽을 뿐이니까. 앞으로 어떻게 될지는 몰라."

말을 마친 엔도 씨는 붕대가 감긴 머리를 베개에 대고 누웠다. 금세 잠들었는지 새근새근 숨소리를 내기 시작했다.

그래도 나는 엔도 씨에게 감사해야 하리라. 별안간 남편에게 이혼해달라는 말을 들으면 그야말로 정신착란에 빠졌을 테니까. 더구나 내연녀에 대해서 뿐만 아니라 두 사람이 짊어진 죄상까지 이야기해주었으니. 남편과 내연녀는 아수라가 된 것이다.

그래서 711호실에서 더 큰 병실로 옮기게 됐을 때 나는 엔도 씨에게 고맙다고 정중하게 인사했다.

"고맙기는 무슨." 엔도 씨는 그렇게만 말했다.

"괜한 소리를 했나"라거나 "앞으로 어쩔 생각이야"라는 말도 없이 조용히 나를 보내주었다.

나도 "빨리 완쾌하시길 빌게요"라는 말은 하지 않았다. 그 무렵에는 엔도 씨의 용태가 얼마나 심각한지 잘 알았기 때문이다. 나는 붕대가 감긴 엔도 씨 머릿속에 생겼다는 빈 공간과 거기 채워진 수많은 사람들의 환영을 생각했다. 엔도 씨는 나와 같은 방을 쓰는 동안 아무것도 먹지 않았다. 엔도 씨는 자기 머릿속의 환영을 먹고 살았다.

내가 옮겨 간 6인실은 711호실과 그전의 1인실과는 반대쪽이라 더 이상은 성을 볼 수 없었다.

슬슬 퇴원할 수 있을 것 같다고 하자 남편은 기쁜 듯했다. 언제 그 이야기를 꺼낼까. 앞으로 펼쳐질 남편의 인생에 나는 없다는 이야기를. 퇴원 날일까, 아니면 그 일주일 후? 한 달 후? 아무튼 나와 헤어져 요코와 함께할 날이 다가왔다고 느낀 건 확실하리라.

"빨리 집에 가고 싶다. 역시 집이 제일이야." 내 말에 남편은 "아무렴" 하고 대답하고 병실을 나섰다. 1층 로비에서 기다리는 내연녀에게 돌아가기 위해.

나는 잠시 후 엘리베이터 홀로 슬렁슬렁 걸어갔다. 그리고 남편이 탄 엘리베이터의 층수 표시 램프가 1이 될 때까지 차례대로 바뀌는 모습을 지켜보았다. 엘리베이터 홀 바로 옆은 간호사실이다. 야간 근무 중인 간호사밖에 없어서 간호사실은 조용했다.

"711호실에서 큰 병실로 옮긴 환자 있지?"

갑자기 한 간호사가 그렇게 말했다. 근처에 본인이 서 있는 줄도 모르고 창구 바로 앞에서.

"응." 조금 떨어진 곳에서 다른 간호사가 대답했다.

"그 사람 수술 후 섬망 아닐까?"

수술 후 섬망. 이것도 간호사인 언니가 가르쳐주었다. 큰 수술을 받은 후 일시적으로 혼란 상태에 빠져 자신이 어떤 상황에 있는지 모르고 엉뚱한 소리를 하는 증상을 가리킨다. 언니 말로는 수술하고 시간이 지나면 점차 회복되므로 걱정할 필요 없다고 했다.

"응. 확실히 그런 증상이 있었다고 간호 기록에도 적혀 있어."

"그렇지? 역시." 두 간호사의 대화는 계속됐다. "옆 침대에 아무도 없는데 자주 거기다 대고 말을 걸었잖아."

"하지만 병실을 옮기고 나서는 안 그러잖아."

"그 환자, 수술 후 섬망이 제법 길었네."

나는 간호사실 옆에서 스르르 멀어졌다. 그리고 엘리베이터 홀을 가로질러 긴 복도를 걸었다.

711호실은 아직 소등 시간도 아닌데 불이 꺼져 있었다. 나는 문을 열고 병실로 들어가 벽에 달린 스위치를 켰다. 새하얀 형광등 불빛이 방 안을 비췄다. 내가 나간 후로 창가 침대는 아직 아무도 사용하지 않는지 깔끔하게 개킨 침구가 놓여 있었다. 옆쪽 침대에는 평소와 다름없이 커튼이 빙 둘러쳐져 있었다.

"엔도 씨."

이름을 불렀다. 대답은 없었다. 나는 성큼성큼 걸어가 커튼을 좍 걷었다.

아무도 없었다. 창가 침대와 마찬가지로 다음 환자를 받기 위해 시트를 벗긴 침대에 침구를 셋으로 깔끔하게 개켜 놓았을 뿐이었다. 나는 그 침대에 앉았다.

나는 수술 후 섬망을 겪은 게 아니다. 그건 스스로도 잘 알았다. 나는 어릴 적부터 가끔 이 세상의 것이 아닌 존재를 보았다. 문득 그런 존재와 주파수가 들어맞는다. 악성 신경교종으로 고통받던 엔도 씨는 이미 그 병으로 죽은 것이다.

그런데도 너무나 선명하고 너무나 아름다워서 타고난 내 특성을 싹 잊어버리고 말았다. 나는 여기 711호실에서 엔도 씨와 나눈 길고 긴 대화를 하나씩 떠올렸다. 하얀 붕대, 가끔 거기에 손을 대는 엔도 씨의 몸놀림. 빨간 입술이 차분히 말을 자아내는 모습. 전부 다 이 세상의 것이 아니었다.

하지만 나는 역시 엔도 씨의 '이야기'만큼은 믿었다.

퇴원하고 반년이나 지나서야 남편은 이혼하자는 말을 꺼냈다. 분명 자신이 있었으리라. 오구라 때처럼 악랄한 방법을 사용하지 않아도 내게 이혼 승낙을 받아내는 정도는 누워서 떡 먹기처럼 간단하리라 믿었을 것이다.

"좋아하는 사람이 생겼어." 남편은 아주 정직했다. "당신한테는 미안하다고 생각해."

갑자기 그렇게 덧붙였다. 내가 주저앉아 펑펑 울든지 이성을 잃고 날뛰어서 수습이 안 될 것을 각오하고 한 말이리라.

"안 해." 나는 침착하게 대답했다. 마치 수술하고 마취에서 깨어났을 때 느낀 것처럼, 고요한 호수 수면 아래에 있는 듯한 목소리로. "그게 내 대답이야. 이혼은 안 해."

남편은 당황한 듯 웃음이 섞인 울상을 지었다. 내가 너무 예상과 다르게 반응해서 얼떨떨했는지도 모르겠다.

"하지만 난 이제 당신이랑 살 마음이 없어. 미안하지만."

"그래도 상관없어. 하지만 이혼은 안 해."

남편은 침묵에 잠겼다.

요 반년간 특별히 이 일로 고민하거나, 앞으로 어떻게 살아갈지 궁리하지는 않았다. 그저 담담히 지냈다. 그리하여 자연스레 나온 대답이 이것이었다. 나는 남편에게 빙긋 웃음을 지었다. 남편은 언짢은 듯 눈을 돌렸다.

내 의외의 반응에 대한 다음 대책으로 남편은 요코를 만나달라고 했다. 이른바 충격 요법이다. 나는 그 제안을 받아들였다.

남편은 10월 첫 번째 일요일에 요코를 집으로 데려왔다. 내가 수술을 받으러 대학병원에 입원한 건 초봄이다. 계절감을 그다지 느끼지 못했지만, 어느새 옷을 갈아입을 철이 두 번이나 지났다.

내 앞에 앉은 요코는 고상한 겨자색 니트 앙상블에 자잘한 꽃무늬가 들어간 치마를 입었다. 예전에 병원에서 엔도 씨와 같이 봤을 때보다도 공들여 화사하게 화장했다. 나보다 예쁘게 보이고 싶은 걸까. 그런 걱정은 안 해도 되는데. 나는 여전히 촌스럽고 말주변이 없다. 정색하고 뻔뻔스럽게 나오는 남편과 달리 요코는 내 앞에 손을 짚고 머리를 숙였다.

"부인, 죄송해요." 요코는 그렇게 말했다. "하지만 제발 저희를 용서해주시기 바라요."

'저희'라고 말할 때 희미한 우월감이 느껴졌다. 요코는 신세 한탄에 더해 가쓰야와 만난 계기, 가쓰야와 함께하기를 간절히 원하는 이유 등을 설명했다. 만약 엔도 씨의 '이야기'를 미리 듣지 않았다면 마음이 움직였을지도 모른다. 가쓰야가 나를 버리고 이 여자와 함께하고 싶어 하는 것도 당연하다며.

"제 남편은 자살했어요." 요코가 말을 이었다. "공장 경영이 악화돼 궁지에 몰린 탓이죠." 요코는 눈물을 닦았다. 진짜로 울었다.

"괴로웠어요. 그때 가쓰야 씨가 힘이 돼주셨어요."

깔끔하게 접은 손수건을 또 눈에 댔다.

"네, 그렇겠죠." 나는 대답했다. "알다마다요."

남편의 얼굴에 안도한 표정이 떠올랐다.

"남편분은 철공소에서 목을 매고 돌아가셨군요. 입구로 들어가서 바로 왼편에 있는 철제 들보에 밧줄을 묶어서요. 새 공작기계를 들여놓으려고 비워둔 곳이었죠."

내 앞에 나란히 앉은 두 사람이 숨을 헉 삼켰다. 나는 엔도 씨에게 들어서 알고 있던 사실을 차분하게 꺼내놓았다.

"남편분은 융자를 해준다는 이야기에 속아서 절망하셨겠죠. 돌아가셨을 때 당신이 사준 셔츠를 입고 계셨어요. 설마 부인이 자신을 궁지에 몰아넣을 계략에 가담했을 줄은 꿈에도 모르고서……."

요코의 얼굴에서 핏기가 싹 가셨다. 그리고 바들바들 떨기 시작했다. 가쓰야가 옆에서 부축해줘야 할 정도였다. 그러는 가쓰야도 얼굴이 백지장처럼 창백했다.

"그걸 어떻게……?" 요코는 간신히 그렇게 말했다.

나는 상냥하게 미소 지었다.

"그야 남편분이 당신 뒤에 있으니까요. 아직도 목에 밧줄이 감긴 모습으로요."

요코는 실신했다.

아무리 나라도 그렇게 마침맞게 저세상의 존재가 보이지는 않는다. 요코의 뒤에 죽은 남편이 있다고 한 건 허풍이었다. 굳이 그러지 않아도 엔도 씨의 이야기가 전부 진짜라는 건 이미 알고 있었지만.

그래도 두 사람한테 잔뜩 겁을 주기에는 충분한 연출이었다. 남편은 더 이상 이혼 이야기를 꺼내지 않았다. 그래도 요코와는 계속 관계를 유지했다. 나는 이제 아무것도 겁나지 않았다. 남편이 내게서 멀어지면 생겨날 고독도, 이혼을 거부하면 내 신변에 무서운 일이 일어날지도 모른다는 예감도.

남편은 요코의 집에서 자고 오는 횟수가 점점 늘어나더니 결국은 집에 돌아오지 않았다. 그 심경은 이해가 갔다. 어떻게든 요코와 살고 싶어서가 아니다. 나와 같이 있는 게 으스스해서다.

그래서 그해 가을 저물녘에 장을 보고 돌아오는 길에 신축 공사 중인 집 옆을 지나치다 철제 비계가 내 위로 무너지는 순간에도 딱히 놀라지는 않았다. 달아나려는 마음도 안 들어서 가만히 서 있었다.

오랜만에 집에 온 남편이 냄비 요리가 먹고 싶다며 장을 봐 오게 한 것도, 비계가 무너지기 전에 남편을 본 듯한 기분이 든 것도 그냥 그러려니 하고 넘기기로 했다. 2층 집 주변에 솜씨 좋게 얼기설기 세워둔 중량감 있는 비계가 내 쪽으로 우르르 무너졌다. 나는 인도와 쇠파이프 뭉치 사이에 끼었다. 머리를 세게 찧었다.

비계 밑에서 구조됐을 때 희미하게나마 의식이 있었다. 두 귀에서 걸쭉한 피가 흘러나오는 걸 알았다.

나는 죽지 않았다.

남편은 요코와 살림을 차렸지만, 더 이상 이혼해달라고

강요하지 않았다. 남편은 생활비를 꼬박꼬박 보내주었지만 다시는 나와 만나려 하지 않았다.

　사고를 당해 나는 또 두 달이나 입원해야 했다. 머리를 찧는 바람에 청력이 나빠졌다. 보청기를 마련했지만 늘 상태가 별로다.

　그 후로 내 귓속에는 게가 살고 있다.

"앨리스, 앨리스 어디 있니!"

나는 우드덱으로 통하는 큰 유리문을 열어젖히고 정원을 향해 소리쳤다. 쓰디쓴 덩어리가 목구멍에서 밀려 올라왔다. 꺼림칙한 예감이 들었다. 집고양이인 앨리스는 여간해서는 제 발로 정원에 나가지 않는다. 하지만 어디를 찾아도 집 안에는 없었다.

우드덱에서 정원으로 내려가 나무 아래와 화단의 꽃 뒤쪽, 창고 뒤편을 살피며 돌아다녔다. 역시 없었다. 흙에 발자국이라도 남아 있지 않을까 바짝 엎드려 시선을 모았지만, 발자국도 없었다. 나는 입술을 깨물었다. 아까 청소기를 돌리다 실수로 꽃병을 넘어뜨렸다. 하필이면 그 밑에 앨리스가 있었다. 몸이 젖는 걸 질색하는 앨리스는 꽃병 물을 뒤집어쓰자 "캭!" 하고 울면서 펄쩍 뛰어올라 소파 아래로 숨어들었다. 거기 그대로 얌전히 있을 거라 생각한 게 오산이었다. 바닥에 떨어져 산산조각 난 꽃병을 뒤처리하는 사이에 앨리스가 어딘가로 가버린 것이다.

잔뜩 겁먹은 앨리스는 청소하는 동안 열어둔 창문으로 나가서 그대로 정원을 가로질러…….

"앨리스!"

나는 철문 밖으로 나갔다. 자전거를 타고 오던 남고생이 허둥지둥 방향을 약간 틀었다. 심각한 표정의 중년 여자를 보고 놀란 모양이다. 아직 그렇게 멀리 가지는 않았을 것이다. 주택가를 종종걸음 치며 산울타리 밑과 간판 뒤편을 들여다보았다. 고양이를 보고 달려갔지만 아메리칸 쇼트헤어인 앨리스와는 전혀 다른 길고양이였다.

집에서 제법 멀어지고 나서야 문도 잠그지 않고 나왔다는 게 생각났다. 하지만 지금 그게 대수냐며 걸음을 더 빨리 했다. 결국 간선도로까지 나왔다. 이쯤 되자 절망적인 기분이 들었다. 대체 앨리스는 어디로 가버린 걸까. 4차선 도로 앞에 우두커니 멈춰 섰다.

느닷없이 "끼익!!" 하고 브레이크 소리가 들렸다. 자전거를 탄 노인이 횡단보도가 아닌 곳에서 도로를 건너려고 한 모양이다. 트럭 운전사가 욕설을 퍼부었다. 나는 무릎이 부들부들 떨려 마리오네트처럼 어색한 움직임으로 그 자리를 떠났다. 만약 앨리스가 여기까지 왔다면? 도로에 뛰어들어 차에 치였을 수도 있다. 무시무시한 상상에 손끝이 싸늘해졌다.

내 부주의함을 다시금 저주하고 잠꼬대하듯 '앨리스'라는 이름을 중얼거리며 왔던 길을 되돌아갔다. 가장 좋아하는 쿠션 위에 앨리스가 몸을 말고 누워 있는 게 아닐까 희미한 기대를 품고 집에 들어갔다. 하지만 쿠션은 고양이 형태로 푹 눌린 채 주인 없이 썰렁한 모습이었다.

다시 한번 집 안을 구석구석 찾아본 후에 나는 소파에 주저앉았다. 활짝 열린 창문으로 가을의 저녁 기운이 흘러들었다. 황금빛이 희미하게 섞인 땅거미가 방 안에 내리는 걸 멍하니 바라보았다. 문득 고개를 돌려 정원에 눈길을 주자, 제철을 맞아 진한 분홍색 꽃이 수없이 핀 취부용 나무가 서 있었다.

"조만간 돌아오지 않을까?" 요시히로는 석간신문에 시선을 떨어뜨린 채 말했다.

"무슨 말을 그렇게······" 남편의 태평한 태도에 나는 말문이 막혔다. "고양이는 길을 잘 잃어버려. 그리고 걔는 좋은 아이니까 누가 데려갈 수도 있잖아!"

요시히로와 이야기할 때는 특히나 더 앨리스를 의인화해서 말하고 만다. 외아들 소이치로는 다른 지역의 사립 통합 중고등학교에 다닌다. 한 해에 몇 번밖에 돌아오지 않건만, 집에 와도 컴퓨터와 게임기만 하느라 자기 엄마는 본 체 만 체다. 남자아이는 다 그렇지, 하고 나도 이제 체념했다. 그러니 내게 앨리스는 어린 딸이나 마찬가지였다.

"어디서 다쳐서 꼼짝도 못 하는 거면……"

내가 언성을 높이다가 눈물을 짓자 요시히로가 한숨을 섞어 바라보았다.

"아무튼 2, 3일 더 상황을 지켜보는 게 어떨까?"

"그러자." 나는 겨우 마음을 진정시키고 식기를 정리했다. "요전에 없어졌을 때도 다른 집에서 돌봐줬으니까."

스스로를 타이르듯이 그렇게 말했다. 요시히로는 아무 대답 없이 다시 석간신문으로 눈을 돌렸다. 우리가 사용한 식기를 식기세척기에 넣으며 나는 식탁에서 거실로 이동하는 남편을 눈으로 좇았다.

앨리스는 결혼 15주년을 기념해 요시히로가 선물해준 고양이다. 하기야 센스가 없는 남편은 알아서 그런 예쁜 짓을 하는 성격이 아니므로, 내가 졸라서 샀다고 봐야 맞으리라. 남편을 억지로 데리고 나가서 펫숍을 몇 군데나 돌아다닌 끝에 마음에 쏙 드는 아기 아메리칸 쇼트헤어를 찾아냈다.

요시히로는 앨리스에게 딱히 흥미를 보이지 않았고, 앨리스가 집에 온 뒤로도 생활 태도에 별 변화가 없었다. 나는 완전히 앨리스를 중심으로 생활이 변했는데, 그런 아내를 쓴웃음을 섞어 방관한다는 인상이었다. 중학교 이과 담당 교사인 요시히로는 우직하다 할 만큼 착실한 성격이라 아내인 내가 보기에도 융통성이 없다고 느껴질 때가 많았다.

본인도 그걸 자각하는지 어지간하면 내가 꺼낸 말에는 반대하지 않았다. 벌써 20년 가까이 이어져 온 이 관계가 나는 마음 편했다. 남편은 활동적이지 않다. 색각에 가벼운 이상이 있어서 운전면허를 따지 못했으니 당연히 드라이브도 못한다. 일만이 삶의 보람 같은 요시히로 입장에서는 아내와 말다툼하는 에너지도 아까울지 모른다.

아무튼 그건 그렇고.

요전에 앨리스가 없어졌을 때는 좀 더 열심히 찾아주었다. 자전거를 타고 근처를 돌아다녔고, 무가지의 '개와 고양이 찾기' 코너에 글을 올리자고 제안한 것도 요시히로였다. 이번에는 두 번째여서인지 아주 침착하다. 나는 그런 남편이 불만이었다. 몇 번째든 앨리스가 없어졌다는 사실은 변함없다. 저번처럼 수월하게 돌아올 것이라고 요시히로는 대수롭지 않게 여기는 모양이지만, 나는 걱정돼서 죽을 지경이었다. 이제 앨리스가 없는 생활은 상상할 수도 없었다.

닷새가 지나도록 앨리스는 돌아오지 않았다. 요시히로는 변함없이 미지근한 반응을 보였다. 결국 나는 참을성에 한계가 왔다. 근처 이웃들에게 물어보며 돌아다니자, 그중 한 명이 컴퓨터로 '고양이를 찾습니다'라는 전단지를 만들어주었다. 정확하게 말하자면 그 사람의 딸이 그런 작업에 소질이 있어 앨리스의 사진을 넣어 멋지게 만들어주었다.

"우리 딸네 개도 이걸로 찾았어. 앨리스는 귀여워서 눈에 확 띄는 고양이니까 분명 본 사람이 전화를 줄 거야."

서른 장쯤 되는 전단지를 근처에 붙이는 작업도 도와주었다. 하지만 요시히로는 그 전단지를 보고 이맛살을 찌푸렸다.

"우리 집 전화번호를 이렇게 대놓고 공개하는 건 좀 그런데⋯⋯."

당연하지만 전단지 아랫부분에는 큼지막하게 '아리타'라는 성씨와 전화번호를 넣었다. 남편이 나지막하게 중얼거린 한마디를 듣고 나는 폭발했다.

"그럼 발견한 사람이 어떻게 연락하라는 거야? 전에도 무가지에 전화번호를 실었잖아."

내가 닦아세우자 요시히로는 입꼬리를 약간 일그러뜨리며 입을 다물었다. 무가지를 보는 불특정 다수의 사람은 대개 흘려 넘기지만, 전단지를 붙이면 지역 주민들의 주목을 받는다. 그건 요란스럽다느니 어쩌느니 요시히로 나름대로 할 말은 있으리라. 하지만 지금은 그런 데 신경 쓸 상황이 아니다.

나는 침묵을 지키는 남편에게서 눈을 돌리고 다시 생각에 잠겼다. 불길한 생각만 머릿속을 스치고 지나갔다. 차에 치인 건 아닐까, 들개에게 공격당해 숨이 끊어지기 직전은 아닐까, 악질적인 분양업자에게 붙잡혀 팔려 간 건 아닐까, 그런 생각들이. 만약 어딘가에서 숨죽여 지내고 있다고 해도, 평생 집 안에서만 키웠으니 길고양이와 함께 살아가는 것은 불가능하다. 앨리스는 다 큰 뒤에도 몸집이 조그마했다. 그게 또 귀여운 점이기도 했지만, 지금은 덩치가 작은 게 걱정이었다.

평지로 이루어진 이 도시의 한복판에는 꽤나 높은 성산이 우뚝 솟아 있다. 도시는 성을 중심으로 발전해 오늘날에 이르렀다. 우리 집을 지을 때 남편은 걸어서 성산에 갈 수 있는 거리라며 좋아했다. 들새 관찰이 취미라고 하면 취미인 요시히로는 성산에도 자주 올랐다. 그 깊은 숲속으로 들어가서 헤매고 있다면?

요시히로는 "성산에는 길고양이조차 한 마리도 안 보여" 하고 말했지만……. 나는 한숨을 쉬었다.

전단지의 효과는 제법 괜찮았다. 다음 날부터 바로 전화가 걸려왔다. 하지만 여섯 통쯤 되는 전화는 전부 "○○에서 봤다"라는 둥 "근처 집에서 키우는 고양이랑 똑같이 생겼다"라는 둥 불확실한 정보뿐이었다. 그래도 나는 감사를 표하고 일일이 받아 적었다. 목격된 장소와 고양이를 키운다는 집에 직접 가봤지만, 이제는 없거나 다른 고양이었다.

그런 정보를 접할 때마다 덧없는 기대를 품고, 그 기대가 우르르 무너지는 일이 되풀이됐다. 나는 정신적으로나 육체적으로 점차 피폐해졌다. 언제 고양이를 찾았다는 연락이 올지 모른다며 전화기 옆에 꼭 붙어 있는 나를 보고 요시히로가 "다른 고양이를 한 마리 사면 되잖아" 하고 말했을 때는 나도 모르게 덤벼들었다.

"다른 고양이로는 안 돼! 앨리스여야 한다고!"

요시히로는 어깨를 움츠리고 물러갔다. 스스로 생각하기에도 신경이 날카로워지기는 했다. 하지만 남편의 태도가 이러니까 내 정신이 불안정해진다 싶기도 했다. 어떻게 '다른 고양이'라는 말을 서슴없이 꺼내는 걸까. 지난번에는 꼭 앨리스를 찾아내겠다는 의욕이 느껴졌는데. 요시히로도 나처럼 앨리스에게 애착이 있는 줄 알았다. 이렇게 바뀐 모습도 내 마음에 생채기를 내는 원인 중 하나였다.

네댓새 고양이에 관한 전화가 걸려오다 그 이후로는 정보가 뚝 끊겼다. 전단지의 효과도 여기까지구나, 하고 반쯤 포기했을 무렵 전화 한 통이 걸려왔다.

"여보세요, 아리타 씨 댁인가요? 실은 잃어버린 고양이 전단지를 보고 전화드렸습니다."

아주 또랑또랑한 남자 목소리였다.

"네, 감사합니다. 저희 앨리스를 어디서 보셨나요?"

"아, 그런 게 아니라요."

남자는 전문적으로 반려동물을 찾는 업자라고 자신을 소개했다.

"전문적으로 반려동물을 찾는……?"

그런 직업이 있는 줄도 몰랐다. 남자는 "어쩌면 힘이 되어드릴 수 있을지도 모르니, 한번 찾아뵙고 싶습니다만" 하고 공손하게 제안했다. 나는 잠깐 생각한 후 집 주소를 알려주었다. 남편이 알면 경솔하다고 또 나무라겠지만, 그가 비협조적인 지금으로서는 지푸라기라도 잡는 심정이었다.

업자가 찾아와 현관에서 명함을 내밀었다. '실종된 반려동물을 대신 찾아드립니다'라는 선전 문구 밑에 '미키 펫 서비스'라고 적혀 있었다.

"저는 실종 반려동물 찾기 전문가 다카하시라고 합니다."

남자는 가슴에 자수된 이름을 가리키며 그렇게 말했다. 유니폼으로 보이는 옷은 보통 작업장에 걸려 있는 평범한 작업복으로밖에 보이지 않았다. 나는 다카하시를 응접실로 안내했다. 아직 반신반의였으므로 이야기를 들어보고 수상쩍다 싶으면 거절할 생각이었다. 나는 소파에 앉자마자 말을 꺼냈다.

"우선, 그쪽이 어떻게 수색하는지부터 좀 들어볼까요?"

다카하시의 설명에 따르면 일단 해당하는 반려동물의 사체가 반입되지 않았는지 시의 쓰레기 소각장과 반려동물 장례업자에게 문의한다. 재수 없는 이야기지만 그의 말로는 실종된 반려동물이 사고나 병으로 죽는 비율이 제법 높다고 한다. 괜한 헛수고를 피하기 위한 효율적인 방법이라는 건 이해가 갔다. 하지만 앨리스가 그런 꼴을 당했을지도 모른다고 생각하자 몸이 벌벌 떨렸다. 그다음에는 동물보호센터에서 동물을 데려와 임시 보호하는 NPO를 확인하거나 꽤 넓은 범위를 탐문하기도 한다는 모양이다.

"그렇게 해서 실제로 찾아낼 수 있나요?"

"물론이죠. 저희 회사는 상당한 실적을 자랑합니다. 이런 일을 하다 보면 집을 잃어버린 고양이를 돌봐주는 자원봉사자나 개인적으로 고양이에게 밥을 챙겨주는 분들의 목록이 생기거든요. 행방불명된 고양이는 의외로 그런 곳에서 발견되는 법입니다."

'회사'라고 할 만큼 큰 사업체는 아니리라. 어쩌면 이 사람

혼자 운영하는 사업체일지도 모른다고 생각하면서도 마음이 움직였다. 동물보호센터라면 또 모르지만 시에서 운영하는 살처분 시설이나 쓰레기 소각장에 혼자 찾아가는 건 사양이었다. 다카하시가 요금을 설명할 즈음에 의뢰를 해야겠다고 마음을 정했다.

"그럼 앨리스의 사진을 몇 장 빌려주시겠습니까?"

요금도 납득이 가는 수준이라 일을 의뢰하자 다카하시는 그렇게 말했다. 나는 미리 준비해두었던 사진을 건넸다.

"여기, 등 부분 줄무늬가 소용돌이처럼 보이죠? 이게 애의 특징이에요."

물을 무서워하는 성격도 말해주고, 그 때문에 행방불명으로 이어졌다고 설명했다. 다카하시는 내 말을 꼼꼼하게 메모했다.

"없어진 건 이번이 처음인가요?" 그 질문에는 "5월에도 한번 없어졌었어요" 하고 대답했다. 다카하시는 그 당시 일을 자세하게 알고 싶어 했다. 그게 수색의 실마리가 될지도 모른다고 했다.

"그때도 걱정이 이만저만이 아니었어요. 두 달이나 돌아오질 않았거든요. 다행히도 성산 건너편 보육원에서 보호하고 있었지만요."

이번에도 그러길 바랐지만 앨리스가 거기에 가지 않은 것은 이미 확인했다. 나는 기억을 더듬었다. 그때도 무가지를 보고 사람들이 연락을 많이 주었지만, 확실한 정보를 입수해온 사람은 남편 요시히로였다.

요시히로가 이따금 들르는 작은 약국에서 어쩌다 앨리스 이야기를 꺼냈다. 그러자 그 고양이라면 짐작 가는 곳이 있다고 약국 주인이 말했다. 그의 아내가 성산 건너편 '꿈나무 집'에서 일하는데, 거기서 보호 중인 고양이가 아무래도 아메리칸 쇼트헤어라는 모양이었다. 바로 보육원에 전화를 걸어 앨리스가 틀림없는 걸 확인하고 쏜살같이 달려갔다.

그런데 두 달이나 거기 사는 동안 한 아이가 앨리스와 친해져서 난감했다. 지능 발달이 조금 더딘 남자아이였는데, 남편과 함께 앨리스를 찾으러 가자 그 아이가 앨리스를 데리고 성산으로 달아나는 바람에 진땀을 뺐다.

맞다. 딱히 부탁도 안 했는데 그때는 요시히로도 함께 꿈나무 집에 가주었다. 간신히 돌려받은 앨리스의 몸을 슬며시 살펴보며 살이 빠지거나 다치지는 않았는지 염려하는 눈치였다. 이번과는 완전히 딴판이었다.

"그때도 물을 뒤집어썼나요?"

다카하시의 질문에 나는 "네?" 하고 고개를 들었다.

"이번에는 앨리스가 물을 온몸에 덮어쓰는 바람에 놀라서 도망쳤다고 하셨죠. 지난번에도 비슷한 상황이었을까요?"

"어, 그게……"

그건 잘 모르겠다고 대답했다. 앨리스가 없어졌을 때 나는 집을 비웠으니까. 대학 시절 친구와 2박 3일 온천 여행을 갔을 때였다. 돌아와 보니 요시히로가 새파랗게 질린 얼굴로 앨리스가 없어졌다고 말했다.

분명 남편은 책임을 느꼈으리라. 그래서 지난번에는 기를 쓰고 찾아다녔던 것이다. 다카하시의 말을 듣고 기억의 밑바닥을 더듬어보자 내가 집에 돌아왔을 때 요시히로는 몹시 초췌해 보였다. 분명 혼자서 잔뜩 마음을 졸였던 게 틀림없었다. 충격을 받았지만 남편을 너무 나무라서는 안 된다고 스스로를 타이른 기억이 났다.

앨리스를 찾기 위해 전문업자를 고용했다고 알렸을 때는 아무 반응도 없었으면서, 앨리스가 없어진 당시의 일을 꼬치꼬치 캐묻자 요시히로는 눈에 띄게 기분 나빠했다.

"그때도 앨리스가 물을 덮어썼어?" 그렇게 물었을 때는 "그거랑 이번 일이 무슨 상관인데!!" 하고 격앙해서 고함을 질렀다. 그러다 흠칫 놀라 내 얼굴을 빤히 들여다보았다. 내가 어리둥절해했기 때문이다. 우리는 잠시 입을 다물고 서로 얼굴을 바라보았다.

"당신을 탓하려는 거 아니야." 힘없이 고개를 저으면서 말하자 요시히로도 "미안해" 하고 사과했다.

"다만 그런 게 이번 수색에 도움이 된대."

"물 같은 건 덮어쓰지 않았어. 그저 나도 모르는 사이에 앨리스가 없어졌더라고."

그렇게만 말한 후 요시히로는 "아직 할 일이 남아서" 하고 양해를 구하고 서재로 들어갔다. 7년 전, 약간 무리를 해서 생활공간이 넉넉한 집을 지었다. 정원도 널찍하다. 사시사철 즐길 수 있도록 꽃과 열매가 맺히는 나무를 요시히로가 골라서 심었다. 인테리어도 남편의 취향에 맞추었다. 벽지와 가구도 그가 일일이 조건을 달아서 함께 찾거나, 업자에게 구해달라고 부탁한 것이다.

그 무렵은 즐거웠다. 소이치로도 아직 어리고 천진난만했다. 소이치로의 수험에 대비해 준비를 시작한 시기이기도 했다. 이윽고 아들이 집을 떠나자 갑자기 맥이 풀렸다. 얼마쯤 지나 요시히로에게도 변화가 생겼다. 2년 반 전에 새 중학교로 이동한 것이다. 거기서는 교감 선생과 전혀 마음이 맞지 않았다. 이과를 가르친 적이 있다는 교감이 요시히로의 교육 방침에 상당히 부정적이라 근무평정이 최하등급으로 떨어졌다고 한다.

독선적이고 고집불통인 교감과 충돌해 그만둔 교사도 있다고 들었다. 하지만 천성이 착실하고 얌전한 요시히로에게는 그 정도 기개가 없었다. 현실적으로 말하자면 집 융자금이 몇십 년이나 남은 상태에서 직장을 잃을 수는 없었던 것이다. 그런 사정으로 스트레스가 잔뜩 쌓여 까칠해졌던 건 사실이다. 그렇게나 일 욕심이 많았던 남편이 별안간 교육에 열의를 잃어버렸다.

허망한 마음을 달래기 위해 요시히로는 자주 성산에 올라 들새 관찰에 몰두했다. 그것도 기분 전환의 일환이다 싶어 나는 참견하지 않았다. 지금은 겨우 마음이 안정된 것 같지만, 정신적으로 힘들었던 남편은 아내인 내게도 데면데면하게 굴었다. 그때의 불안감과 외로움도 앨리스가 위로해주었는데…….

식탁에 놓아둔 휴대전화가 울렸다. 수신음을 듣고 누구인지 알았다. 대학 시절 친구 다카코였다.

"여보세요?"

"유키요? 고양이는 찾았어?"

다카코에게는 앨리스가 없어졌다는 걸 이미 알렸다. 걱정돼서 전화를 걸어준 것이다.

"아니, 아직."

"그렇구나. 대체 어디로 갔담."

멀리 사는 다카코와는 항상 전화로 이야기를 나눈다. 서로 고민을 나누고, 불평을 들어주고, 함께 웃을 수 있는 소중

한 친구다. 나는 앨리스가 없어진 이후의 상황과 자기 알 바
아니라는 식으로 나오는 남편의 반응, 수색을 의뢰한 전문
업자에 대해 말했다. 다카코는 참을성 있게 귀를 기울여주
었다. 기분이 조금은 풀리는 듯했다.

"아참. 지난번에 앨리스가 없어졌을 때 기억나? 왜, 5월에
가오루랑 셋이서 D 온천에 다녀온 후인데."

"아, 맞다. 그때도 네가 세상이 끝난 것 같은 목소리로 전
화했었지 참."

다카코의 제안으로 또 다른 친구 가오루를 끼워서 온천
여행을 즐겼다. 집에 와서 앨리스가 없어졌다는 걸 알았을
때도 지금처럼 다카코에게 전화해서 자세한 사정을 이야기
했다. 다카코는 우리 세 명 가운데 제일 침착하니 듬직한 친
구다. 기억력도 좋다.

"그때 나랑 이야기한 내용 중에서 기억나는 거 없어?"

그 당시 정보가 중요하다고 한 업자의 설명을 덧붙였다.

"어디 보자……" 다카코는 생각에 잠겼다. "분명 남편이
사근사근하게 대해준다고 그랬어."

"그랬나?" 그런 말까지 했단 말인가. 앨리스가 없어져서
몹시 혼란스러웠던 것이리라. 다카코와 전화로 무슨 이야기
를 했는지 나는 기억이 안 난다.

"여행에서 돌아온 게 밤이었지? 네가 짐을 거실에 내팽개

치고 펑펑 우니까 남편이 손전등을 들고 정원을 샅샅이 찾아봐줬다고 그랬잖아."

나는 전화를 귀에 댄 채 거실의 유리문으로 다가갔다. 레이스 커튼을 살짝 걷고 틈새로 어두운 정원을 내다보았다. 거실에서 새어나가는 불빛이 겨우 닿는 곳에 취부용 나무가 보였다. 꽃잎은 지금 선명한 빨간색이다. 이 꽃은 아침에 하얗게 피어나지만 오후가 되면 점점 분홍색으로 물든다. 그리고 밤사이에 더욱 붉어진다. 그 모습이 마치 술을 마신 것 같아서 '취한 부용'이라는 이름이 붙었다고 한다. 다음 날 아침이면 덧없이 지는 하루살이 꽃이기도 하다.

나는 흠칫 놀랐다. 취부용 나무 곁을 지나쳐 이쪽을 비추는 손전등 불빛이 플래시백처럼 뇌리에 떠올랐다.

"그 나무는 뭐야?"

그렇게 물은 건 나였다. 5월에 앨리스가 없어졌을 때 여행에서 돌아오자 이 나무가 심겨 있었다. 아직 꽃은 피지 않았지만. 그때 요시히로가 꽃에 대해 설명하며 내가 여행 간 사이에 심었다고 했다. 그 설명은 분명 제대로 듣지 않았을 것이다. 머릿속이 앨리스로 가득했으니까. 하지만 그때 이 나무를 심은 건 확실하다.

"아아, 맞다." 다카코의 목소리가 들려 다시 전화로 주의를 돌렸다. "며칠쯤 지나서 형사가 남편을 찾아왔다 그랬나?"

나는 기억을 더듬었다.

"왜, 예전 중학교에서 가르쳤던 여학생이 갑자기 사라져서 관계자들에게 이야기를 들어보러 다닌다고 했어. 남편은 전혀 짐작 가는 구석이 없다고 대답했다 그랬잖아."

어두운 밤 속에 떠오른 취부용 꽃에 다시 시선을 모았다. 새빨간 꽃 한 송이가 뚝 떨어졌다. 그게 흉조처럼 느껴져 나는 눈을 돌렸다.

앨리스는 아직 찾지 못했다고 '미키 펫 서비스'의 다카하시에게 연락이 왔다.

"앨리스로 추정되는 고양이 사체는 어디에도 반입되지 않았습니다."

그것만으로도 안심하라는 건지 다카하시는 냉큼 전화를 끊었다. 저번에 요시히로가 화를 낸 뒤로 우리는 형식적인 대화밖에 나누지 않는다. 5월에 발생한 여고생 실종 사건에 대해 말을 꺼낼 용기는 없었다. 뭔가 작은 가시가 마음을 안쪽에서 찔렀다.

형사가 집을 찾아왔을 때 내가 수상해하자 남편은 이렇게 대답했다. 봄방학에 집에 놀러 온 학생 중에 그 아이가 있었기 때문일 거라고. 확실히 예전에 요시히로가 가르쳤던 중학교 졸업생 몇 명이 집에 온 적이 있었다. 그중 한 여자아이의 인상이 기묘했던 것이 생각났다.

촉촉하니 열띤, 그러면서도 날카롭고 도발적인 눈으로 나를 가만히 바라보았다. 그래놓고 내가 처다보면 눈을 획 돌렸다. 뭐라 확실히 말로 표현할 수는 없지만 어쩐지 심상치 않은 분위기, 말하자면 광기 같은 것이 느껴졌다.

얼마 후 경찰이 공개수사에 나서 실종된 여고생의 얼굴 사진이 뉴스와 신문에 나왔다. 역시 그 아이였다.

"가정환경이 어려운 아이였어. 정신적으로도 몹시 불안정했지. 없어진 것도 아마 그 탓일 거야." 요시히로는 은근히 가출을 암시했다.

소녀는 좀처럼 발견되지 않았고, 형사가 두어 번 더 탐문하러 왔다. 그 아이를 집에 부르지 않았다면 이렇게 귀찮은 일에 휘말려들지 않았을 텐데 싶어 후회스러웠다. 경찰의 동향이 남편이 근무하는 중학교에 알려지면 그 음험한 교감에게 찍히지 않을까 걱정됐다. 하지만 워낙 단서가 없어서 경찰도 난감했던 것이리라.

그 아이는 아직까지 발견되지 않았다. 행방불명 뉴스도 더 이상 나오지 않는다. 앨리스가 무사히 집에 돌아온 것도 한몫해 나는 그 일을 까맣게 잊었다. 하지만 그렇게 조금씩 기억을 더듬어가자 5월에 여행에서 돌아왔을 때 달라진 점이 취부용 말고 또 있었다는 게 떠올랐다. 거실 한가운데에 깔린 둥그런 카펫이 바뀌었다.

"백화점을 돌아다니다가 무늬가 괜찮은 게 있길래 충동구매했어."

요시히로는 그렇게 말했다. 어째서 그렇게 부자연스러운 변명을 곧이들었을까. 예전 카펫도 고작 몇 달 전에 구입했건만. 베이지색과 갈색으로 세련되게 통일한 거실에 딱 맞는 색상을 겨우 발견해 몹시 기뻐했던 건 바로 요시히로 본인이었다.

고양이 털이 잘 엉겨 붙지 않게끔 털이 짧았으면 좋겠다는 내 희망도 충족시키는, 차분한 페이즐리 무늬 카펫. 새 카펫은 베이지색 바탕에 눈을 찌르듯이 무늬가 요란한 디자인이었다.

"전에 있던 건 어쨌어?" 내 물음에 "처분했어"라는 대답이 돌아왔을 때도 "아까워라"라고밖에 반응하지 않았다. 그런 건 아무래도 상관없었다. 그때는 앨리스가 없어진 것에 비하면 사소한 일로 느껴졌다.

없어진 고양이. 초췌해졌지만 열심히 고양이를 찾는 남편. 바뀐 카펫. 그리고 취부용 나무. 내가 너무 무관심했던 게 아닐까. 뭔가가 점점 형태를 이루기 시작했다. 흩어진 조각이 각각 제자리를 찾아가려는 도중에 나는 억지로 그 애매모호한 형태에서 눈을 돌렸다.

그리고 내 입에서 나온 한숨이 너무 차가워 몸을 떨었다.

또 다카하시에게 연락이 왔다. 이번에는 좋은 소식이었다. 앨리스에 대해 탐문을 진행한 결과, 예전에 꿈나무 집에서 앨리스를 귀여워했던 남자아이가 성산에서 뭔가를 기르는 듯하다는 사실을 알아낸 것이다.

"어쩌면 앨리스일지도 모르겠습니다."

다카하시가 신이 난 목소리로 말했다. 나도 절로 마음이 들떴다. 충분히 그럴싸한 이야기였다. 지난번에 앨리스를 돌려받을 때, 그 소년은 내게 따가운 눈총을 쏘았다. 그리고 안고 있던 앨리스의 귀에 뭐라고 속삭였다.

앨리스가 그 말을 이해했을 리는 없지만, 한때 의지했던 꿈나무 집에 다시 숨어들었을 가능성은 높았다. 이번에는 앨리스를 누구에게도 넘겨주기 싫어서 그 소년이 몰래 성산 숲속에서 기르기로 했는지도 모른다.

"요전에 산에 놀러 가는 개한테 말을 걸어봤는데요." 아무래도 이야기를 종잡을 수가 없었다고 다카하시는 말했다. 그도 그럴 만하다. 그 소년에게 지적장애가 있어 자신의 의사를 잘 전달하지 못한다는 사정을 다카하시는 모른다.

"어디 가느냐고 물어보니 말을 더듬으면서 '친구를 만나러 간다'고 하더군요."

더 들어볼 것도 없다. 앨리스는 성산에 있는 것이다.

나흘 후에 다카하시가 집으로 왔다. 내가 얼마나 고대했는지 모른다. 부랴부랴 다카하시를 집으로 맞아들였다. 어쩌면 앨리스를 데려오는 게 아닐까 했던 바람은 일단 깨졌다. 다카하시는 척 보기에도 상태가 이상했다. 핏발 선 눈과 침착하지 못한 행동거지로 그가 몹시 겁을 먹었다는 것을 알 수 있었다.

그런데 왜? 대체 뭐에?

"사모님." 다카하시가 잠긴 목소리로 말을 꺼냈다. "아쉽지만 앨리스는 찾지 못했습니다."

"그게 무슨—" 나는 잠깐 말문이 막혔다. "성산 숲속을 제대로 찾아본 거예요?"

놀랍게도 다카하시는 내 말에 바짝 굳어서 몸을 바르르 떨었다.

"없어요. 없었습니다. 거기에는."

"그럼 그 남자애는요. 걔는 산속에서 뭘 기르는 건데요?"

"모르겠습니다." 다카하시는 바로 딱 잘라 말했다. "모르겠어요. 저로서는 그게 뭔지……."

"그거?" 다카하시가 무슨 말을 하려는 건지 전혀 종잡을 수가 없었다. 그럼 소년은 다른 동물을 기르고 있다는 건가. 그 숲속에서. 그건 대체 뭐지?

"아무튼." 다카하시는 내 생각을 막듯이 서둘러 말을 이었다. "앨리스를 찾는 건 이만 중단하겠습니다. 죄송합니다."

다카하시는 머리를 숙여 인사하고 잽싸게 현관으로 향했다.

"자, 잠깐만요!"

황급히 쫓아가자 지금까지 수색에 든 비용도 일절 청구하지 않겠다며 다카하시는 냉큼 신발을 신었다.

나는 쾅 닫힌 문을 멍하니 바라볼 수밖에 없었다.

그로부터 1년이 지났다. 정원에는 또 취부용 꽃이 피었다.

앨리스가 보고 싶다. 그 벨벳 같은 털을 쓰다듬고 싶다. 무릎 위에 올려놓고 체온을 느끼고 싶다. 등의 소용돌이무늬를 어루만지고 싶다. 어리광 부리는 울음소리를 듣고 싶다. 요 1년간 나는 그런 생각만 했다.

잃고 나서야 비로소 깨닫는 사실이 있다. 그 영리한 고양이는 전부 다 알고 있었던 것이다. 처음으로 행방불명됐을 때 알아차렸어야 했다. 그런데 내가 너무 둔감한 탓에 앨리스는 다시 자취를 감추고 말았다. 보고 싶다고 아무리 간절히 바라도 두 번 다시 앨리스를 못 만날 거라는 생각이 들었다. 앨리스가 떠난 후 마음에 뻥 뚫린 공허한 구멍에서 지금 정체 모를 걸쭉한 뭔가가 흘러넘쳤다.

실은 1년 전에 알았다. 하지만 내 안의 뭔가가 내내 그 사실을 인정하기를 거부해왔다. 작년 겨울부터 봄까지 남편이 들새 관찰에 열을 올린 건 어떻게 하면 교감 선생과 양호한 관계를 유지할 수 있겠느냐는 고민 때문이 아니었다. 그건 계기에 불과했다.

요시히로는 여자 제자와 깊은 관계였다. 실종된 그 여고생, 이름은…… 맞다, 아이하라 교코. 우리 집에 왔을 때 교코가 날 응시한 건 그런 이유에서였다. 딱딱하고, 재미없고, 들새 관찰 말고는 이렇다 할 취미도 없이 일밖에 모르는 요시히로가 설마 위험한 불장난에 빠졌을 줄은 상상도 못 했다. 내가 그걸 꿰뚫어 볼 기회는 이래저래 많았는데.

들새 관찰을 핑계로 거듭 성산에 올라가던 무렵, 남편의 상태는 이상했다. 쭈뼛쭈뼛하면서도 묘하게 들뜬 것처럼 보였다. 나는 그걸 직장에서 고민이 많은 탓이라고 믿었다. 어쩌면 조울증에 걸린 게 아닐까 의심하기도 했다. 요즘은 마음에 병이 들어 휴직하는 교사도 보기 드물지 않으니까. 그렇게 빗나간 추측을 하며 걱정했다.

끈질기게 탐문을 하러 오던 형사는 교코를 성산에서 보지 못했느냐고 물었다. 공개수사로 전환됐을 때 아이하라 교코가 성산에 자주 올랐으므로 산속을 대대적으로 수색했다고 신문에도 기사가 났다. 형사들이 돌아간 후 남편은 몹시 동요해 서재에 틀어박혔었다.

내 머릿속에 한 영상이 떠올랐다. 딱 한 번, 옷을 갈아입는 남편의 등에 생긴 기묘한 멍을 보았다. 잇자국인 것도 같았다. 그런 생각이 들자마자 설마, 하고 부정해버렸지만.

그건 어쩌면 불륜 상대가 내게 보내는 메시지가 아니었을까. 그리고 내 상상이 옳다면 상대는 그 아이 말고 없었다. 성산에서 우연히 만난 두 사람은 결코 넘어서는 안 될 선을 넘어버린 것이 아닐까. 아마 요시히로 입장에서는 현실에서 도피한다는 의미도 있었으리라. 새롭게 임한 교육 현장이 흡족했다면 마음이 흔들리지도 않았을 것이다. 그렇게 자극적이고 흥분되는 일은 살면서 처음 경험해보지 않았을까. 늦게 배운 도둑질에 날 새는 줄 모른다고, 요시히로는 제자와의 불륜에 푹 빠지고 말았다.

나는 손톱을 깨물었다.

어수룩한 요시히로가 세상 무서운 줄 모르는 여고생을 제어할 수 있었을 리 만무하다. 더구나 그 아이에게서는 어쩐지 특별한 냄새가 풍겼다. 요시히로는 점점 빈껍데기가 되어갔다. 마치 알맹이를 뜯어먹힌 것만 같았다. 제자와의 불륜 관계다. 무탈하게 끝낼 수 있을 리 없다. 진흙탕처럼 질척대다가 이별 이야기가 틀어졌다.

그리고…….

그날이 왔다. 내가 집을 비우는 날이.

완벽하게 결판을 내려고 요시히로가 교코를 불렀을까, 아니면 교코가 쳐들어왔을까. 사건이 충동적으로 벌어진 건 확실하다. 남편은 교코를 해쳤다. 아마도 흉기는 날카로운 칼. 피가 튀어 카펫이 더러워졌다. 그리고 불행하게도 교코의 발치에 앨리스가 있었다. 미지근한 피를 온몸에 뒤집어쓴 앨리스는 놀라서 밖으로 뛰쳐나갔다.

요시히로는 피에 젖은 앨리스가 도망가는 걸 목격했다. 그래서 그렇게 혈안이 되어 앨리스를 찾은 것이다. 앨리스의 털에 묻은 교코의 피야말로 요시히로가 범죄를 저질렀음을 증명하는 가장 유력한 증거니까. 발견된 앨리스를 데리러 꿈나무 집에 갔을 때, 요시히로가 앨리스의 몸을 꼼꼼히 살펴본 건 그래서였다. 그 모습을 보고 보육사가 생각났다는 듯 이렇게 말했다.

"얘가 여기에 왔을 때는 몸에 갈색 얼룩 천지였어요. 그래서 따뜻한 물로 깨끗하게 닦아줬죠"라고.

나는 그 말을 별생각 없이 흘려들었지만, 남편에게는 큰 의미가 있었던 것이다. 앨리스를 집에 데려온 후 바로 깨끗하게 씻겼다. 나는 물을 끼얹지 않아도 되는 무스 타입의 거품 샴푸를 사용한다. 그때도 그랬다. 그러고 보니 짧은 털의 뿌리 부분에 갈색 알갱이 같은 것도 들러붙어 있었다. 설마 피일 줄은 생각도 못 했기에 전부 꼼꼼하게 떼어냈다.

나는 또 손톱을 잘근잘근 깨물었다.

전부 다 나의 망상으로 치부하고 넘어갈 수도 있다. 하지만……

나는 의자에서 일어났다. 복도로 나가서 계단 밑의 창고 문을 열었다. 조그마한 캐비닛의 서랍을 당겼다. 여기에 여러 개의 목걸이를 보관해놓았다. 전부 앨리스의 것이다. 성장하면서 하나둘씩 바꾸었는데, 이 또한 앨리스의 역사 같은 기분이 들어 하나도 버리지 않고 챙겨두었다.

그중 하나를 끄집어냈다. 앨리스가 돌아왔을 때 목걸이가 부정을 탄 것 같아 바로 바꾸었다. 그런 물건조차도 보관해두었다. 그런 사실을 요시히로는 모르겠지만. 나는 밝은 복도로 나와서 노란색 목걸이를 뒤집었다. 기모로 된 뒷면에 묻은 갈색 얼룩을 빤히 들여다보았다.

만약 이게 교코의 피라면?

DNA를 감정하면 누구의 것인지 쉽게 알 수 있으리라. 나는 고개를 번쩍 들어 주변을 둘러보았다. 집에는 지금 나 혼자밖에 없다는 걸 알면서도. 그리고 서둘러 캐비닛 서랍에 목걸이를 도로 넣었다. 서랍을 닫는 손이 떨렸다.

거실 소파에 앉아 집 안을 천천히 둘러보았다. 꽃무늬 커튼, 이탈리아제 소파 세트, 벽에 걸어둔 고상한 정물화 액자.

가족을 위한 편안한 장소. 내가 있어야 할 곳은 여기뿐이다. 지켜야 할 것이 무엇인지 확실하다.

그러니 남편한테도 그만 캐묻자. 그 아이가 잘못한 거다. 순진한 남편을 유혹해 싱싱한 육체를 내놓은 그 아이가.

나는 정원의 취부용으로 시선을 옮겼다. 아직 오전이라 하얀 꽃잎에 희미하게 분홍색이 번지기 시작한 참이었다. 작년 5월, 내가 사흘간 여행을 떠난 사이에 요시히로는 격정에 못 이겨 교코를 죽이고 앞이 막막했을 것이다. 시체를 앞에 두고 얼마나 고민했을까. 요시히로에게는 운전면허가 없으니까 시체는 정원에 묻을 수밖에 없었다. 밤이 되자 거실의 불빛이 간신히 손을 비춰주는 곳에 구멍을 파고 시체를 묻었다. 그리고 정원을 파헤쳤다는 사실을 감추기 위해 취부용 나무를 사서 심은 것이다.

분명 지금도 취부용 밑에는 교코의 시체가 묻혀 있을 것이다. 페이즐리 무늬 카펫에 둘둘 말린 채. 저 꽃이 붉어지는 건 교코의 피를 빨아들였기 때문이 아닐까. 남편은 매일 어떤 기분으로 저 꽃이 차례차례 붉어가는 모습을 보는 걸까.

하지만 나도 공범자야. 나도 계속 여기 살아야 해. 매년 가을에 저 꽃이 탐스럽게 피어 우리가 저지른 범죄를 고발하는 걸 참아내면서.

나는 그대로 시선을 획 들어 성산을 올려다보았다.

모르겠어요. 저로서는 그게 뭔지…….

다카하시의 목소리가 귓속에 남아 있었다.

무서운 사건의 유일한 목격자인 앨리스는 이제 돌아오지 않으리라. 앨리스는 사람을 죽이기에 이른 자기 주인의 에너지와 죽임을 당한 여고생의 원한을 한 몸에 받아 다른 생물로 변해버린 것이다. 끝없는 숲속에서.

앨리스가 변화하는 데 힘을 보태준 건 지적장애가 있는 그 남자아이일까?

요전에 시내에서 불이 났다. 희생자는 초등학교 남학생 한 명. 꿈나무 집에서 앨리스와 친하게 지냈던 아이였다. 아이를 구하려다 보육사 선생님도 크게 다쳤다고 한다. 약국 주인의 아내다. 뉴스를 보며 나는 바들바들 떨었다. 공포의 연쇄 고리가 이어진다. 운명이 우리 부부가 짊어진 죄를 한시도 잊지 못하게끔 위협하고 있다.

어린 보호자를 잃고 홀로 남은 앨리스는 어떻게 될까?

하지만 나는 이제 거기에 발을 들여놓기가 두렵다. 요시히로는 들새를 관찰한다며 변함없이 성산에 드나들고 있다.

"그만두는 편이 좋지 않을까?" 슬쩍 충고해도 듣지 않는다. 뭔가에 씐 것처럼 그 숲을 돌아다닌다. 그리고 걱정하는 나를 꿈꾸는 듯한 눈빛으로 바라보며 대답한다.

"거기 아주 진귀한 새가 사는 모양이야. 그걸 보고 싶어.

지금은 울음소리밖에 안 들리지만. 이렇게 울더라."

그리고 새 울음소리를 흉내 냈다.

"끼럭끼럭끼럭끼럭!!"

나는 진심으로 오싹했다.

그렇게 우는 새는 없을 것이다⋯⋯ 분명.

흰
꽃
이

지
다

나는 머리가 나쁘다.

한참 옛날부터 알고 있었다. 초등학교에서도 중학교에서도 성적은 늘 뒤에서 손가락을 꼽는 게 더 빨랐고, 고등학교는 1년도 되지 않아 중퇴했다. 그 후로 어중간한 일밖에 해본 적이 없다. 아니, 노는 데 정신이 팔렸다고 하는 게 맞겠다. 노는 데 필요한 돈을 벌면 일을 때려치웠고, 돈이 떨어지면 하는 수 없이 다시 일했다.

스무 살이 넘었을 무렵, 늦게나마 이래서는 안 되겠다고 마음을 고쳐먹었다. 그래서 아주 진지하게 일거리를 찾았다.

비계공이 된 건 단순히 멋있었기 때문이다. 비계공들이 작업복으로 입는 낙낙한 바지에 뽕 갔다. 발목까지 가려지는 작업복 바지에 지카타비.* 여름에도 작업용 긴소매 셔츠에 팔 토시. 그게 어울리는 남자가 되고 싶었다.

가설 비계를 설치하는 구와시마 조합이라는 회사에 일단 아르바이트생으로 고용됐다. 반년 일하면 정식으로 채용해 준다기에 열심히 일했다. 처음에는 기둥만 옮기는 중노동에 시달리고 선배들의 온갖 시중을 다 들면서도 간신히 견뎠다. 조금만 더 있으면 수습사원으로 고용될 참이었다.

하지만 결국 뜻을 이루지 못했다. 선배들의 "야, 좀 모자라냐?" "등신아!" "헬멧이나 쓰려고 대가리가 달린 줄 아나!" 같은 욕설에 화가 나서. 성미 급한 나 자신이 정말 짜증 났다. 사장님에게 그만두겠다고 말하러 가서 또 싸웠으니, 두 손 두 발 다 들었다.

사장님은 꼬장꼬장한 비계 작업 숙련공으로, 자신도 똑같이 욕을 먹고 쥐어박혀가며 일을 배웠다는 자부심이 있어서 요즘 젊은것들은 참을성이 없다는 식으로 쏘아붙였다.

"이 정도로 질질 짜서 어쩌겠다는 거냐, 이 멍청아! 선배들은 다 널 생각해서 야단치는 거야. 그것도 모르냐! 너 같은 푼수는 어딜 가도 제대로 대접 못 받아."

"나도 그만두기는 싫지만요, 이렇게 지랄 맞은 곳은 또 없을 거예요. 다른 곳이었으면 벌써 대우받고도 남았지."

---

*   고무 밑창이 달렸고 발가락 부분이 둘로 갈라진 작업화.

"오, 그러셔. 그럼 그런 데 가서 일 시켜달라고 하든가. 어차피 얼마 못 버티고 밤에 길거리에서 삐끼 짓이나 하는 게 고작이겠지."

"사람을 뭐로 보고! 에이씨!"

나는 열 받아서 쓰고 있던 헬멧을 확 벗었다. 속이 부글부글 끓어서 헬멧을 바닥에라도 내팽개치고 싶었지만, 그렇게까지 할 용기는 없었다. 아무튼 사장님은 도깨비 기와처럼 험상궂게 생겨먹은 비계공들의 우두머리다. 스무 살 먹은 애송이가 정면으로 싸움을 걸 만한 상대가 아니다. 머리가 나빠도 그 정도는 안다.

"자, 자, 사장님. 나가세도 참을성이 모자랐지만, 그렇게 혼내고 쫓아낼 일은 아니잖아요."

사무원 기무라 아유미 씨가 끼어들었다. 아유미 씨는 제일 젊은 나를 늘 신경 쓰고 여러모로 챙겨주었다. 여기를 그만두겠다고 결심했을 때도 아유미 씨에게만큼은 미안했다.

"저어, 나가세. 다시 잘 생각해봐. 우리 회사를 그만둔다고 어디 갈 데가 있는 것도 아니잖아?"

아유미 씨의 말에 마음이 약간 흔들렸다. 터질 것처럼 뚱뚱한 몸에 얼굴도 둥그런 아유미 씨는 사무용 의자에 떡하니 앉아 사장님과 내 얼굴을 번갈아 보았다. 구와시마 조합의 사무를 전담하는 사람이라 사장님도 아유미 씨를 함부로 대하지는 못한다.

"냉큼 때려치워, 때려치우라고. 이런 놈을 붙잡아본들 못 볼꼴밖에 더 보겠어?"

사장님은 수습하러 나선 아유미 씨의 말도 무시했다. 팔짱을 끼고 험악한 목소리로 말을 이었다.

"애당초 이렇게 간땡이가 작은 놈에게 일을 맡겼다간 우리 신용에 금이 가. 비계 작업은 안전이 무엇보다 중요하거든. 예전에 우리가 작업한 비계가 무너져서 애먹었던 적이 한 번 있었다고 했지? 부상자가 나와서 이만저만 난리가 아니었어."

"그건 벌써 몇 년이나 지난 일이잖아요."

아유미 씨가 바로 사장님에게 편잔을 주었다. 그 이야기는 나도 나이 든 비계공에게 몇 번인가 들었다. 지나가던 주부가 깔려서 크게 다쳤다는 이야기였다.

"게다가 누군가가 분명 볼트를 풀어서 수를 써놓은 거라고 사장님도 늘 그러시면서."

아유미 씨가 사정없이 몰아붙이자 사장님도 할 말이 없는지 그저 "흠" 하고 목소리를 흘렸다.

분명 이때가 사과할 마지막 기회였다. 아유미 씨가 내게 눈짓했다. 그런데도 나는 "신세 참 많이 졌습니다!"라는 말을 내뱉고 등을 돌렸다. 문을 닫기 전에 아유미 씨가 요란스레 한숨을 쉬는 소리가 들렸다.

　그리하여 나는 또 백수로 컴백했다.

　혼자 사는 방에 돌아와 방바닥에 큰대자로 벌렁 드러누워 생각했다. 반드시 어엿한 비계공이 되고 싶었는데. 이번에야말로 착실하게 일하겠다고 결심했었다. 분발하려고 무리해서 괜찮은 원룸도 얻었다. 성산 북쪽에 있는 원룸 맨션으로, 근처 대학교 학생들도 사는 세련된 곳이다. 다음 달부터 방세를 어떻게 감당한담.

　사장님에게 보란 듯이 복수하기 위해서라도 빨리 직장을 찾아야 한다. 그렇게 생각하면서도 질질 끌려가는 것처럼 잠에 빠졌다.

　예상은 했지만 일을 찾을 의욕은 전혀 솟구치지 않았다. 같이 노는 친구에게 "뭐 괜찮은 일거리 없을까?" 하고 메신저로 물어본 정도다. 그러자 "뭐? 너 또 일 그만뒀냐?"라는 답변이 돌아오고 끝이었다. 상대방도 일을 제대로 안 하는 것이다. 기대하는 쪽이 잘못됐지.

　얼마 안 되는 저금이 쭉쭉 줄어들었다.

　섬에 계신 부모님에게 울며 매달릴 수는 없다. 이 도시 앞바다의 작은 섬들 중에서 제일 작은 섬에 사는 아버지는 지금 본섬의 병원에 입원 중이다. 부지런히 귤 농사를 지어 생계를 꾸리던 아버지가 가벼운 뇌경색으로 쓰러진 것이다. 다행히도 후유증은 남지 않을 모양이지만, 이제 무리는 못한다.

본섬 현립 고교의 분교를 중퇴했을 때 "넌 공부할 머리가 아니니까 섬에 남아서 귤 농사나 도와라"라는 아버지의 말에 반발해 나는 집을 뛰쳐나왔다. 지금은 어머니와 중학교 3학년인 남동생이 아버지 대신에 함께 귤 농장을 돌보고 있다. 집에는 치매에 걸린 할머니도 계시니, 내가 일을 그만둔 줄 알면 분명히 불러들이려 할 것이다.

동생 도모노리는 나와 달리 머리가 좋다. 아버지와 어머니는 내년에 뭍의 고등학교로 보내고 싶어 한다. 내가 섬으로 돌아가면 옳다구나 여기리라. 하지만 그렇게 재미없는 섬에 돌아갈 마음은 전혀 없다. 고작 100명쯤 되는 사람들이 복작거리며 사는 곳이다. 귤 농사와 어업뿐인 섬이다. 아무 낙도 없다.

"아! 젠장!"

천장을 향해 소리쳤을 때 인터폰이 세 번 연달아 빠르게 울렸다. 나는 깜짝 놀라 펄쩍 뛸 뻔했다. 저녁 7시 45분. 이런 시간에 날 찾아올 사람이 있을까? 짚이는 구석이 없었다. 상반신만 일으켜 문을 바라보자 또 인터폰이 울렸다. 좀 무서웠다.

"나가세! 나가세! 안에 있지?"

목소리를 듣고 몸에서 힘이 빠졌다. 아유미 씨였다. 일을 그만둔 내가 걱정돼서 온 걸까. 서둘러 문을 열었다.

아유미 씨의 커다란 몸이 구르듯이 들어왔다. 품에는 아기를 소중하게 안고 있었다. 아유미 씨는 일단 들고 온 큼지막한 가방을 현관 바닥에 턱 내려놓았다. 그리고 얼떨떨해하는 내게 아기를 떠넘겼다.

"나가세, 내 평생의 소원이니까 이 아이를 좀 맡아줘."

"엥? 엥?"

"이제 너밖에 부탁할 사람이 없어!"

"엥?"

아유미 씨의 말이 이해가 되지 않아 나는 한심하게도 같은 말만 되풀이했다.

"딱 일주일만. 응? 너 어차피 아직 일 안 하잖아."

"그건 그렇지만, 엥?"

엉겁결에 아유미 씨가 떠넘기는 아기를 받아서 안았다. 자세히 보니 아유미 씨는 눈에 핏발이 섰고, 땀이 흐른 이마에 머리카락이 찰싹 달라붙어 있었다. 분명 여기까지 뛰어온 것이 틀림없다. 아유미 씨도 이 근처에 산다. 슈퍼에서 몇 번 마주쳐서 내가 어디 사는지 알려주었다. 괜히 그랬다 싶어 몹시 후회됐다.

"있지, 남자 친구가 도망쳤어."

"도망쳤다고요?"

야유미 씨는 남자 친구와 동거 중이었고, 다섯 달쯤 전에 아기가 태어났다. 아유미 씨는 내가 취직하고 얼마쯤 지나 업무에 복귀했다. 출산휴가 동안 들어온 신입이 우연히 근처에 산다는 걸 알고 여러모로 나를 잘 챙겨주었다.

장을 볼 때면 겐타로라는 이름의 아기도 늘 데리고 나왔으므로, 아이의 얼굴도 본 기억이 났다. 남자 친구도 몇 번봤다. 다른 지역에서 일하러 왔다가 인연을 맺었다고 했다.

"나한테 아무 말도 없이 전근을 신청해서 쌩하니 돌아가버렸지 뭐야."

"그럼."

그럼 아유미 씨를 버린 거 아니냐는 말은 꿀꺽 삼켰다.

"아무튼 그이를 데리고 돌아와야 해."

아유미 씨는 결의에 찬 눈으로 나를 응시했다. 불룩 튀어나온 가슴이 솟아올랐다 내려앉았다 했다. 그 박력에 눌려나는 겐타로를 안은 채 한 걸음 물러났다.

"여기저기 찾아다녀야 하니까 애는 못 데려가. 지금은 마키도 아이가 아파서 못 맡아줘."

아유미 씨가 일하는 동안 겐타로는 친구에게 맡긴다고 했던 게 기억났다. 기억나봤자 아무 도움도 안 되지만.

"하지만."

"딱 일주일만. 아니, 닷새만."

아유미 씨는 다짜고짜 "이 안에 갈아입을 옷이랑 이것저 것 들었어" 하고 말을 이었다. 내가 아무 대꾸도 못 하자 "아, 맞다" 하고 비스듬히 멘 숄더백을 뒤졌다. 구깃구깃한 봉투 를 꺼내 내 손에 쥐어주었다.

"이거 일주일 치 돌봄료."

"저어, 아유미 씨. 이러면 곤란한데요. 나, 아기는……"

아유미 씨는 내 말을 완전히 무시하고 겐타로에게 뺨을 비볐다.

"겐타로, 착하게 있어야 해. 꼭 아빠를 데려올게."

그리고 슥 떨어지더니 문을 열었다.

"어, 잠깐만요! 아유미 씨!"

"돈은 넉넉히 넣어놨으니까 그걸로 분유랑 기저귀도 사. 서둘러 가면 그만큼 빨리 돌아올 수 있을 거야. 행방이 묘연 해지기 전에 그이를 붙들어야 해."

"분유……?"

나는 넋이 나간 것처럼 우두커니 서 있었다.

아유미 씨는 등을 돌려 어두운 밤 속으로 사라졌다.

봉투에는 10만 엔이 들어 있었다. 돈을 가만히 바라보고 있자니 겐타로가 "으앙!!" 하고 울었다. 깜짝 놀라서 하마터면 토실토실 살찐 아기를 떨어뜨릴 뻔했다.

일단 바닥에 내려놓고 부리나케 이불을 깔았다. 그 위에 눕혔지만 울음을 그칠 낌새는 없었다. 엄마가 가버렸다는 사실을 아는 걸까. 다시 안아 들고 흔들며 얼렀지만 울음소리는 더 커졌다.

"아참, 분유."

나는 봉투를 뒷주머니에 쑤셔 넣은 후 슬리퍼를 잘잘 끌며 밖으로 나왔다. 겐타로를 안은 채.

헤이와 길에 면한 약국이 아직 열렸으리라. 거기는 제법 늦게까지 영업하는 모양이니까. 약국에 도착할 때까지 겐타로는 계속 울었다. 하지만 목소리가 점점 작아져 약국에 들어갈 무렵에는 기운 없이 칭얼거리기만 했다.

약국에는 손님이 두 명 있었다. 학생으로 보이는 남녀인데, 함께 온 듯했다. 나이 든 약국 주인이 그쪽을 상대하고 있어 나는 겐타로를 달래며 뒤에서 기다렸다.

"이거, 심한데."

흰 가운을 입은 주인이 남자의 왼팔에 얼굴을 가까이 가져갔다. 안경다리를 잡고 찬찬히 관찰했다.

"뭔가에 두드러기가 돋았네."

"인분요."

"뭐라고?"

"인분 말이에요. 나방이나 나비의 날개에 붙어 있는 부스러기."

"아아, 그 인분. 그렇구나. 그나저나 엄청 심한걸."

"피부과에 가서 검사받았더니 인분에 알레르기가 있다고 하더라고요."

"그렇군. 그럼."

주인은 뒤쪽 선반에서 약을 찾았다.

"음…… 그렇지."

나는 애가 탔다. 또 겐타로가 울음을 터뜨릴 것 같았다. 남자가 뒤돌아보았다. 둘 다 "어?" 하고 놀란 표정을 지었다. 옆방에 사는 대학생이었다. 상대방이 모른 체하기에 나도 잠자코 있었다.

옆에 서 있는 사람은 이 남자의 여자 친구다. 방에 자주 놀러 온다. 나란히 서 있는 뒷모습을 보고 살며시 한숨을 쉬었다. 나랑 비슷한 나이인데 이 남자는 대학에 다니고 여자 친구를 사귀며 잘 살고 있다. 나는 무직에다 남의 아기까지 맡아서 고생하는데.

드디어 연고를 꺼낸 약국 주인이 사용법을 너무 친절하다 싶을 정도로 세심하게 가르쳐주었다.

"나방 알레르기는 항원성이 강하다는군." 그렇게 방금 전이야기를 도로 꺼내놓아 나는 또 애가 탔다.

"맞아요. 나는 천식기가 있으니까 조심하라고 의사도 그러더라고요."

"천식 환자는 알레르기에 민감하게 반응할 확률이 높거든. 생명이 위험할 수도 있어."

"하지만 인분과 접촉할 일은 별로 없잖아요? 인분을 덮어쓰는 정도가 아니면 생명에는 지장 없겠죠."

아무래도 상관없는 이야기를 둘이서 장황하게 늘어놓았다.

"쇼타, 이만 가자."

여자 친구가 뒤에서 기다리는 나를 배려해 재촉했다. 지갑을 꺼내 돈을 지불한 건 여자였다. 가엾어라. 그렇게까지 헌신할 것 없어. 이 자식은 그런 대접을 받을 가치가 없는 놈이니까, 하고 속으로 중얼거렸다.

"연고를 발라도 차도가 없으면 병원에 가보도록 해." 주인은 그렇게 말하고 두 사람을 돌려보냈다.

엇갈리듯이 내가 유리 케이스 앞에 섰다. 주인이 나를 빤히 쳐다보았다. 그야말로 머리끝에서 발끝까지. 기분이 언짢았다. 스무 살가량 된 젊은이가 생후 5개월의 아기를 안고 있으니 오죽 기묘하겠는가.

"분유랑 일회용 기저귀를……"

주인은 유리 케이스에 손을 짚고 알이 두꺼운 안경 너머로 여전히 나와 겐타로를 교대로 바라보았다.

"아, 얘는 누나 아이인데……"

그만 변명이 튀어나왔다.

"사이즈는?"

"네?"

"기저귀 사이즈."

기저귀에도 사이즈가 있나. 그런 줄은 몰랐다. 내가 당황하자 주인은 아기가 몇 개월인지 물었다. 그건 대답했다. 주인의 말에 따라 일회용 기저귀와 아기 물티슈를 샀다. 그리고 분유 타는 법을 배웠다.

"애야, 괜찮니?"

주인이 걱정스러운 듯 겐타로의 얼굴을 들여다보았다. 겐타로는 정신없이 손가락을 빨았다. 배가 고픈 것이리라.

"아, 괜찮아요. 감사합니다."

나는 구깃구깃한 봉투를 꺼내 물건 값을 치렀다.

"모르는 게 있으면 언제든지 또 오게."

누나의 아이를 맡았다는 거짓말을 믿은 건지 약국 주인은 겐타로의 머리를 쓰다듬으며 말했다.

방에 돌아와서 배운 대로 물을 끓여 분유를 탔다. 분유병을 흐르는 물에 식혀 신중하게 온도를 조절했다. 그러면서 아유미 씨도 참 무모한 사람이다 싶었다. 내가 분유를 탈 줄 알겠는가. 뜨거운 걸 그냥 먹이면 어쩌려고 아기를 나한테 맡긴단 말인가.

이불 위에 눕혀둔 겐타로가 또 큰 소리로 울음을 터뜨렸다. 서둘러 분유병을 입에 물렸다. 겐타로는 엄청난 기세로 분유를 빨아먹었다. 역시 배가 고팠던 거로구나.

분유를 다 먹자 겐타로는 요란한 소리와 함께 똥을 쌌다. 엉덩이를 깨끗하게 닦아주고 기저귀를 가는 데 시간을 엄청 잡아먹었다. 완전히 기진맥진해졌다.

피곤해서 졸려 죽겠건만, 겐타로는 잠이 들지 않았다. 정신이 몽롱한 내 옆에서 힘껏 소리 높여 울었다. 대체 아기라는 종족은 어떻게 해줘야 만족할까. 뭐가 불만인지 도무지 모르겠다. 새벽까지 울다가 마침내 스위치가 꺼지듯 잠들었다.

아침이 되어 또 분유를 탔다. 소리에 반응해 겐타로가 울기 시작했다. 머리가 띵하니 무거웠다. 분유를 먹이며 자세히 보니 겐타로의 옷에 노란 똥이 묻어 있었다. 기저귀 가는 솜씨가 별로라서 옷을 더럽히고 말았다. 분유를 다 먹이고 옷을 갈아입혔다. 아유미 씨가 가져온 가방을 헤집자 바닥에서 장난감이 나왔다. 딸랑이와 구멍이 뚫린 공 같은 물건.

이거다 싶어 쥐어주었지만, 겐타로는 장난감을 내던지고 또 울었다.

이제 달래기를 포기했다. 어떻게 해도 우니까 허사라는 걸 깨달았다.

더러워진 아기 옷을 세탁기에 넣었다. 그제야 나도 배가 고프다는 걸 알아차렸다. 괴수처럼 울부짖는 겐타로를 놔두고 비칠비칠 작은 부엌으로 가서 미리 사둔 빵을 먹었다. 아무 맛도 없는 빵을 씹으며 아유미 씨에게 전화를 걸었다. 통화 연결음은 들렸지만 받지 않았다.

대체 이게 다 뭐야. 점점 화가 치밀었다. 아기를 놔두고 확 나가버릴까. 하루 놀다가 돌아왔는데 이 녀석이 죽어 있다면 내 탓인가? 그런 말도 안 되는 소리가 어디 있어.

그때 인터폰이 연속으로 울렸다. 아아, 살았다. 아유미 씨가 돌아왔구나. 그렇지. 어떻게 자기 아이와 떨어져 지낼 수 있겠어?

하지만 부랴부랴 문을 열자 밖에 선 사람은 옆집 남자였다.

"야, 인마, 작작 좀 해라."

남자는 나지막한 목소리로 말했다. 쇼타라는 이름의 대학생이다. 나는 그저 입을 떡 벌린 채 서 있었다.

"밤새 시끄러워 죽는 줄 알았다고!"

그제야 이 녀석이 아기 울음소리에 항의하러 왔다는 걸 이해했다.

"아."

"그 자식 좀 조용히 시켜."

그게 가능하면 이 고생을 하겠냐고 생각했지만, 순순히 머리를 숙였다.

"죄송합니다."

"죄송하다면 다야! 적어도 이웃에 민폐는 끼치지 말아야지. 난 몸이 안 좋다고."

쇼타의 왼팔 일부분이 발갛게 부어올라 있었다.

겨우 그거 가지고 몸이 안 좋다고? 이렇게 말하면 더 화를 내겠지. 기껏해야 알레르기 정도로 난리 치지 마. 속 편한 대학생 주제에. 옆집 남자가 무슨 말을 하는지 이해도 못 할 텐데, 겐타로는 팔다리를 버둥거리며 큰 소리를 질렀다. 얼굴이 새빨갰다.

"아, 진짜. 어떻게 좀 해줘. 어떻게든 해보라고."

결국 나도 폭발했다.

"아이씨. 보자 보자 하니까 자기 하고 싶은 말만 지껄이네. 나도 나름대로 사정이 있다고."

"시끄러우니까 시끄럽다고 하는 거잖아. 그게 뭐가 잘못인데!"

그 후로도 계속 폭언에 폭언으로 응수했다. 둘 다 피가 거꾸로 솟아 멱살을 잡고 싸움을 할 것처럼 심한 말다툼을 벌였다. 그러다 구와시마 조합의 사장님에게 "너 같은 푼수"라고 욕먹은 것까지 생각나 때려눕혀버릴까 싶었을 정도였다.

그러지 않았던 건 겐타로가 너무 크게 울었기 때문이다. 상대도 독기가 빠졌는지 "잘 들어. 오늘 밤에도 울면 가만 안 놔둔다!" 하고 으름장을 놓고는 등을 돌렸다. 그대로 성큼성큼 대학교 쪽으로 걸어갔다.

나는 기분이 가라앉지 않았다. 겐타로에게 분유를 줄 기분도 안 들었다. 기저귀도 젖었겠지만 갈아줄 기운도 없었다. 겐타로를 멍하니 내려다보았다. 울 만큼 울어서 지쳤는지 꾸벅꾸벅 졸기 시작했다.

이대로 여기에 있다가는 겐타로에게 해코지를 할 것만 같아서 밖으로 나갔다.

벽돌 화단 가장자리에 걸터앉아 앞으로 어떻게 할지 생각했다. 좋은 생각은 하나도 떠오르지 않았다. 아무튼 난 머리가 나쁘니까.

하늘을 올려다보며 한숨을 쉬었을 때, 길 저편에서 여자가 다가왔다. 아까 항의하러 왔던 쇼타의 여자 친구다. 어제는 함께 약국에 왔었다. 여자는 눈을 내리깔고 내 앞을 지나쳤다. 그리고 쇼타 방의 인터폰을 조심스럽게 눌렀다.

녀석은 나갔으니 당연히 대답이 없다. 여자는 당황한 듯 그 자리에 멀뚱히 서 있었다. 여자 친구라면서 여벌 열쇠도 못 받았나. 그야, 그렇겠지. 녀석에게는 여자 친구가 멋대로 방에 드나들면 곤란한 사정이 있으니까. 조금 전의 부글부글 끓던 기분이 되살아났다.

"녀석은 이미 나갔어."

여자가 흠칫 놀라며 돌아보았다. 미소를 지으려는지 입꼬리를 끌어올렸지만, 어떻게 봐도 울상으로밖에 보이지 않았다. 숄더백 끈을 왼손으로 꼭 움켜쥐고 있었다. 뭔가에 매달리지 않으면 불안해서 견딜 수 없다는 듯한 인상이다.

그런 여자를 보고 있으니 심술이 뭉게뭉게 피어올랐다.

"이봐요. 가끔 여기 오던데, 그 남자랑 사귀어?"

여자는 내 말을 무시하고 문 앞에서 떠나려 했다. 하지만 내 앞을 지나가야 했다.

"그거, 당신 생각만 그런 거 아닐까 모르겠네." 여자가 걸음을 멈췄다. "그 자식, 순 개망나니야. 당신 말고도 여자를 집에 데려온다니까."

여자가 느릿느릿 고개를 들어 나를 보았다. 허풍이 아니었다. 일을 그만두고 나서는 낮에도 방에 있으니까 이웃 남자의 행실이 어떤지는 잘 안다.

"세 보이는 얼굴에 화장이 진한 여자. 갈색으로 물들인 머리를 구불구불하게 말했지만, 그래도 학생이야. 분명……
아, 그래! 마리코라고 했어."

나는 머리가 나쁘지만 여자 이름은 비교적 잘 기억한다.
여자의 얼굴에서 핏기가 싹 가셨다. 보고 있는 나까지 위험
하다고 느꼈을 만큼. 분명 누구와 바람이 났는지 짚이는 구
석이 있는 것이다. 설마 이 여자의 친구라든가? 그렇다면 그
자식 최악인데. 여자 친구의 친구에게 손을 대다니. 머릿속
이 멋대로 폭주해서 이야기를 만들어냈다.

그렇다면 수라장이다, 수라장. 수라장을 한자로 어떻게
쓰는지는 모르지만.

"거짓말."

여자가 기어들어가는 목소리로 불쑥 말했다. 나는 발끈했
다.

"진짜야. 요즘은 만날 온다니까. 당신이 오지 않을 때를 노
려서 와. 항상 팔짱을 끼고 와서 몇 시간이나 방에 처박혀 있
지. 무슨 짓을 하는지는 상상이 가. 그 짓을 할 때의 목소리
까지 세더라고."

나는 약간 각색을 더했다. 방금 전 말다툼의 앙갚음이다.
속이 후련해졌다. 이 여자가 쇼타의 따귀를 갈기는 모습까
지 떠올랐다. 그만 입매가 풀어졌다.

하지만 여자는 제자리에 쪼그려 앉아 양손으로 얼굴을 덮

었다. 내 의도보다 충격이 컸던 걸까. 아무래도 연인에게 한 방 먹이고 이별을 고할 성격은 아닌 모양이다.

한순간 여자가 좀 불쌍해졌다. 쇼타라는 놈한테 그토록 푹 빠진 건가. 아무렇지도 않게 연인을 배신하는 바람둥이한테?

"저기, 그러니까 내 말은 그런 놈이랑 계속 사귀어봤자 좋은 꼴 못 본다는 소리야. 헤어지는 게 나아."

내 말이 끝나기도 전에 여자가 훌쩍 일어섰다. 우는 줄 알았는데 아니었다. 입술을 한일자로 앙다물고, 매섭게 치켜 올라간 눈으로 앞을 똑바로 노려보았다. 이렇게 일편단심인 여자가 독한 마음을 먹으면 무섭지.

나는 떠나가는 여자의 뒷모습을 바라보며 생각했다.

잠에서 깬 겐타로가 방 안에서 "으앙" 하고 울기 시작했다.

아유미 씨에게는 연락이 안 된다. 그저 막막했다. 결국 나는 섬에 돌아가기로 했다. 이제 어머니의 도움을 받는 수밖에 없다. 일을 그만둔 게 들통나겠지만 어쩔 수 없다. 그만큼 절박한 상황이었다.

품에 겐타로를 안고, 손에는 겐타로의 옷가지를 든 한심한 모습으로 페리에 탑승했다. 페리는 일단 본섬에 기항했다. 이런 꼴로 아버지 병문안을 가면 분명 뇌혈관이 터지리라. 페리가 고향 섬으로 방향을 잡자 주변에는 섬 주민만 남았다. 요컨대 내 얼굴을 아는 사람들 천지다. 다들(대개 노인들이다) 흥미진진하다는 듯 내 주변에 모여들었다. 귀가 안좋은 노인들에게 나는 몇 번이고 똑같은 이야기를 해야 했다. 즉, 직장 선배가 아이를 봐달라고 부탁했다는 이야기를.

"그런 바보 같은 소리가 어디 있어. 네 아이지? 아니면 너같은 녀석한테 소중한 아이를 떠맡길 리가 있나."

너 같은 팔푼이한테, 하고 은근히 비꼬는 것 같은 기분이 들었다.

집에 가자마자 어머니도 똑같은 말을 했다. 진절머리가 났지만 겨우 마음을 가라앉히고 겐타로를 넘겨주었다. 역시 주부의 연륜은 대단했다. 아기를 어르는 데 도가 텄다. 안도감에 어깨에서 힘이 쭉 빠졌다. 아무튼 나는 완전히 지쳤던 것이다.

집 안쪽에서 할머니가 느릿느릿 나왔다.

"아, 할머니, 다녀왔습니다."

다그치는 어머니를 피하고자 할머니 쪽을 보았다. 할머니는 멍한 표정으로 이쪽을 바라보았다. 이제 손자 얼굴도 못알아보는 건가.

"어머님, 좀 보세요. 히사시가 아기를 데려왔어요. 다른 집

애를 잠깐 맡았대요. 정말이지 어이가 없어서 말도 안 나온 다니까요."

"아아……"

할머니가 입을 떡 벌렸다. 흐리멍덩하던 눈에 빛이 깃들 었다. 그리고 고꾸라질 듯 어머니에게 달려가 겐타로를 빤 히 들여다보았다.

"아아, 다쿠마다! 다쿠마, 어디 갔었니?"

할머니가 어머니의 손에서 빼앗다시피 겐타로를 안아 들 었다. 어머니도 나도 한순간 굳어버렸다. 어머니는 할머니 가 하자는 대로 겐타로를 놓아주었다.

할머니는 아기에게 뺨을 비비거나 조그마한 손을 자기 손 으로 꼭 감싸거나 했다. 주름투성이 얼굴에 웃음이 가득했 다. 나는 어머니 얼굴을 몰래 훔쳐보았다. 우뚝 선 어머니는 "다쿠마, 다쿠마" 하며 겐타로를 어르는 할머니에게 불타오 르는 듯한 눈빛을 던지고 있었다.

지금 내게는 남동생밖에 없지만, 원래는 형이 있었다. 이 름은 다쿠마였다. 그래서 호적상으로는 내가 둘째고, 동생 도모노리가 셋째다. 다쿠마는 아장아장 걸어 다닐 무렵 바 다에 빠져서 익사했다. 그러니 어머니 입장에서는 가슴속에 묻어둔 쓰라린 기억을 파낸 것 같은 기분이리라.

"할머니, 아니에요. 걔 이름은 겐타로예요."

내 말은 할머니에게 가닿지 않았다. 겐타로는 어리둥절한 표정으로 주름투성이 할머니를 올려다보다가 놀랍게도 방긋 웃었다.

"오, 그래, 그래. 기분이 좋은 모양이로구나, 다쿠마."

"할머니!"

억지로 겐타로를 빼앗으려 하자 무섭게 노려보았다.

"무슨 짓이야! 얘는 우리 집안 손자라고. 넌 누구야?"

진짜 손자에게 호통을 쳤다. 이래서는 속수무책이다. 어머니는 뒷문으로 휙 나가버렸다. 나는 한숨을 쉬었다.

할머니와 어머니는 사이가 별로 안 좋다. 뭍에 살던 어머니는 섬으로 시집오기를 싫어했다. 실제로 아버지를 설득해서 결혼 초기에는 뭍에서 산 적도 있었던 듯하다. 하지만 생계를 꾸려나가기 힘들어 마지못해 섬으로 이주했다는 모양이다. 그래서 할머니는 어머니를 못마땅해했다.

"이것 좀 보라지. 이러니까 뭍에서 자란 여자를 며느리로 맞으면 고생한다니까" 등등 어머니를 몹시 타박했다고 한다.

대가 센 어머니는 섬에서 살기로 한 이상, 어떻게든 이쪽 생활에 익숙해지려고 많이 무리한 모양이다. 반농반어로 벌이를 해야 한대서 아버지와 함께 어선도 탔다. 할머니에게 아기를 맡기고. 다들 그렇게 살아왔다고 해서 그렇게 한 것이다. 그렇지만 그때 다쿠마가 바다에 빠졌다. 할머니와 집을 보다가.

그런 사연이 있기에 고부 관계는 꼬이고 뒤틀렸다. 어머니는 두 번 다시 어선에 타지 않았다. 내가 태어났을 때는 할머니가 건드리지도 못하게 했다. 나는 늘 어머니 치마폭에 싸여서 자랐다. 신경질적으로 느껴질 만큼 나를 자기 곁에서 떼어놓지 않았다. 그건 잘 기억난다. 할머니와 어머니가 늘 으드등거리던 것도.

그러다 도모노리가 태어나자 어머니의 마음도 가라앉았다. 나는 드디어 마음대로 놀러 다닐 수 있는 자유를 얻었다. 할머니도 나이를 먹어서 성격이 둥글둥글해졌는지 그렇게 심한 소리는 하지 않게 됐다. 하지만 오랫동안 두 사람의 마음속에는 차갑고 작은 앙금이 남았다. 평소에는 섬 어디서나 볼 수 있는 시어머니와 며느리지만, 사소한 일로 서로에게 뾰족한 가시를 내밀 때도 있었다.

그리고 할머니는 망령이 나고 말았다.

"오오, 배고프니? 다쿠마, 할머니랑 저리로 갈까?"

겐타로를 안고 안쪽 방으로 향하는 할머니를 멍하니 보고 있자니 도모노리가 돌아왔다. 도모노리는 본섬의 중학교에 페리로 통학한다.

"어, 형. 어쩐 일이야? 또 일 그만뒀어?"

나는 끙, 하고 앓는 소리로 답했다.

하지만 섬에 돌아오길 잘했다. 어머니는 입으로는 투덜대면서도 아기와 함께하는 생활이 즐거운지 할머니와 겐타로쟁탈전을 벌이고 있다. 할머니에게는 겐타로가 아니라 어디까지나 다쿠마지만.

자신의 부주의로 죽어버린 손자가 되살아났다고 생각하는 걸까. 치매는 어떤 의미에서 일종의 구원이라고 생각한다. 할머니는 바지런히 다쿠마를 돌봤다. 어머니도 분유를 타주고, 목욕을 시키고, 잠을 재웠다. 나는 드디어 괴수 같은 아기를 돌보는 일에서 해방된 셈이다.

여자는 대단하다는 걸 뼈저리게 느꼈다. 이렇게 성가신 생물을 낳는 것도 모자라 열심히 돌보기까지 하니까. 아유미 씨가 구와시마 조합에서 제일 햇병아리인 나를 두둔해준 건 그런 모성이 발휘됐기 때문인지도 모른다. 마음에 여유가 생겨서인지 아유미 씨가 무사히 남자 친구를 데리고 돌아오면 좋겠다 싶었다. 겐타로를 떠맡았을 때는 혼란스러워서 아유미 씨를 원망도 했지만, 이제는 며칠쯤 아기를 돌보는 것도 그동안 받았던 은혜를 갚는 일이라고 여기게 됐다.

어머니가 겐타로를 돌보느라 바쁜 동안 도모노리가 귤 농사를 맡았다. 열매를 솎아내고 잡초를 베는 등 솜씨 좋게 척

척 해냈다. 나도 따라가지만 아무 도움도 안 된다.

"야, 어느 틈에 농사일을 배운 거야?"

"아버지를 따라다니다가 자연스럽게 배웠어."

"이런 일이 재미있냐?"

"글쎄, 그런 생각은 해본 적 없는데. 귤을 말려 죽일 수는 없는 노릇이잖아."

산비탈에 앉아 바다를 보았다. 페리가 앞바다를 천천히 지나갔다. 배 뒤쪽에 물결이 생겼다가 이윽고 사라졌다. 4톤쯤 되는 작은 어선도 여기저기 느긋하게 떠 있었다. 섬에 있을 때는 너무 익숙해서 지루한 경치였다. 이 섬이 얼마나 따분한지 강조하는 듯한 풍경. 하지만 지금은 얼마든지 바라볼 수 있었다.

"아버지가 황금향 묘목을 새로 심으셨어. 손은 많이 가지만 잘만 자라면 온주귤보다 훨씬 좋은 가격에 팔릴 거래."

"그렇구나."

"그러면 나, 새 어선을 사서 바다에 나가려고."

"자식이, 넌 고등학교 제대로 다녀야지. 공부도 잘하면서. 대학도 좋은 곳에 갈 수 있잖아? 이렇게 작은 섬에서 쪼잔한 인생을 살지 마."

"웬일이래. 어엿한 형 같은 소리를 다 하고."

도모노리가 킥킥 웃었다.

할머니는 겐타로를 자신의 실버카* 짐받이에 쏙 넣어 여기저기 산책을 다녔다. 겐타로는 이 이상한 탈것이 마음에 드는 모양이었다. 엉엉 울다가도 할머니가 실버카에 앉히면 방실방실 웃었다.

"자, 다쿠마, 가자."

할머니는 아직 허리와 다리가 튼튼하지만, 치매 환자이므로 혼자서 아무 데나 가게 놔둘 수는 없다. 그래서 한가한 내가 할머니를 따라다녔다. 걱정되는지 어머니도 따라왔다. 어머니 말로는 아기를 다쿠마라고 믿어 의심치 않는 할머니가 다쿠마에게 했던 것과 똑같은 행동을 하고 있다고 한다. 앞머리를 고무줄로 묶어서 사과머리를 해준다. 길가에 핀 꽃을 꺾어서 쥐어준다. 섬에 많은 길고양이를 안고 와서 겐타로에게 만지게 해준다.

겐타로는 쭈뼛쭈뼛하면서도 싫어하지는 않았다.

"아이고, 쓰루 씨. 그 아이는 누구야? 어머나, 토실토실하니 예쁘네."

섬사람이 물어보면 할머니는 망설임 없이 이렇게 대답했다.

"누구긴, 당연히 우리 손자지. 다쿠마라고 해. 귀엽지?"

---

* 고령자용 보행 보조차.

그 대답을 들으면 상대의 얼굴에 맺힌 웃음이 싹 가신다. 그리고 뒤에서 따라오는 어머니와 내게 미안한 듯 고개를 끄덕이고 지나간다. 어머니는 그런 일이 있을 때마다 괴로운 듯 인상을 찌푸렸다.

나는 평소 죽은 형에 대해 전혀 생각하지 않는다. 돌도 되기 전에 죽었으니 처음부터 없었던 것이나 매한가지라는 마음이 드는 정도였다. 하지만 이렇게 첫 손자라고 기뻐하며 데리고 다니는 할머니와 아이를 잃은 기억이 떠올라 복잡한 심경에 사로잡힌 어머니를 보고 있자니, 다쿠마라는 아이가 분명히 이 세상에 존재했었구나 싶다.

아주 잠깐 이 세상을 살다 간 다쿠마는 뭘 느꼈을까. 바닷바람을 맞고, 파도 소리를 듣고, 꽃을 꺾고, 고양이 털을 쓰다듬었을 때.

어쩌면 어머니도 같은 생각으로 괴로워했는지도 모르겠다. 어머니에게 따라올 필요 없다고 말했다. 할머니가 뭘 어쩌는지 내가 잘 지켜보겠다면서. 하지만 어머니는 한사코 고개를 저었다. 마치 뭔가에 씐 것처럼 할머니와 겐타로를 따라 걷는다. 그리고 찌르는 듯한 시선으로 할머니가 겐타로에게 뭘 해주는지 지켜보았다.

어머니까지 겐타로에게 다쿠마를 투영하는 게 아닌가 싶어 걱정됐다. 겐타로는 그런 어른의 사정은 아랑곳없이, 실버카를 타고 다니며 까르륵까르륵 좋아했다.

'야, 너도 그렇게 팔자가 늘어진 건 아니야. 너희 엄마가 안 돌아오면 어쩔래?' 나는 속으로 그렇게 중얼거렸다. 하지만 뭐, 겐타로가 할머니를 잘 따르는 건 확실하다. 그 덕에 나는 편해서 좋다. 원룸에서 이웃 사람에게 불평을 들으며 아기를 돌봤던 것에 비하면 하늘과 땅 차이이다.

아주 신이 난 아기와 그런 아기를 돌보는 할머니. 그리고 어슬렁어슬렁 따라가는 나와 험악한 표정의 어머니. 기묘한 행진이 이어졌다. 할머니는 겐타로에게만 말한다. 분명 뒤에서 따라오는 우리는 보이지도 않을 것이다. 황홀한 표정으로 자신만의 세계에 푹 빠져 있다. '황홀'을 한자로 어떻게 쓰는지는 모르지만.

워낙 작은 섬을 계속 돌아다니다 보니 더 이상 갈 데가 없을 정도였다. 섬 동쪽은 바다로 가늘고 길쭉하게 튀어나온 곳이다. 제방도 거기서 끊긴다. 귤 밭도 없어 그 앞쪽으로는 아무도 가지 않는다. 갑자기 길이 끝나고 낮은 제방도 반쯤 무너졌다. 그 아래는 바다다. 파도가 밀려온다.

"앗!" 할머니가 작게 외쳤다.

이제 돌아가겠구나 싶어 발걸음을 돌리려다 나는 발을 멈췄다.

"잠깐만 기다리렴, 다쿠마. 여기 꼼짝 말고 있어야 해."

할머니는 실버카에 탄 겐타로에게 당부했다. 그리고 길에서 바위로 폴짝 내려섰다. 허리가 구부러진 할머니의 허를 찌르는 행동에 도리어 어머니와 내가 "앗!" 하고 놀랐다. 할머니는 파도를 과감하게 피하며 바위들을 건너 길이 이어지지 않은 산을 양손으로 짚으며 올라갔다.

그리고 산비탈에서 나무뿌리 하나를 손으로 파냈다. 전혀 예상치 못한 일이라 나는 어안이 벙벙해졌다. 자세히 보니 굵은 나무에 감긴 덩굴식물의 뿌리를 파내려는 모양이었다. 할머니는 식물 뿌리를 흙 속에서 줄줄 끌어냈다. 대체 어디에 저런 힘이 숨어 있었을까. 할머니는 흙투성이가 된 손으로 뭔지 모를 뿌리를 들고 의기양양하게 돌아왔다. 혼자 남아 있던 겐타로가 자꾸 몸을 내밀어 위험하기에 하는 수 없이 내가 안아 들었다.

할머니는 무너진 제방에 발을 얹고 길을 기어 올라왔다.

"보렴, 다쿠마. 개머루 뿌리란다. 이걸로……"

거기까지 말하고 나서야 실버카가 텅 비었다는 걸 알아차렸다. 대번에 얼굴이 새파랗게 질렸다.

"다쿠마! 다쿠마!" 할머니는 기껏 캐 온 뿌리를 바다에 내던지고 실버카로 달려왔다. 역시나 실버카가 텅 빈 걸 보고 몸을 와들와들 떨었다. 떨면서 제방에 엎드려 혈안이 되어 바닷속을 들여다보았다.

"다쿠마!!"

그제야 나는 어머니에게 시선을 주었다. 어머니는 제자리에 쪼그려 앉아 입술을 바르르 떨었다. 우는 것이다. 대체 뭐가 어떻게 된 건지 나는 통 이해가 가지 않았다.

"할머니. 겐타로라면 여기에 있어요."

저러다 빠지는 게 아닐까 싶을 만큼 바다로 몸을 쑥 내민 할머니의 다리를 한 손으로 누르며 크게 외쳤지만, 내 말에는 일절 귀를 기울이지 않았다. 할머니는 제방 위에서 엉엉 울음을 터뜨렸다. 정신을 차린 어머니가 다가와서 할머니를 끌어 내렸다. 할머니는 잔뜩 일그러진 얼굴로 제방에 몸을 기댄 채, 어린아이처럼 하늘을 보고 울었다.

"다쿠마가 죽었어. 다쿠마가."

"왜 그래요, 할머니! 무슨 소리인지 나는 당최……"

"어머님, 이제 됐어요. 이제 그만 우세요."

어머니가 옷자락으로 할머니의 눈물을 닦아주었다. 얼마 후 할머니는 끅끅 흐느껴 울다가 제방에 기댄 채 잠들었다. 어머니는 할머니의 손을 잡고 문질러주었다.

"그때도 너희 할머니 손톱, 흙이 끼어서 새카맸어."

할머니는 묘한 뿌리를 파내느라 낑낑댄 탓에 흙이 끼어서 손톱이 더러웠다.

"그때라니?"

"다쿠마가 바다에 빠졌을 때."

"뭐?"

"다쿠마는 여기서 바다에 빠져 죽었어."

나는 고개를 돌려 바다를 보았다. 안겨 있던 겐타로가 내 뺨을 찰싹 때리고 웃었다.

"할머니, 그때 다쿠마를 여기 혼자 놔두고 개머루 뿌리를 캐러 가신 거야."

"개머루 뿌리?" 아까 할머니가 흙으로 범벅이 된 뿌리를 의기양양하게 들고 있던 모습이 떠올랐다. "그런 걸 어디다 쓰는데?"

"잘 간 개머루 뿌리에 밥풀을 섞은 걸 종이에 펴 발라서 종기가 난 곳에 붙여. 그 종이를 몇 번 갈아주면 종기가 가라앉지." 어머니는 얼굴을 찡그려 웃음을 지었다. "이렇게 외진 섬에서는 그런 민간요법이 대세야. 노인들은 그런 치료법에 크게 의지하지."

아무 대답도 할 수 없었다. 나와 어머니는 잠시 파도 소리만 들었다.

"그때 다쿠마 옆구리에 커다란 종기가 생겼었거든."

"종기가?"

"여기서 개머루 뿌리를 발견하신 거로구나. 그래서 다쿠마의 종기를 치료해주려는 마음으로……"

다쿠마를 아주 잠깐 혼자 놔뒀다. 아장아장 걷는 아기를. 그리고 비극이 발생했다.

"그때 너희 할머니는 그런 말씀을 한마디도 안 하셨어. 오로지 눈을 뗀 자기 잘못이라고만……"

어머니는 코를 골기 시작한 할머니의 뺨을 쓰다듬었다. 더러워진 뺨에 눈물 자국이 남아 있었다.

"너무 쌀쌀맞고 완고하게 말씀하셔서 난……" 앞바다를 나아가는 배가 기적을 울렸다. "난 너희 할머니가 다쿠마를 바다에 빠뜨려서 죽인 게 아닌가 했지. 내가 너무 미운 나머지."

하지만 할머니가 그런 짓을 할 리 없었다. 요 2, 3일 동안 실감했다. 할머니가 첫 손자 다쿠마를 얼마나 끔찍이 아끼고 사랑했는지.

할머니와 어머니는 겐타로라는 아기를 통해 20여 년 전의 일을 다시 경험한 것이다. 겐타로가 내 품에서 몸을 젖히고 까르르 웃었다. 다쿠마도 이렇게 토실토실하니 사랑스러운 아이였을까. 살았다면 이 섬에서 아버지와 귤 농사를 지었을지도 모르겠다 싶었다.

아유미 씨에게 전화가 왔다.

"나가세, 그동안 연락도 못 해서 미안해. 겐타로는 잘 있어? 지금 어디야? 나 지금 네 방 앞인데."

나는 지금 섬의 본가에 있어서 서둘러 돌아가도 세 시간은 걸린다고 알렸다. 아유미 씨는 내 본가에까지 민폐를 끼친 걸 사과하고, 그럼 일단 집에 가서 짐을 놓고 오겠다고 말했다. 남자 친구를 별 탈 없이 잘 데리고 왔는지는 말하지 않았다. 무서워서 나도 못 물어봤다.

부리나케 짐을 싼 후 어머니에게 겐타로의 엄마가 돌아왔다고 알렸다. 어머니는 겐타로를 끌어안고 뺨을 비볐다.

"겐타로, 우리 집에 와줘서 고맙구나. 병에 걸리거나 다치지 말고, 건강하게 쑥쑥 자라렴."

할머니는 낮잠을 자고 있었다. 어머니는 지금 빨리 데리고 가라고 했다. 그러면 다쿠마와 함께 지내는 좋은 꿈을 꿨다고 여길 거라고 했다. 그렇게 잘 마무리되면 좋으련만. 할머니는 아기가 없어진 줄 알면 분명 혼란에 빠져 울 것이다. 실버카를 밀며 아기를 찾아 온 섬을 돌아다닐지도 모른다. 그렇게 생각하자 마음이 아팠다.

하지만 아유미 씨가 돌아왔다. 겐타로도 기뻐하리라.

나는 다시 페리에 탔다. 내 고향이 점점 멀어졌다. 귤 농사와 어업을 빼면 아무것도 없는 작은 섬. 다쿠마가 태어난 섬. 한 번도 만난 적 없는 내 형.

항구에서 택시를 잡아탔다. 해가 뉘엿뉘엿 저물 무렵에야 성산 아래 원룸 맨션에 도착했다. 아유미 씨가 방 앞에서 기다리고 있었다. 어째선지 옆방 남자의 여자 친구와 함께 서 있었다.

"겐타로!"

아유미 씨가 내 품에서 겐타로를 빼앗았다. 겐타로는 엄마 얼굴을 알아보는지 얼굴 가득 웃음을 띠며 소리를 질렀다. 나는 열쇠를 꺼내 현관문을 열었다. 그러는 동안에도 뒤에 서 있는 여자가 몹시 신경 쓰였다. 문이고 창문이고 전부 며칠 닫아둔 탓에 방 안에는 뜨끈한 공기가 잔뜩 고여 있었다. 방 안의 창문(그래봤자 두 개뿐이지만)을 활짝 열어젖혔다.

아유미 씨가 성큼성큼 들어왔다. 고개를 돌려 여자에게 "자, 얼른 들어와"하고 재촉했다. 일단 이 방의 주인은 나지만, 불만을 입 밖에 내지는 않았다.

"아까 여기서 널 기다릴 때." 아유미 씨가 서슴없이 방 한복판에 떡하니 앉으며 설명했다. "옆방에서 우당탕탕 시끄러운 소리가 나더니, 얘가 방에서 뛰쳐나왔어. 그런데 남자가 뒤에서 얘 머리카락을 휘어잡고 끌고 들어가려 하더라고."

여자는 고개를 푹 숙인 채 현관 바닥에 서 있었다. 그렇다면 아유미 씨는 진짜 수라장에 맞닥뜨린 셈이다. 요전에 내게 들은 이야기가 진짜인지 확인하기 위해 여자가 옆방 남자를 닦달했는지도 모르겠다. 그 후에 어떻게 됐는지는 듣지 않아도 알 것 같았다.

"이게 뭐하는 짓이냐며 옆방으로 쳐들어갔지."

여자를 끌고 가서 때리려던 남자는 겁을 먹었다. 80킬로그램은 나갈 법한 듬직한 체구로 밀고 들어가서 두려움 없이 살벌하게 고함을 질러댔을 테니 그럴 만도 하다.

"야, 여자를 때리려고? 좋아, 한번 때려봐. 그 손을 내리치기 전에, 네가 사타구니에 자랑스럽게 달고 다니는 그걸 걷어차 버릴 테니까."

"그렇게 말했나요?"

어쩐지 내 사타구니가 꽉 오그라드는 기분이었다.

아유미 씨는 흐뭇한 표정으로 고개를 크게 끄덕였다. 남자는 아유미 씨를 밀쳐내고 어딘가로 쌩하니 가버렸다고 한다.

"네가 돌아올 때까지 얘한테 이야기를 들었는데, 그 남자가 가끔 얘한테 폭력을 휘둘렀대. 진짜 개망나니야."

그러게 내가 그랬잖아? 나는 그렇게 말하듯 여자에게 시선을 주었다. 가끔 옆방에서 소리가 울렸는데, 그 인간이 자기 여자 친구를 때리는 소리였구나. 이 여자는 왜 폭력이나 휘두르는 그런 남자를 떠나지 못한 걸까. 백지장처럼 얼굴이 새하얘진 여자는 생각에 잠긴 듯 눈을 내리깔고 있었다.

"에이, 그런 데 우두커니 서 있지 말고 들어오라니까."

아유미 씨가 힘을 주어 말하자 여자는 신발을 벗었다.

그리고 휘청거리는 걸음걸이로 들어와서 아유미 씨 앞에 앉았다.

"아, 겐타로와 떨어져 지내는 동안 젖이 팅팅 불었어."

아유미 씨는 커다란 가슴 한쪽을 쑥 꺼내 겐타로에게 젖을 물렸다. 겐타로도 기뻐하며 젖을 빨았다. 쭉쭉, 꿀꺽꿀꺽, 하고 젖을 먹는 소리가 들리는 것만 같았다. 아유미 씨의 가슴에 파란 혈관이 도드라져 보였다. 아이의 생명을 유지하는 젖을 만들어내는 기관이다. 여자의 가슴을 보고 있는데도 야하다는 생각이 들기는커녕 숭고한 뭔가를 보는 기분이었다.

나와 이름도 모르는 여자는 아유미 씨 앞에 앉아 눈 한 번 깜박이지 않고 그 광경을 바라보았다.

"아, 그건 그렇고 남자 친구는 찾으셨어요?"

아유미 씨가 눈을 번쩍 치뜨고 이쪽을 보았다.

"찾았어."

"이야, 다행이네요." 왠지 땀이 났다.

"처자식이 있는 집으로 돌아갔지."

"처자식?"

"그 인간한테는 이미 아내와 아이가 있었어."

"이야. 네?"

"그냥 혼자 이쪽으로 전근을 온 거였어. 그런 말은 한마디도 없었으면서. 조만간 혼인신고를 할 테니 조금만 더 기다려달라고 살살 핑계나 대고."

"그래서 어떻게 했어요?"

"어떻게고 나발이고, 집에 쳐들어가서 나랑 마누라 중에 어느 쪽을 택할 거냐고 따졌지."

아유미 씨야말로 어마어마한 수라장을 경험하고 왔다.

남자는 아유미 씨에게 무릎을 꿇고 사과했다고 한다. 자기와 헤어져 달라고. 가정이 더 소중하다며. 정말 자기 위주의 이기적인 주장이다. 아유미 씨랑 아이까지 낳아놓고.

"그러자 나도 눈에 씐 콩깍지가 떨어지더라."

아유미 씨는 다른 쪽 가슴을 꺼내 겐타로에게 다시 젖을 물렸다.

"그딴 남자한테 반한 내가 바보였지. 하여튼 겐타로가 친아들인 걸 법적으로 인정하고 양육비를 지불하도록 잘 마무리 짓고 왔어."

정말이지 존경심밖에 느껴지지 않았다. 힐끔 옆을 보자 여자도 매우 감동한 모양이었다. 정신없이 젖을 쭉쭉 빠는 아기를 바라보고 있었다.

"그럼 이제 겐타로랑 단둘이 살겠네요."

말하자마자 후회했다. 하지만 아유미 씨는 천연덕스럽게 말했다.

"가족이야 늘리고 싶으면, 내가 낳으면 되지. 그게 여자의 강점이야. 남자한테 매달릴 필요 없다니까."

아유미 씨는 크하하, 하고 호쾌하게 웃었다.

"나가세, 어때? 아빠로 만들어줄까?" 그 물음에는 "아니요, 사양할게요" 하고 대답했다. 주눅 든 내 얼굴을 보고 아유미 씨는 또 웃었다.

여자는 그런 아유미 씨를 묵묵히 바라보다 홀쩍 일어섰다. 방금 전까지 불안하고 위축돼 보이던 느낌은 더 이상 없었다.

"실례했습니다. 이만 갈게요."

여자는 머리를 깊이 숙였다. 약간이지만 밝은 조짐이 보였다. 약간이지만.

이 여자도 콩깍지가 떨어졌는지도 모르겠다.

그로부터 한 시간쯤 지나 아유미 씨도 일어섰다.

"저기, 나가세. 정말 고마워. 넌 참 착한 녀석이야. 회사로 돌아와. 사장님께는 내가 잘 말씀드릴게."

아유미 씨가 신발을 신으며 말했다. 겐타로는 아유미 씨의 품속에서 곤히 잠들었다. 완전히 안심한 표정이었다.

나는 정중하게 감사를 표하고, 아유미 씨의 제안을 거절했다.

"아버지 몸도 안 좋고 하니 섬으로 돌아갈까 해요."

"참 착한 녀석이라니까."

겐타로를 안고 어둠 속으로 사라지는 아유미 씨를 방 앞에서 배웅했다.

그 작은 섬에서 쪼잔한 인생을 사는 것도 나쁘지 않을지 모르겠다.

아버지가 퇴원했다고 어머니가 연락을 주었다. 나는 드디어 섬으로 돌아갈 준비를 시작했다. 슈퍼에서 받아온 골판지 박스에 부지런히 짐을 챙겼다. 이사업체에 맡기면 돈이 아까우니까 집에서 미니트럭을 몰고 와서 옮길 작정이다. 아버지도 어머니도 내 결심을 아직 못 미더워한다. 도모노리만이 "형, 또 낚시하러 가자!" 하고 기뻐했다.

그렇게 바쁜 나날을 보내고 있을 때 사건이 발생했다.

옆방 남자가 죽은 것이다. 낮에 찾아온 동아리 친구가 발견했다는 모양이다. 남자는 방 안에서 숨이 끊어졌다. 부은 얼굴에 붉게 두드러기가 돋았고 목을 마구 쥐어뜯은 흔적이 남아 있었다고 한다. 아주 심각한 알레르기 반응으로 질식사했다는 결론이 내려졌다. 그 남자가 인분에 심한 알레르기가 있었다는 건 약국 주인이 경찰에 증언한 듯했다. 방 안에서 죽었으니 일단 변사로 취급돼 내게도 탐문을 하러 왔지만, 딱히 할 이야기는 없었다.

그런데 죽음에 이를 정도라면 인분에 얼마나 많이 노출된 걸까. 경찰도 그 점이 찜찜하다는 식으로 말했다. 나방인지 나비인지 모르지만 녀석의 몸은 인분투성이였다고 한다. 말 그대로 덮어쓸 만큼 많이 떨어져 내린 모양이다. 목구멍 속에 커다란 흰색 나방 한 마리가 들어 있었다는 말을 듣고 한순간 등골이 오싹해졌다.

"요 부근에서 그렇게 많은 나방을 보신 적 있습니까?"

경찰관이 얼빠진 질문을 던졌다. 물론 나는 고개를 저었다.

섬으로 돌아가기 전날, 아유미 씨가 저녁을 사주었다. 패밀리 레스토랑이었지만 기뻤다. 겐타로도 안겨주었다. 이제 울지 않았다.

"어머, 나가세 형이랑 친해졌구나. 그래, 그래, 맘마도 주고 기저귀도 갈아준 형이지?"

남자 친구가 도망쳤어도 아유미 씨는 기운이 넘쳤다. 겐타로를 데리고 섬에 놀러 오라고 하자 꼭 가겠다고 했다. 패밀리 레스토랑 앞에서 아유미 씨와 헤어졌다.

혼자 맨션까지 걸어서 돌아왔다. 시커멓고 커다란 덩어

리로 변한 성산은 쥐 죽은 듯이 고요했다. 이제 당분간 성산을 볼 일도 없겠구나 싶어 올려다보았다. 산중턱 언저리가 환하게 밝아 보였다. 자세히 보니 한 나무에 흰 꽃이 흐드러지게 피어 있었다. 저런 곳에 딱 한 그루만 꽃이 피다니 무슨 꽃인가 궁금해 시선을 모았다. 꽃잎이 제법 큼지막했다. 산딸나무나 백목련인가…….

그때 바람이 불었다. 흰 꽃이 일제히 허공으로 둥실 떠올랐다. 전부 다 가지에서 떨어진 것이다. 그리고 바람에 휘날리듯 하늘로 펄펄 날아올랐다.

꽃이 아니다. 나방이었다. 엄청난 숫자의 커다란 흰 나방이 날아오른 것이다.

옆방 남자를 덮친 건 이 나방 무리였구나 싶었다. 하지만 밤하늘을 한 줄기로 날아가는 나방은 예뻤다. 나는 그 광경에서 시선을 떼지 못하고 우두커니 서 있었다. 나방은 성산의 어둠 속으로 빨려 들 듯 사라졌다.

저 나방 무리는 어떻게 그 남자의 방에 들어갔을까. 1층인데 창문을 열어두었나. 누구든지 창문 닫는 걸 깜빡할 수는 있다. 하지만 왜 방충망까지 열어둔 걸까.

남자가 죽기 전날, 밤늦게 그 여자가 찾아온 걸 나는 알고 있다. 무슨 이야기를 나누었는지는 모르겠지만, 여자는 밤이 이슥해지고 나서야 돌아갔다. 그 시간에 남자는 이미 잠들었을지도 모른다. 그 여자가 방충망까지 열어둔 채 돌아간 걸까. 나방을 불러들이기 위해? 설마.

　더 이상 생각하는 걸 그만뒀다. 어쨌든 난 머리가 나쁘니까.

밤의 트로이

비 냄새가 났다. 나는 그 냄새를 가슴 가득 들이마시고 하늘을 올려다보았다. 하늘은 음울한 회색이었고, 비를 머금어 묵직해 보이는 구름은 천수각에 걸릴 것처럼 낮게 떠 있었다. 나는 몸을 약간 움찔거리다가 작게 한숨을 쉬었다.

오는 게 아니었는데. 벌써 몇 번이나 되뇐 후회의 말을 다시 한번 속으로 중얼거렸다.

"비가 오려나." 내 심정을 헤아린 듯 옆에 앉은 우치무라 마사미가 불쑥 말했다. "모두 다 그릴 때까지 안 와야 할 텐데."

"그러게."

나는 빨리 돌아가고 싶어서 조바심이 났다.

"아이들이 잘 그리고 있는지 좀 둘러보자."

마사미가 일어서기에 나도 하는 수 없이 천막 지붕 아래에서 나왔다. 마사미는 딱히 서두르는 기색 없이 슬렁슬렁 산꼭대기 광장으로 걸어갔다. 오래된 기모노를 뜯어서 만든 기다란 튜닉 아래로 검은색 타이츠가 보였다. 신발은 자수가 들어간 중국 전통 신발이다. 그걸 신고 차박차박 걸어간다. 마사미는 학창 시절부터 개성적인 패션을 즐겨 시도했다. 지금도 그건 변함없는 모양이다.

나는 오랜만에 만난 친구와 나란히 천수각 쪽으로 걸어갔다. 마사미와 나는 도쿄의 미술대학 동기였다. 졸업 후에는 각자 다른 길로 나아갔지만 연락은 주고받았다. 가끔 만나기도 했다. 마사미는 쭉 독신으로 지내다가 3년쯤 전에 갑자기 결혼했다. 서른아홉 살 때다. 남편은 시코쿠 지방에 살았는데, 원거리 연애를 하는 낌새도 없다가 갑자기 결혼한다며 냉큼 시코쿠 지방으로 가버렸다. 그런 점이 마사미답다면 마사미답지만.

이 도시에서 마사미는 아이들에게 그림을 가르치며 살고 있다. 학창 시절부터 그렸던 유화도 계속 그리고 있고, 가끔 개인전도 여는 모양이다. 나는 고등학교 미술 교사로 일하고 있다. 젊었을 때 동료와 결혼했지만 얼마 지나지 않아 이혼했다. 아이는 없다.

"어때? 옛날 생각나?"

마사미가 물었다. 나는 애매한 웃음으로 답했다.

나는 고등학교 3년 동안만 이 도시에 살았다. 그래서 마사미가 결혼해서 이사 간 곳의 주소를 듣고 깜짝 놀랐다. 100퍼센트 우연이다. 고등학교를 졸업하고는 한 번도 가본 적 없는 곳에 둘도 없는 친구가 살게 될 줄은 몰랐다.

마사미도 내 이야기에 놀란 모양이었다. 때마침 시코쿠 지방의 다른 현에서 미술과 연구회가 있다고 연락하자 "그럼 여기에도 한번 와봐. 마침 어린이 사생대회가 열려서 심사위원을 맡았는데, 너도 좀 도와줘" 하고 말했다. 옛날과 다름없이 막무가내다. 나는 쓴웃음을 지으며 승낙했다.

어젯밤 늦게 이 도시에 도착했을 때는 확실히 그리운 마음이 들었다. 그래서 오늘 아침은 일찌감치 호텔을 나와 일부러 걸어서 여기까지 올라왔다. 내가 다녔던 여고의 고풍스러운 교문 앞을 지나갔다. 교문의 모습은 예전과 조금도 달라지지 않았다.

일요일이니까 학생들은 없으리라. 그런데도 여학생들이 웃으며 떠들어대는 환청이 내 주변에 흩날렸다. 멀어졌다 가까워졌다 하는 그 목소리에 나는 무심코 귀를 기울였다. 순수하고 환해야 할 웃음소리에 불길한 기운이 섞여 있었다. 교문으로 들어가 학교 건물까지 언덕길을 올라가볼까 하다가 그만뒀다. 로프웨이도 리프트도 무시하고 시노노메

구치 등산로로 향했다. 등산로는 시노노메 신사 입구를 겸한 긴 돌계단으로 시작됐다.

고등학교 다닐 때 친구와 같이 이 돌계단을 몇 번 오르내린 게 생각났다. 고등학교 시절 그 친구는 성산을 산책하는 걸 좋아했다. 나 말고 다른 아이들에게는 마음을 열지 않았고, 그저 이 숲속을 돌아다녔다. 아주 가끔 나도 따라갔다.

우리는 경쟁하듯 이 계단을 뛰어올랐다. 대개 내가 이겼다. 열 몇 계단 남았을 때 친구가 반드시 속도를 늦추기 때문이었다. 그 친구는 뭐든지 금방 포기했다. 담백하니 매사에 연연하지 않는 성격이었다. 자신이 점점 흐릿해져가는 걸 즐기는 듯한 인상이었다.

부서지기 쉬운 도자기 같은 소녀였다. 지금보다 훨씬 쾌활하고 경박했던 나는 자주 그 아이를 놀렸다. 그런 식으로 헤어질 줄은 모르고서.

아침에는 살짝 흐린 정도였다. 5월의 성산은 싱그러움이 터져 나오는 어마어마한 녹음에 감싸여 있었다. 나무에 뒤덮인 등산로를 따라 시원한 바람이 불었고, 어디선가 만개한 꽃의 달콤한 꿀 냄새가 풍겼다. 머리 위에서는 메밀잣밤나무의 노란 수상화서*가 흔들렸다. 비가 곧 내릴 듯해선지

* 하나의 긴 꽃대 둘레에 여러 개의 꽃이 이삭 모양으로 피는 것을 가리킨다.

나무들의 색깔과 꽃내음이 훨씬 농밀하게 느껴졌다.

로프웨이 종착역이 있는 곳까지 올라갔다. 하늘을 보니 아직 괜찮을 것 같다고 그때는 그렇게 생각했다. 오기코바이*라는 명칭의, 아름다운 곡선을 그리는 망루를 올려다보며 석벽과 보루로 이루어진 험로를 거쳐 도나시문과 쓰쓰이문을 빠져나왔다.

언덕길 중간에 멈춰 서서 거리의 풍경을 바라보았다. 25년 전에는 높아봐야 10층 빌딩이었는데, 이제는 20층짜리 맨션이 시가지 여러 곳에 세워져 있었다. 저 멀리 보이는 백화점 옥상에는 커다란 관람차까지 생겼다. 어젯밤에는 저 관람차가 색색의 네온사인 불빛을 뿜어냈다. 옛날에는 거리 어디서든 천수각이 보였지만 이제는 빌딩이 시야를 가려 안 보이는 곳이 있을지도 모르겠다. 하지만 작은 노면전철은 당시와 다름없이 느릿느릿 달리고 있었다.

그런 경치를 하염없이 내려다보다가 다시 등산로를 오르기 시작했다.

성곽에 가까워질수록 숨이 가빠졌다. 언덕길이라서가 아니다. 나는 이 성이 무서웠다. 잊어버리고 있던 감정이 서서히 배어났다. 낮에는 그나마 낫다. 밤에 조명이 비쳐 흰 벽이

---

*   하부의 경사면은 완만하고 상부로 올라갈수록 급경사를 이루는 석벽. 적이 성벽을 기어오르는 걸 막기 위한 목적이다.

숲속에서 공중으로 떠오른 것처럼 환히 밝아지면…….

역시 오는 게 아니었다. 이 도시와는 거리를 두어야 했다고 그때 분명히 후회했다. 낮을 지나 하늘이 어두워질수록, 밤이 가까워지는 것 같아서 무서웠다. 초여름 날씨인데도 한기가 들었다.

산꼭대기 광장에서는 수많은 초등학생들이 도화지를 펼쳐놓고 열심히 그림을 그리고 있었다. 오후 2시가 지나자 대부분이 마무리 단계에 들어갔다. 마사미와 나는 천수각을 감싸듯이 둘러앉은 아이들의 그림을 확인하며 돌아다녔다. 아이들이 열심히 그린 그림을 보자 점점 마음이 차분해졌다.

초등학교 저학년부터 고학년 아이들은 저마다 마음에 드는 곳에 자리를 잡고 붓질을 하고 있었다. 마사미는 "오, 괜찮다"라는 둥 "정말 잘 그렸네"라는 둥 아이들을 칭찬했고 노는 아이에게는 "이 녀석, 좀 더 진지하게 그려" 하고 장난스럽게 야단쳤다. 나도 마사미를 흉내 내 아이들과 말을 나누었다. 순수한 아이들의 그림은 개성적이고 힘이 넘쳤다. 도중에 나도 등이 쭉 펴졌다. 이상한 환상에 사로잡히려던 마음을 떨쳐내고 마사미를 뒤따랐다.

아이들은 대부분 성 정면 입구 쪽에서 그림을 그렸다. 그래서 성 뒤쪽으로 돌아가자 아이들은 드문드문 눈에 띌 뿐이었다.

　나는 뒤쪽에서 성을 올려다보았다. 천수각에 너무 가까워
서 전체는 보이지 않았지만, 흰 흙벽과 연립식 천수*의 지붕
들이 겹친 모양새가 아주 재미있어 나 같으면 이 각도에서
그릴 텐데, 하고 생각하며 걸음을 옮겼다.

　이누이문 근처에서 한 여자아이가 화판 위에 엎드리다시
피 한 자세로 그림을 그리고 있었다. 여기에서는 어떻게 보
이나 성을 힐끔거리며 그 아이에게 다가갔다. 초등학교 3학
년쯤 되어 보이는 아이는 내가 다가간 줄도 모를 만큼 집중
해서 붓을 움직이고 있었다.

　3학년이라고는 생각되지 않을 만큼 아이의 그림은 굉장
했다. 일단 구도를 잘 잡았다. 아름다운 석벽 위에 세워진 망
루와 그 너머의 3층 천수각을 아래에서 올려다본 인상을 잘
표현했다. 천수각도 하늘을 비스듬히 가로막듯 그려서 약동
감이 느껴졌다. 1, 2층에 올린 삼각형 모양의 박공 디자인도
잘 살렸다.

　내가 그림을 가만히 들여다보자 문득 기척을 느꼈는지
아이가 고개를 들었다. 나를 힐끗 올려다보기는 했지만 바
로 그림에 시선을 되돌렸다. 워낙 그림을 잘 그리다보니 지

---

*　천수, 소천수, 망루를 사각형 모양으로 연결한 구조를 가리킨다.

나가는 어른들이 나처럼 자주 들여다봤는지도 모르겠다. 나는 아이가 그림을 완성할 때까지 쭉 지켜보고 싶었지만, 그래서는 아이의 집중력이 흐트러질 테니 이만 물러가기로 했다.

시치쿠문 아래에서 기다리는 마사미에게 돌아갔다.

"걔, 잘 그리지?"

나란히 심사위원석으로 향할 때 마사미가 물었다.

"정말 대단하더라. 터치에도 힘이 있고, 색감도 좋아."

"관찰력도 대단하다니까. 대상을 아주 잘 보고 그려. 그리기 전에 일단 보고 대상의 본질을 파악하는 능력이 아주 뛰어나."

"네가 가르치는 아이야?"

내 질문에 마사미는 고개를 저었다.

"그림 재능을 타고난 거겠지. 요 부근에서 열리는 사생대회와 회화 콩쿠르에서 늘 상위권 상을 독차지해."

천막으로 돌아가서 우리는 담소를 나누는 다른 심사위원들과 조금 거리를 두고 앉았다. 나는 이마에 살짝 맺힌 땀을 닦았다.

"세상을 잘 타고났으면 걔는 공주님이었을 텐데."

마사미의 말이 무슨 뜻인지 몰라 나는 고개를 갸웃했다.

"걔, 이름은 가모 마야야. 이 성 마지막 성주의 후손이지."

번藩 제도가 폐지된 후에도 현의 요직에 올랐던 명사의 혈통이라고 한다. 지금도 성산 기슭의 정면에 세워진 훌륭한 서양식 저택에 산다는 모양이다. 마사미 말에 따르면 다이쇼 시대에 가모 집안에서 별택으로 쓰고자 지은 그 저택은 현재 등록유형문화재로 지정됐다고 한다.

그러고 보니 고등학교 다닐 때 이 지역을 통치한 가문에 대해 배운 것 같다. 역사나 지리 시간에. 하지만 여기를 떠난 지 워낙 오래되어 기억이 모호하다.

"그림 재능은 아빠한테 물려받았을 거야. 걔네 아빠가 우리랑 같은 미대 출신의 서양화가거든."

마사미가 한 서양화가의 이름을 꺼냈다. 가모 게이스케라는 이름은 들어본 적 있었다. 분명 마사미와 같은 교수에게 배웠다. 재학 당시부터 재능을 주목받기는 했지만, 특별히 인상에 남은 건 스나가 기사부로 화백이 제자로 받아주었다는 소문을 들었기 때문이다.

마사미가 졸라서 그의 그림을 보러 간 적도 있었다. 꽤 예전 일이다. 도쿄의 한 화랑에서 그의 전람회가 열렸을 때였던가. 마사미와 가모가 나누는 이야기를 옆에서 들었다. 무슨 이야기였더라. 맞다. 그의 화풍이 확 변했다고 마사미가 그랬다. 지적을 받은 가모는 서글프게 웃었다.

그가 이 도시 출신인 줄은 몰랐다. 가모라는 별난 성씨를 들고도 성산 기슭의 저택과 연결되지 않았다. 그와 이야기를 더 나눠볼 걸 그랬다. 그것도 이제는 이룰 수 없는 바람이지만.

"하지만 그 사람은……"

"응. 자동차 사고로 죽었지. 부인과 함께. 가모 마야는 동승하지 않아서 살았어. 그리고 할머니인 가모 기미에가 거두었지. 고작 네 살 때였대."

"와. 그럼 그 커다란 집에 할머니랑 둘이서 사는 거야?"

내가 고등학교 다닐 때도 그 저택은 위용을 자랑했다. 현청사 근처라 노면전철에서도 잘 보였다. 처음에 나는 그게 개인의 집인 줄 몰랐다.

"걔가 가모 집안의 유일한 후계자니까. 걔네 할머니는 지금도 막대한 자산가야."

다양한 명예직을 겸임하는 가모 기미에는 요즘 몸 상태가 별로인 듯 공식 석상에는 모습을 드러내지 않는다. 아주 위독한 병에 걸렸다는 소문이다.

"그럼 걔, 생활은 어떻게 해?"

"가모 기미에의 조카딸 부부가 함께 살면서 마야를 돌보는가 봐."

"그럼 다행이네."

"하지만 만약, 만약의 이야기인데." 마사미는 목소리를 낮추고 몸을 내밀었다. "할머니 가모 기미에가 죽으면 어떻게 될까?"

이건 오직 이 도시에서만 몰래 화제가 되고 있는 이야기라고 마사미는 속삭였다.

"막대한 재산은 개의 것이 되겠지. 하지만 마야는 아직 미성년자니까 후견인이 필요하잖아. 분명 조카딸 부부가 후견인을 맡겠지. 그걸 노리고 그 두 사람이 억지로 눌러앉은 게 아니냐는 소문이야. 어때? 갑자기 막장 드라마 같아졌지?"

그렇게 말해본들 나하고는 상관없는 이야기다. 이 도시 주민도 아니고, 그런 소문에 딱히 흥미도 없었다. 내가 계속 건성으로 대꾸하자 마사미는 발끈해서 말했다.

"그걸로 끝나는 게 아니야, 이 이야기는."

나는 천수각을 흘끗 곁눈질했다. 하늘은 찌뿌드드하니 더 어두워졌다. 맑은 날씨에는 파란 하늘을 배경으로 한결 돋보일 흰 벽도 지금은 칙칙해 보였다.

"아무튼 그들은 평판이 별로였어. 이모 기미에한테 자금을 얻어서 사업을 벌였다가 말아먹기를 되풀이했지. 결국 기미에가 화를 내며 자금을 끊어버릴 정도로 말이야. 그 대신에 저택에 같이 살며 마야와 자신의 생활을 돌보라고 명령한 거지."

마사미의 이야기는 계속됐다.

왜 성산에 올라왔을까. 성산의 영역에 발을 들여놔서는 안 됐다. 나는 고등학교 시절 친구의 얼굴을 떠올렸다. 그녀의 얼굴은 똑똑히 기억한다. 미술부원이었던 나는 그 아이를 모델로 삼아 데생을 했다. 오래된 스케치북은 지금도 소중히 보관 중이다. 가끔 그걸 펼쳐서 들여다본다.

그녀는 나를 똑바로 쳐다본다. 검은 눈동자에는 강한 의지와 영리함이 서려 있다. 그와는 정반대로 전체적인 인상에서는 자신이라는 존재를 애써 지키려는 듯한 절박함과 서글픔이 묻어난다. 뭔가 중대한 사실을 내게 호소하려다가 망설이는 것처럼도 보인다.

그 데생을 볼 때마다 생각한다. 이 아이는 정말로 있었을까. 내가 여기에 베껴 그린 것은 무엇이었을까.

왜냐하면.

왜냐하면 그 아이가 갑자기 사라져버렸기 때문이다. 고등학교 3학년 봄에. 맞다, 그때도 5월이었다……. 지금 비로소 우연의 일치를 알아차리고 나는 얼어붙었다. 내뱉은 숨결이 한겨울 강 안개처럼 하얗다.

"……죽었어."

"뭐라고?"

"죽었다고, 조카딸의 남편이."

나는 마사미를 빤히 쳐다보았다.

"올해 초에 그 사람, 갑자기 고열에 신음하다 덜컥 가버렸어. 무슨 감염증에 걸린 모양이던데 자세하게는 몰라. 그래서 지금은 기미에와 마야랑 과부가 된 조카딸 셋이서 살고 있지. 물론 고용인은 몇 명 있지만. 어때? 이상하지 않아? 희한해. 불행이 너무 잇따르잖아."

불행이 너무 잇따른다.

대도시의 고등학교에서 퇴학당한 내가 별생각 없이 선택한 지방 도시. 무료한 촌 동네라고 생각했다. 하지만 여기는 뭔가 이상하다. 특히 이 성 주변은. 여고생이 지워진 듯 사라지고, 그 탓에 그녀의 연인은 정신적인 균형이 허물어져 광기의 구렁에 빠졌다. 고등학교 동창생 중에는 죽은 사람의 환영을 본다는 이상한 아이까지 있었다.

내 친구 아이하라 교코가 사라졌을 때, 나는 경찰에 호소했다. 교코가 성산에서 중학교 시절 선생님과 가끔 만났다고. 교코는 선생님을 좋아했다고. 경찰이 선생님 집을 몇 번 찾아갔지만, 선생님은 짚이는 구석이 없다고 대답했다. 교코의 어머니와 할머니는 학교 주변을 찾아다닌 모양이다.

교코의 행동 범위는 뻔했다. 비사문 언덕의 아이스크림 가게, 성 북쪽 지구의 '젤리빈즈'라는 잡화점, 교코가 가끔 갔던 '아트룸 K'라는 이름의 미용실, 사람 좋은 주인이 운영하는 약국. 그렇듯 개인이 경영하는 작은 가게는 이제 없어졌을지도 모른다.

그러고는 해자 안쪽 구역에 있는 미술관과 도서관, 노면전철을 타고 갔던 백화점, 영화관. 유일한 친구였던 내가 말해준 장소를 어머니와 할머니가 돌아다니며 찾아보았지만, 역시 아무 실마리도 얻지 못했다. 할머니는 지쳐서 의기소침해졌고, 어머니는 어떻게 해야 할지 몰라 망연자실한 표정이었다.

"네가 어미 노릇을 제대로 못 하니까 이런 일이 난 거야." 괄괄한 할머니가 어머니에게 따지고 들었다. "교코는 너한테 정나미가 떨어진 거라고."

그렇게 힐책해도 어머니는 여전히 넋을 놓은 모습이었다.

교코와 어머니 사이에 불화가 있었다는 걸 알게 되자, 경찰은 가출일 가능성을 고려했다. 어머니의 내연남이 나서서 학교와 경찰에 항의하기도 했다. 알록달록하니 화려한 셔츠를 입고 학교에 쳐들어온 남자는 아무래도 착실한 인간으로는 보이지 않았다.

내 친구는 결국 발견되지 않았다. 교코가 제일 많은 시간을 보낸 곳은 성산이다. 교코는 숲속과 어스름한 등산로를 아무렇지도 않게 돌아다녔다. 짙은 녹음 속으로 멀어져 윤곽이 희미해지는 교코의 뒷모습이 떠올랐다. 그 아이는…… 결국 거기에 사로잡힌 것이다. 이제는 그렇게 생각한다.

나는 아름다운 천수각을 올려다보았다. 성을 짊어진 울퉁불퉁한 땅과 번성한 식물들에게서까지 왠지 이상야릇한 힘이 느껴졌다. 모든 것에 그림자를 드리워 빛나는 것을 흐리게, 예리한 것을 둔탁하게, 새로운 것을 녹슬게 하는 부정적인 힘이 여기 작용하고 있는 게 아닐까.

아아, 왜 여기 돌아왔을까. 나는 가늘게 숨을 내쉬어 호흡을 가다듬었다.

"그런 이야기는 그만두자."

"알았어."

마사미도 이번에는 순순히 고개를 끄덕이고 입을 다물었다.

그때 산꼭대기 광장에서 사생대회의 끝을 알리는 방송이 나왔다.

살았다. 빨리 산을 내려가서 호텔로 돌아가자. 차가운 진저에일로 목을 축이고 샤워를 한 후, 깨끗한 시트가 깔린 침대에 누우면 괜찮아질 것이다. 옆 천막에서 마사미가 불렀다. 나는 등을 쭉 펴고 심사위원 일에 집중하려 했다. 거두어들인 아이들의 그림은 저학년과 고학년으로 나누어 비닐시트 위에 늘어놓았다.

나는 저학년을 담당했다. 이름을 보지 않고도 뭐가 가모마야의 그림인지 금방 알았다. 다른 아이들의 작품과는 비교도 안 될 만큼 완성도가 높았다. 우리는 망설임 없이 마야의 작품에 금상을 주었다. 한동안 상의해서 은상과 동상도 결정했다. 고학년 쪽도 결과가 나온 모양이었다. 심사를 서두른 건 날씨가 더 나빠졌기 때문이다.

바로 표창식을 진행했다. 가모 마야는 별달리 기뻐하는 내색 없이 상장과 부상을 받았다. 나는 천막 아래에 서서 재능을 타고난 초등학교 3학년 소녀를 관찰했다. 아까 마사미가 열렬히 꺼내놓았던 소문 이야기는 대부분 흘려들었지만, 조금은 친분이 있었던 서양화가가 남기고 간 딸이라 신경이 쓰였던 것이다.

마야는 3학년치고는 키가 크고 어른스러워 보였다. 몸도 어쩐지 윤곽이 둥그스름하니 살집이 느껴졌다. 어린아이라기보다는 이미 소녀의 영역에 들어섰다. 통찰력이 있는 차분한 아이라는 인상이었다. '본질을 파악하는 능력'이라는 마사미의 말은 합당하다. 하지만 어딘가 불균형적인 인상도 느껴졌다. 좀 더 나이를 먹어 사춘기 직전에 도달한 아이처럼, 몸과 마음의 성장이 서로 일치하지 않을 때 드러나는 답답함과 불안정함이 엿보였다.

마야에게는 나이 많은 남자가 붙어 다녔다. 그 남자가 "아가씨" 하고 말을 걸었다. 마사미가 그것 보라는 듯이 눈짓했다.

사생대회가 끝났다. 아이들과 보호자들이 짐을 정리해 돌아가기 시작했다. 심사위원은 스태프들의 재촉을 받아 긴 책상 하나를 둘러싸고 앉았다. 이제부터 이번 사생대회를 개략적으로 평가해서 정리해야 한다. 지방신문에 발표하기 위해서다. 나는 이번에야말로 주변에도 들리도록 깊은 한숨을 내쉬었다. 적어도 30분은 더 여기에 있어야 한다. 가벼운 두통이 나서 인상을 찡그렸다.

그때 뒤에서 또 "아가씨" 하고 부르는 목소리가 들렸다. 두 사람이 나지막하게 억누른 목소리로 말다툼을 벌였다. 아무래도 마야가 혼자 걸어서 돌아가겠다고 우기는 모양이다. 사생대회에 따라온 고용인을 먼저 돌려보내려고 한다. 나이 든 고용인은 아가씨의 일방적인 주장에 몹시 곤란해하는 눈치였다.

"그럼" 하고 나도 모르게 입에서 말이 튀어나왔다. "제가 집까지 바래다줄까요? 저도 이제 내려갈 건데."

그리고 마사미에게 몸이 좀 안 좋다고 작게 말했다. 조금이라도 빨리 이 자리에서 벗어나고 싶었다. 마사미가 심사위원들에게 내 사정을 짤막하게 설명했다. 자기 부탁으로 먼 길을 왔다느니 뭐라느니 변명하자 사람들은 싹싹한 웃음을 지었다.

마사미 부부와는 오늘 밤에 같이 식사를 할 예정이었다.

그 계획을 망치지 않게끔 마사미가 부단히 애를 썼다. 겨우 이 산에서 해방된다고 생각하자 마음이 편해졌다. 재빨리 마야에게 다가가 일부러 밝게 말을 걸었다.

"자, 갈까. 너희 집이 어딘지는 잘 알고, 어차피 나도 지나가는 길이니까."

실은 멀리 돌아가게 되지만 그 정도는 상관없었다. 마야도 내가 따라오든 말든 상관없다는 듯 걸음을 옮겼다. 나이 든 고용인만 어쩔 줄 모르고 우물쭈물했다.

"기타미 씨는 저쪽으로 집에 가요. 나는 이쪽 길로 갈 테니까."

나이 든 사람에게 지시하는 데 익숙한 듯 마야가 또릿또릿하게 말했다. 나는 "걱정 마세요. 집까지 잘 바래다줄게요" 하고 기타미라고 불린 남자를 안심시켰다. 심사위원이었던 나를 믿기로 했는지 기타미는 "그럼, 잘 부탁드립니다" 하고 머리를 숙였다.

산꼭대기 광장에서 마야의 집까지 어느 길로 가도 30분 정도밖에 안 걸릴 것이다. 하다못해 짐만이라도 들고 가겠다는 기타미의 제안도 마야는 거절했다. 왠지 누구에게도 한사코 마음을 열지 않으려는 듯한 느낌이었다. 나는 깊은 생각 없이 마야의 손에서 회화도구가 든 배낭을 집어 들었다. 이번에는 마야도 반발하지 않고 "감사합니다" 하고 어른스러운 말투로 인사했다.

마야는 화판을 어깨에 메고 재빨리 걸어갔다. 기타미는 우리를 잠시 바라보다 단념했는지 마야가 가리킨 방향으로 사라졌다. 나는 종종걸음으로 마야를 따라갔다. 하늘이 더욱 어둡고 무거워졌다. 비 냄새가 진해졌다. 마야는 아까 그림을 그렸던 성 뒤쪽으로 걸음을 옮겼다. 고마치구치 등산로 쪽으로 가려는 것이다. 마야의 집으로 가기에는 기타미가 향한 구로몬구치 등산로가 더 가까울 것이다. 하지만 나는 마야 마음대로 하게 놔뒀다.

이누이문 안쪽에서 한 번 멈춰 섰다. 맞은편에 자리한 키 큰 생달나무 숲이 새카만 그림자처럼 보였다. 이렇듯 깊은 숲이 죽 이어져 우리가 시내 중심부에 있다는 사실을 완전히 잊어버릴 지경이었다.

마치 다른 세상으로 이어지는 입구 같았다.

생달나무와 육박나무로 이루어진 나무숲을 빠져나갔다. 마야는 얼룩덜룩한 육박나무 줄기를 손가락으로 살짝 쓰다듬으며 나아갔다. 금방 녹나무 숲에 들어섰다. 올려다보아야 할 만큼 큰 나무다. 바람이 부는지 나무 위쪽이 버스럭버스럭 흔들리고 진한 나뭇잎 냄새가 내려앉았다. 여기에는 메밀잣밤나무 꽃도 아까시나무 꽃도 없다. 아침에 올라왔을 때 맡았던 꿀 냄새도, 꿀을 찾아 날아다니는 곤충의 날갯소리도 없다. 마야는 단 한 번도 입을 떼지 않았다.

"저어, 마야. 너 성씨가 가모 맞지?"

나는 어쩐지 매달리는 듯한 기분으로 뒤에서 말을 걸었다. 기분이 안 좋아 보여 무시하지 않을까 싶었지만 마야는 걸음을 멈추고 돌아보았다.

"난 히노 리카라고 해. 잘 부탁해."

"히노 선생님."

뜻밖에도 마야는 희미하게 미소 지었다. 그 모습에 격려를 받은 것처럼 나는 마야의 그림을 칭찬했다. 무슨 이야기든지 하고 싶었다. 기슭까지 그렇게 오래 걸리지 않는다는 건 알지만, 이대로 입을 꾹 다문 채 나뭇잎이 음울하게 버스럭거리는 소리만 들으면서 가기는 싫었다.

"너희 아빠랑 만난 적 있어."

무심코 그런 말까지 하고 말았다.

"아빠를 알아요?"

크게 벌어진 마야의 진지한 눈을 본 순간, 너무 조심성 없이 이야기를 꺼냈다는 걸 깨달았다. 네 살 때 사별한 부모님은 틀림없이 이 아이의 중요한 관심사일 것이다. 나는 하는 수 없이 같은 미대 출신이라고 밝혔다.

"하지만 학년은 달랐어. 너희 아빠가 나보다 어렸지."

나는 살며시 이 화제에서 멀어지고자 했다. 하지만 소녀가 용납지 않았다.

"아빠 그림 본 적 있어요?"

"응."

"어떤 그림이었어요?"

"집에도 있잖니?"

마야는 고개를 저었다.

"아주 조금밖에 없어요. 할머니가 가지고 싶다는 사람한테 줘버렸거든요. 아빠가 돌아가신 후에."

"그렇구나."

나는 가모 게이스케의 전람회에서 어떤 인상을 받았는지 마야에게 말해주었다. 그 이야기가 이 아이에게 얼마나 귀중한지는, 한마디도 빠뜨리지 않으려고 열심히 귀를 기울이는 모습을 보면 알 수 있었다. 분명 할머니나 고용인의 이야기와는 완전히 다르게 다가오리라. 특히 아버지와 같은 분야에서 재능을 발휘하기 시작한 이 아이 입장에서는.

우리는 녹나무 숲속을 내려갔다. 녹나무 밑동에는 식나무와 자금목 등의 작은 관목이 우거지게 자라고 있었다. 낮은 벼랑으로 이어지는 등산로 곁에는 상록성 양치식물인 석위가 무성했다. 우리는 키 큰 나무 윗부분이 등산로를 덮은 데다 하늘도 어두워서 몹시 서늘한 숲속을 걸었다.

후배라지만 사실 가모 게이스케와는 거의 교류가 없었기에 다소 부풀려서 이야기했는데, 그래도 마야는 만족스러워 보였다. 일찍 부모님을 여읜 마야가 가엾어서 나는 기억을 마구 헤집었다. 그러자 가모 게이스케가 그린 수많은 유화를 보며 돌아다닐 때, 희미하게 위화감이 들었던 게 생각났다. 당시에도 그 정체가 무엇인지는 알아내지 못했다. 하지만 분명 까칠한 뭔가가 마음에 걸렸다. 그건 대체 뭐였을까.

당혹스러워하는 나와는 반대로 마야는 태도가 점차 순순해졌다. 아버지 이야기를 들은 것을 계기로 지금까지 자기 주변에 둘러쳐 놓았던 벽을 서서히 치워나가는 느낌이었다. 나와 좀 더 이야기를 하고 싶지만 마음을 얼마나 열어도 될지 망설이는 눈치였다. 이 아이는 기본적으로 어른을 믿지 않는구나 싶어 슬펐다. 어른을 믿지 않는 것이 마야가 살아온 내력 때문인지, 마사미가 들려준 군식구와의 긴박한 관계 때문인지는 모르겠지만.

나는 화제를 바꾸었다. 내가 마야만 한 나이일 때 그림 그리기에 열중했다는 이야기였다. 뭐든지 스케치했다. 가족, 친구, 기르던 개, 어머니가 사 온 채소나 생선 등의 식재료, 화분의 꽃, 정원에 날아드는 작은 새, 언니의 신발, 할아버지가 주워 모은 돌. 눈에 보이는 사물과 그 사물이 내포한 것. 생물이든 무생물이든 분명하게 존재하는 외측과 내측. 오로지 그리고 베끼다 보면 진정한 형태가 눈에 들어온다는 둥.

마야는 바로 흥미가 동한 모양이었다. 눈을 반짝이며 내 이야기에 귀를 기울였다.

"저도 유치원에 들어가기 전부터 많이 그렸어요."

마야는 나이에 걸맞은 아이다움을 되찾아 방긋 웃었다. 웃음 띤 그 얼굴에 빗방울이 뚝 떨어졌다. 나는 하늘을 올려다보았다.

그때 숲속에서 "키리릭" 하고 날카로운 울음소리가 들렸다. 마야는 흠칫하며 걸음을 멈추고 그 소리에 귀를 기울였다. 하지만 딱 한 번 산등성이에 울려 퍼지고 사라졌다. 또 바람이 불어 길 양쪽의 나무들이 흔들렸다.

"가자."

나는 마야를 재촉해 다시 걸어갔다. 어느새 걸음이 빨라졌다. 진한 흙과 나무 냄새가 바람을 타고 풍겼다. 내 뺨에도 비가 떨어졌다. 키 큰 나무에 얽힌 마삭줄의 잎사귀가 서걱서걱 소리를 냈다. 나는 서두르는데 마야는 늑장을 부렸다. 나는 조바심이 나서 자꾸 돌아보았다. 왠지 모르지만 빨리 이 숲을 빠져나가고 싶었다. 숲속의 언덕길은 구불구불 꺾여서 앞이 전혀 보이지 않았다.

"히노 선생님, 그림을 그릴 때 행복했어요?"

"응?"

돌아보자 마야는 저 멀리 서 있었다.

"어렸을 때요. 그림 많이 그렸죠? 그때 즐거웠어요?"

"물론이지." 나는 마야가 있는 곳까지 되돌아갔다. "얼마나 재미있고 즐거웠는지 몰라. 중학교 올라갔을 때 화가가 되기로 마음을 정했단다."

"선생님은 진정한 형태를 알았어요? 왜 이 세상이 이렇게 이루어졌는지."

마야의 얼굴에 내리는 건 비가 아니었다. 마야가 울고 있다는 걸 깨닫고 나는 몹시 당황했다.

"아빠와 엄마는 왜 죽었을까요? 어째서 저는 죽지 않고 여기 남았을까요?"

"그건……"

이 총명한 아이에게 안이한 위로는 통하지 않는다. 얼버무리거나 화제를 슬쩍 바꾸려 하면 금세 눈치챌 것이다. 하지만 내가 뭘 안단 말인가. 가모 게이스케는 단순한 교통사고로 죽었다. 운전대를 잡은 부인은 회화 복원사였다는 걸 빼면 이름도 얼굴도 모른다.

"마야는 그림을 그리는 게 즐겁지 않니?"

내 질문에 마야는 고개를 홱홱 저었다.

"그림은 좋아해요. 저도 화가가 될 거예요."

마야는 힘주어 눈물을 쓱쓱 닦고 웃었다. 이 아이에게는 너무 많이 보이는지도 모르겠다. 어린 시절에는 몰라도 되는 것까지. 막연히 그런 생각이 들었다.

"할머니도 돌아가시겠죠?"

이 소녀도 불행한 죽음이 연이어 일어난다는 생각에 사로잡힌 걸까.

"왜 그렇게 생각하니?"

"놈이 그렇게 말했어요."

"놈?"

"입 다물고 있지 않으면 할머니 음식에 독을 타서 죽여버릴 거라고."

이게 다 무슨 소리일까? 나는 고작 아홉 살짜리 아이에게 겁을 먹었다.

"뭘 입 다물고 있지 않으면 안 되는 건데?"

빗발이 강해졌다. 우리는 어두운 숲속에 마주 서서 서로 눈을 들여다보았다. 마야의 눈동자에는 감정의 동요가 전혀 보이지 않았다. 깊고 탁한 연못을 연상시키는 눈동자였다.

─네가 심연을 들여다보면 심연도 너를 들여다본다.

니체의 말이 머릿속을 스쳤다. 마야의 시선에 기가 눌려 옴짝달싹도 할 수 없었다.

"놈은 술에 취하면 몹시 기분이 안 좋아져요. 밤에 제 방에 와서 이놈이고 저놈이고 자기를 무시한다고 고함을 지르죠. 그리고 흐리멍덩하니 풀린 눈으로 저를 노려봐요."

"그리고……?" 마야는 이미 울음을 그쳤다.

"저는 가만히 서서 듣고 있어야 해요. 놈이 가모 집안을 욕하는 내내. 조금이라도 움직이면 사정없이 때려요." 나는 할 말을 잃었다. 반대로 마야는 목소리에 열기를 띠었다. 단숨에 말해버리려는 듯이 빠른 말투였다.

"제 눈빛이 마음에 안 든다며 욕실로 끌고 가서 찬물을 퍼붓기도 해요." 그 순간이 떠오른 듯 마야는 얼굴을 찡그렸다. "그럴 때면 그럼 그럴 때를 가만히 생각하죠. 그때가 제일 행복한 시간이니까. 즐겁지 않을 때는 행복한 시간을 생각하면 돼요. 그렇죠?"

갑자기 숲속에서 "끼럭끼럭끼럭끼럭" 하고 울음소리가 났다. 아까보다 훨씬 가까운 곳에서. 나는 깜짝 놀라 몸을 움츠렸다. 하지만 마야는 웬지 희미하게 미소를 지었다.

"놈은 저를 실컷 괴롭히고 나면 기분이 풀려요." 마치 기괴한 울음소리에 용기를 얻은 것처럼 마야는 말을 이었다. "마지막으로 만약 누군가에게 고자질하면 할머니를 죽일 거라고 겁주죠. 정말로 할머니 몸이 점점 안 좋아져서 놈들이 독을 먹이고 있구나 생각했어요."

놈이 놈들이 됐다.

"아줌마한테 말했더니 무슨 터무니없는 거짓말이냐면서

밥을 굶기더라고요."

마사미의 이야기를 들었으므로 놈들이 마야네 집에 살고 있는 친척 부부라는 건 짐작이 갔다. 그 부부가 마야를 학대하고 있다? 비열한 방법으로 입막음을 하면서? 이 아이가 필요 이상으로 마음의 무장을 단단히 한 건 그 때문이었나.

키 큰 나무의 우듬지가 바람에 흔들릴 때마다 물방울이 우수수 떨어졌다. 온몸에 오한이 느껴졌다. 젖은 블라우스가 몸에 찰싹 달라붙었다. 떨리는 건 차가운 비 때문일까, 아니면 마야가 들려준 무시무시한 이야기 때문일까.

"잠자코 있으면 안 돼." 그 말만 간신히 목구멍에서 쥐어짜냈다. "올바르고 건실한 어른한테 말해서."

"올바르고 건실한 어른?"

마야가 값어치를 평가하는 듯한 눈으로 나를 보았다. 또 마음을 닫아버리기 전에 나는 서둘러 덧붙였다.

"내가 어떻게든 할게. 여기에 살지는 않지만, 그래도."

"괜찮아요!"

마야가 갑자기 밝은 목소리로 말했다. 비가 더 많이 내리기 시작했다. 마야는 머리를 가린 채 달렸다. 얼떨떨해하는 내 옆을 빠져나가 숲을 헤치고 들어갔다. 관목 가지가 휘었다가 펴지면서 물방울을 튕겼다.

"선생님, 이쪽, 이쪽." 마야가 숲속에서 불렀다. "빨리요!

다 젖겠어요."

나는 비와 나무들 사이로 마야의 모습을 찾았다. 마야는 더 안쪽으로 나아가려 하고 있었다.

"거기 서!! 안 돼. 위험해."

나는 숲 가장자리에서 멈춰 섰다.

"걱정 마세요. 여기라면 비를 피할 수 있어요."

마야가 큰 나무 아래에 쪼그려 앉는 게 보였다. 나는 여전히 망설임이 가시지 않았다. 망설이는 동안에도 몸은 흠뻑 젖어들었다. 머리카락에서도 물방울이 뚝뚝 떨어지기 시작했다.

그때 뒤쪽 종가시나무 덤불이 부자연스럽게 버석버석 흔들렸다. 아무것도 보이지 않았지만 뭐라고도 표현할 수 없이 으스스해서 몸이 덜덜 떨렸다. 그 소리에 등이 떠밀리듯 나는 숲속으로 발을 들여놓았다. 부엽토와 나무뿌리에 발이 걸리면서도 어찌어찌 마야 옆에 도착했다.

"자, 여기 앉으세요."

나는 마야가 시키는 대로 커다란 메밀잣밤나무 아래에 앉았다. 그리고 천천히 머리 위를 올려다보았다. 정신이 아득해질 만큼 높은 곳에 몇 겹으로 교차된 나뭇가지들이 보였다. 그것들이 천연의 지붕이 되어 비를 막아주고 있었다. 나는 숨을 푹 내쉬는 동시에 마야의 옆얼굴을 내려다보았다.

마야도 온몸이 흠뻑 젖었고, 머리를 양 갈래로 묶은 노란 리본의 끄트머리가 우스꽝스럽게 쪼글쪼글해졌다.

"저기, 마야. 아까 했던 이야기 말인데……"

"이제 괜찮아요. 좋은 방법을 찾았거든요. 그 방법 덕분에 더 이상 그런 일은 당하지 않게 됐어요."

마야는 씩 웃었다.

"좋은 방법이라니?"

"쉿!!"

마야가 내 말을 막았다. 뭔가에 귀를 기울이는 듯했다. 나도 마야를 따라 신경을 곤두세웠다. 바람이 나무를 흔드는 소리. 어딘가에서 비가 큰 잎사귀에 떨어지는 소리.

그리고…….

들리는지도 모를 만큼 종종대는 발소리. 작은 동물의 발바닥이 부드러운 흙을 밟는 소리. 나는 숨을 삼켰다.

"저건 뭐지?"

그 순간 발소리가 멀어졌다. 약간 떨어진 곳에서 "끼릭끼릭끼릭끼릭"하고 울음소리가 났다.

"아, 가버렸네."

마야는 내게 얼굴을 찡그렸다.

"뭐야? 족제비?"

마야는 하얀 목을 젖히고 깔깔 웃었다. 그러더니 갑자기 정색하고 나를 응시했다.

"놈은 할머니한테 혼났을 때나 아줌마랑 싸웠을 때 제 방에 왔어요. 놈이 올 것 같으면 이 산길로 도망쳤죠. 잠옷 차림으로 올라온 적도 있어요."

"말도 안 돼."

일찍이 이 산의 기슭에서 기숙사 생활을 해봤으므로 밤이 되면 어둠이 얼마나 짙은지 잘 안다.

"정말이에요. 그런 짓을 당하면서 가만히 참고 있기가 더 싫은걸요. 그렇다고 남한테 일러바치면 할머니를 해칠지도 모르잖아요?" 마야의 표정은 진지했다. "집 뒤뜰에서 산으로 올라갈 수 있어요. 산속에는 오래돼서 반쯤 못 쓰게 된 길이 여기저기 있죠. 아무도 모르지만."

내 친구도 똑같은 소리를 했었다. 느닷없이 사라진 그 아이. 어쩌면 지금도 그런 길을 골라 돌아다니고 있는지도 모른다.

"그러다가 여기서 마주쳤어요." 마야가 말을 이었다.

나는 침을 삼켰다.

"뭐랑?"

"트로이."

우리는 숲속에 생긴 완충지대라고나 할, 무음의 세계 속에 가만히 있었다. 마야의 말이 무슨 뜻인지도 모른 채.

마야는 내가 나무뿌리 옆에 놓아둔 배낭을 자기 쪽으로 끌어당겼다. 지퍼를 열어 열두 색이 든 색연필을 꺼냈다. 마야는 아무 말 없이 화판에 8절지 도화지를 올렸다. 그리고 그림을 그리기 시작했다.

기묘한 동물 그림이었다.

우는토끼나 일본밭쥐와 비슷하게 작고 검은 귀. 하지만 얼굴 생김새는 박쥐와 닮았다. 뒷다리는 점프력이 뛰어나겠다고 생각될 만큼 발달했지만, 앞다리는 짧다. 마야는 망설임 없이 색연필을 쓱쓱 움직였다.

그 거침없는 손놀림에서 이게 마야의 머릿속에 존재하는 공상의 동물이 아니라 몇 번이고 실제로 본 동물이라는 느낌이 전해졌다. 마야는 적확한 색깔을 골라 멋진 데생 실력을 발휘해 그 동물을 그려나갔다.

몸은 회색 바탕에 검은 줄무늬. 아주 짧은 털로 덮인 듯하다. 짧은 앞발 끝에 달린 세 발가락은 두 개와 하나로 나누어졌고, 사이에 깊은 골이 패여 있다. 물건을 붙잡을 수 있도록 마주 보는 발가락에는 각각 날카로운 갈고리발톱이 달렸다. 길이가 불균형적인 다리를 보조하기 위해서인지 가늘고 긴 꼬리가 뒤로 뻗어 있었다.

제일 특징적인 것은 발달된 송곳니다. 아주 날카롭고 뾰족한 바늘 같은 이빨 두 개가 위턱에서 길게 자라 나왔다. 그 두 개의 송곳니가 이 동물이 사나운 포식동물인 것을 드러냈다.

"이게 트로이예요."

마야의 말과 함께 다시 세상의 소리가 돌아왔다. 빗소리와 땅을 흐르는 물소리. 마야는 도화지 아랫부분에 커다랗게 '트로이'라고 적었다. 나는 그게 이 기묘한 생물의 이름인지, 아니면 마야가 이 한 마리에게만 붙인 애칭인지도 모르고서 그림을 바라보았다.

"잘 그렸네."

나는 그렇게 싱거운 평가밖에 할 수 없었다.

"이거 크니?"

"아니요, 조그만 고양이 정도 되려나. 쥐보다는 훨씬 크지만요."

"뭘 먹는데?"

내가 무슨 생각을 하는 거람. 이렇게 현실과 동떨어진 동물에 대해 세세하게 묻다니. 가혹한 환경에 처한 아이가 머릿속에서 저 좋을 대로 만들어낸 '보이지 않는 친구'가 분명한데.

"뭐든지 먹어요. 벌레든, 개구리든, 썩은 고기든."

그 말을 듣자마자 역겨운 냄새가 콧구멍으로 스멀스멀 기어드는 듯한 기분이었다.

숲속은 점점 어두워졌다.

"낮에는 별로 활동을 안 해요. 하지만."

마야는 배낭에 다시 손을 집어넣었다. 그리고 비닐봉지에 든 찐빵을 꺼냈다. 마야는 비닐봉지를 찢고 찐빵을 3분의 1 정도 떼어냈다. 그리고 그걸 3미터쯤 떨어진 고사리 덤불 앞에 던졌다.

"쯧, 쯧, 쯧" 하고 마야가 혀를 찼다.

아무 일도 없었다. 나는 노르스름한 찐빵에 시선을 집중했다. 어느덧 내가 숨을 멈추고 있었단 걸 깨닫고 살며시 숨을 내뱉었다.

고사리 덤불 저 안쪽이 버석버석 흔들렸다. 바람 때문일지도 모른다. 아니다, 고사리가 물결친다. 한 줄기 선이 우리 쪽으로 다가온다.

고양이보다는 작고 쥐보다는 크며 유연성 있지만, 정체는 종잡을 수 없는 뭔가.

나는 바짝 굳어서 메밀잣밤나무 밑동에 등을 딱 붙였다.

그리고 그것이 나타났다.

고사리 줄기 사이에서 세 발가락이 달린 앞발이 나왔다. 갈고리발톱으로 찐빵을 덤불 속으로 끌어당기려 한다. 빵이 약간 커서 세 발가락에는 넘치는 듯했다. 나는 눈조차 깜박이지 못했다.

트로이가 갑자기 상반신을 내밀었다. 어두운 탓인지 온몸이 새카매 보였다. 바다표범이나 바다사자처럼 물을 퉝겨내는 벨벳 같은 털로 빽빽하다. 커다란 눈이 나를 똑바로 쳐다보았다. 나는 뱀 앞의 개구리가 된 것처럼 손가락 하나 꼼짝하지 못했다. 맑은 수정체는 박쥐와 달리 조리개를 활짝 연 렌즈 같은 구조였다. 트로이는 바늘 같은 송곳니가 자란 입을 벌려 찐빵을 물고 바로 몸을 돌렸다. 털 없이 가느다란 꼬리가 허공을 가르는가 싶더니 자취를 감추었다.

또 고사리 덤불이 살짝 흔들렸다. 눅눅한 짐승 냄새가 멀어졌다.

"키리릭!" 내지른 울음소리가 숲속 구석구석까지 울려 퍼졌다.

"뭐야, 저건?" 알면서도 물었다.

"쟤가 트로이예요."

마야는 도화지를 작게 접어 내게 내밀었다. "이거 선생님께 드릴게요."

나는 그걸 호주머니에 넣었다. 우리는 다시 짐을 들고 숲속에서 등산로로 나왔다. 빗발은 여전했지만, 이제 별로 신경 쓰이지 않았다.

"트로이는 뭐니?"

"그러니까, 쟤의 이름요."

"네가 붙인 거야?"

"네. 딱 어울리죠?"

그리스 신화의 무대가 된 트로이일까, 아니면 게임 속의 캐릭터 같은 데서 따온 걸까.

"저걸 처음 봤을 때 무섭지는 않았어?"

마야는 "네" 하고 고개를 끄덕였다. "어쩐지 반갑더라고요."

입을 다문 나 대신 마야가 계속 말을 꺼냈다.

"조그마했죠? 몸도 굉장히 유연해요. 그래서 어디든지 숨어들 수 있어요."

내가 대답을 하지 않아도 개의치 않았다.

"그 송곳니 봤어요?"

의기양양하게 내 얼굴을 올려다보았다. 마치 자기 송곳니가 멋지기라도 하다는 듯한 말투다.

"이빨이 가느다래서 물려도 몰라요."

"물려도?"

마야의 표정에 점점 만족감이 깃들었다.

"네. 물어요. 여기를." 마야는 자기 목덜미를 손가락으로 가리켰다. "물려도 처음에는 아무렇지도 않아요. 그냥 물린 곳 두 군데가 점을 찍은 것처럼 빨개질 뿐이죠. 하지만 4, 5

일 지나면……"

마야는 진흙 범벅이 된 신발로 물웅덩이를 찰박찰박 밟았
다.

"열이 아주 심해지고 몸 상태가 나빠지죠. 아무것도 못 먹
고 물조차 못 마셔요." 노래하듯이 그렇게 말했다. "인플루엔
자인지 더 안 좋은 병인지 병원에서 잔뜩 검사를 받아도 원
인은 몰라요. 그게 트로이한테 물린 탓이라는 걸."

"그래서 어떻게 되는데?"

나는 마야의 이야기에 완전히 빠져들어 물어보았다. 마야
가 천천히 고개를 돌려 나를 보았다.

"그리고…… 죽어요."

죽었어.

마사미가 말하지 않았던가. 이 아이를 학대하며 기분 전
환을 하던 개망나니 남자는 무슨 감염증에 걸려서 죽었다.

어둠 속에서 빛나던 트로이의 눈이 떠올랐다. 즉, 그 기괴
한 야행성 생물에게 물린 탓에?

"그 말은……" 간신히 말을 꺼냈다.

"이제 더 이상 저를 괴롭히지도, 때리지도 못하게 됐죠."

"마야, 그 말은……"

더 이상 말이 이어지지 않았다. 그 검은 악마 같은 생물이
실제로 존재한다는 건 알았지만, 그게 마야의 뜻대로 움직

인다고는 할 수 없다. 고양이인지 박쥐인지 모를 그런 이상한 생물이.

그때 번개가 쳤다. 새하얀 빛이 숲속 깊은 곳까지 선명하게 비추었다. 수많은 트로이들이 덤불 속에서 몸을 내밀거나, 나무줄기에 들러붙은 잔상이 보이는 것만 같았다.

그 직후에 머리 위에서 천둥이 쳤다.

"꺅."

마야가 머리를 끌어안았지만, 달려간 건 내가 먼저였다. 비틀거리고 고꾸라지며 비가 내리는 언덕길을 뛰어 내려갔다. 아무리 달려도 이 숲에서 벗어나지 못할 것 같은 기분이었다. 어느덧 우리는 끝없는 숲속에 발을 들여놓고 만 것이다. 길가에 선 돌기둥이 어둠 속에서 한없이 솟아오르는 듯한 착각에 사로잡혔다.

천둥소리가 계속 울려 퍼지고, 비가 내리치듯이 우리 위로 쏟아졌다. 우리가 이렇게 영원히 숲속을 헤맬 거라고 생각한 순간, 고마치구치 등산로 입구인 것을 나타내는 돌계단이 보였다. 그 앞쪽에 펼쳐진 평범한 거리와 오가는 자동차들도.

나는 차도로 뛰쳐나갔다가 하마터면 차에 치일 뻔했다. 뒤늦게 쫓아온 마야가 차도 한복판에 우두커니 서 있는 내 소매를 잡아당겼다.

"이쪽이에요." 방금 전까지와는 딴판으로 나지막한 목소리였다.

나는 숨을 크게 내쉬었다. 마야가 이끄는 대로 마야네 집이 있는 방향으로 향했다. 우산을 쓴 회사원과 안색이 안 좋은 중년 여자와 마주쳤다. 중년 여자가 넋이 나간 것처럼 표정이 멍한 나를 빤히 쳐다보았다. 우산도 쓰지 않고 푹 젖은 채로 다니는 꼴이 아주 이상해 보인 것이리라. 나는 고개를 돌려 성산을 올려다보았다. 일단 빠져나오자 아무리 번개가 번쩍여도 나무숲 안쪽은 보이지 않았다. 숲은 우리를 뱉어내고 입을 다물어버린 것이다. 트로이라는 이름의 짐승을 머금은 채.

아직 4시 정도였는데 날이 완전히 저문 것처럼 어두웠다. 구로몬구치 등산로 입구를 지나쳤다. 길 반대편에 있는 보육원에서 아이들이 시끄럽게 떠드는 소리가 들렸다. 그 소리를 듣고서야 겨우 마음이 놓였다.

마야가 사는 저택에는 불이 환하게 켜져 있었다. 정문을 통과해 긴 언덕을 올라 활짝 열린 밝은 현관이 눈에 들어오자 마야의 발걸음이 가벼워졌다.

"기타미 씨가 혼자서 먼저 돌아왔을 테니 할머니가 걱정하시겠네요. 비도 이렇게 많이 내렸으니."

"할머니 몸은 이제 괜찮으시니?" 내 물음에 마야는 고개를 끄덕했다.

"네. 괜찮아요. 이제 독이 든 음식을 먹을 걱정도 없어졌고요." 마야가 내게 몸을 찰싹 붙이고 재빨리 속삭였다. "얼마 안 있으면 다시 할머니랑 저랑 둘이서만 살게 될 거예요. 가정부 아줌마랑 기타미 씨는 있겠지만요."

마야는 빛이 넘치는 현관으로 달려갔다.

"마야!!"

복도 저편에서 뚱뚱한 여자가 성큼성큼 걸어 나왔다. 마야 할머니의 조카딸이라는 걸 한눈에 알았다. 여자는 마야의 팔을 난폭하게 꽉 움켜쥐었다. 마야가 비틀거렸다.

"아이고, 홀딱 젖었네. 그리고 신발은 또 왜 이래." 여자가 딱딱거리며 쏘아붙였다. "알아서 빨아놔. 어휴! 주변에 물 떨어진 것 좀 봐."

이쪽으로 다가오지 말라는 듯이 뚱뚱한 여자는 뒤로 물러났다.

"마야, 내 말 안 들려? 귀먹었어?"

여자는 마야의 귀를 잡아 비틀려고 손을 뻗다가 그제야 내가 있다는 걸 알아차렸다. 여자는 손을 거두며 심술궂은 눈으로 나를 위에서 아래로 훑어보았다.

"사생대회 심사위원을 맡은 히노라고 합니다. 마야랑 같이 산을 내려왔어요."

나도 현관에 물을 뚝뚝 떨어뜨리며 마야에게 다가가 짐을 건넸다.

"그럼 이만 갈게. 잘 있어, 마야."

"안녕히 가세요."

마야가 내게 손을 흔들었다. 의외로 밝은 표정이었다. 나는 빗속으로 발을 내디뎠다.

"앗! 잠깐만." 여자가 나를 쫓아왔다. 손에 비닐우산을 들고 있었다. "이거 돌려주지 않아도 되니까 쓰고 가세요."

퉁명스럽게 말하고 내게 우산을 떠넘기자마자 몸을 돌렸다. 또 번개가 쳤다.

그때 나는 보았다.

머리를 아무렇게나 틀어 올린 여자의 목덜미에 작고 빨간 점 두 개가 나란히 있는 것을. 나는 그대로 시선을 마야에게로 옮겼다. 비를 맞아서인지 꼭 다문 마야의 입술은 보라색이었다. 나와 눈이 마주쳤지만 아무 감정도 읽어낼 수 없었다.

나는 비틀비틀 언덕을 내려왔다. 정문까지 와서야 우산을 펼쳤다. 호주머니 속을 더듬자 작게 접힌 도화지가 손에 닿았다. 트로이다. 그 여자도 트로이에게 물린 것이다. 그리고 이제 곧 죽는다.

그게 가모 마야의 소망을 받아들여 마야와 할머니를 지키고 있다? 그 작고 유연하고 사악한 짐승이.

가모 게이스케의 그림을 보았을 때 느낀 위화감의 정체를 그때 문득 깨달았다. 그가 그린 풍경화에는 전부 저 멀리 봉긋한 산이 있었다. 그리고 그 위에는 흰색 건물이 작게 그려져 있었다. 어떤 것은 지붕 모양까지 뚜렷하게. 어떤 것은 흰색 점으로만 보일 정도로. 그건 이 성이었던 것이다.

나는 불려온 걸까? 여기서는 그렇게 불려온 자들의 운명이 교차하며 서로 얽히는 것이 아닐까. 그리고 모르는 사이에 요사한 뭔가가 섞여들어 조금씩 그 형태가 바뀐다면?

성을 비추는 조명은 아직 켜지지 않았다. 나는 묵묵히 걸어서 성과, 성의 영역에서 멀어졌다.

이제 이 도시에는 두 번 다시 오지 않으리라.

끝의 시작

낡은 가죽 트렁크를 탁 닫았다. 내 짐은 이것뿐이다. 이 트렁크도 전에 살던 사람이 두고 간 것이다. 트렁크에는 내가 소중히 아끼는 것들만 담았다. 오늘은 드디어 이 연립주택이 철거되는 날이다.

  나는 밖으로 나갔다. 어디선가 바람을 타고 날아온 꽃잎 하나가 빙글빙글 돌면서 내 발치에 떨어졌다. 어쩌면 성산에 핀 채진목 꽃일지도 모르겠다. 대학 신입생들이 와자지껄 웃고 떠들며 길을 걸어갔다. 나는 그녀들의 생명력에 압도돼 길을 양보했다. 꽃에 한창때가 있듯이, 사람이 누리는 생명의 빛에도 정점이 있다. 나는 그렇듯 생생한 기운과는 제일 멀리 떨어져 있다.

  도가와 씨가 문에 붙인 자신의 이름표를 떼어냈다. 직사각형으로 자른 판지에 그저 매직펜으로 '도가와 지아키'라고 써넣은 게 전부다. 그녀는 판지를 아무렇게나 찌이익 떼어냈다.

"짐은 다 챙겼어?"

내가 말을 걸자 도가와 씨는 느릿느릿 내 쪽을 보았다.

"응. 거의 다 그쪽으로 보냈어."

그쪽이란 도가와 씨가 마침내 찾아낸 연립주택의 셋방으로, 여기서 걸어서 15분도 안 걸리는 곳이다. 아무래도 도가와 씨 역시 성산 주변에서 벗어날 수 없는 모양이다. 나는 도가와 씨를 따라 그녀의 방으로 들어갔다. 원래부터 가구는 별로 없었지만, 그래도 그걸 다 치우자 휑하니 서먹서먹한 느낌이 들었다. 꽉 잠기지 않는 수도꼭지에서 작은 타일이 발린 개수대로 끊임없이 물방울이 떨어졌다.

현관 안쪽의 유리문이 열려 있어 볕에 바랜 다다미가 보였다. 다다미 위에는 자잘한 물건들이 아직 어지럽게 널브러져 있었다.

"도가와 씨, 빨리 정리 안 하면 공사하는 사람들이 올 거야."

내가 그렇게 말해도 도가와 씨는 꾸물꾸물 물건들을 이쪽으로 치웠다가 저쪽으로 치웠다가 할 뿐이었다. 도가와 씨의 사전에 '서두르다'라는 말은 없다. 도가와 씨는 작은 골판지 박스에서 꺼낸 서류 같은 물건을 보고 있었다. 아무래도 그걸 버릴까 챙겨둘까 고민하는 모양이었다.

"이것 좀 봐."

도가와 씨는 내 충고를 완전히 무시하고 내게 얇은 앨범을 내밀었다. 어쩌면 또 보청기 상태가 안 좋은지도 모르겠다.

나는 앨범을 받아 들었다. 고등학교 졸업 앨범이었다. 나는 반별로 찍은 단체 사진을 대충 훑어보았다. 고등학교 시절의 도가와 씨가 찍혀 있다. 보청기는 끼지 않았지만, 그때나 지금이나 얼굴은 그리 달라지지 않은 느낌이다. 도가와 씨는 옛날부터 몸이 땅딸막하니 소녀다운 발랄함이 없었다.

"봐, 여기 너도 찍혀 있네." 옆에서 도가와 씨가 손을 내밀어 가리켰다. "너도 3반이었지?"

"응." 졸업 사진 속의 나는 웃음기 하나 없이 카메라를 똑바로 보고 있다. "3학년이 되자마자 찍었잖아. 어쩐지 이상해. 졸업도 안 했는데 졸업 사진을 찍다니."

도가와 씨는 내가 중얼거리는 소리를 못 들은 듯했다. 귓속에서 또 게가 기어 다니는 것이다. 시간이 얼마나 흘렀을까? 학교 중정에 의자를 늘어놓고 성산을 배경으로 단체 사진을 찍은 지. 친한 아이가 없었던 나와 도가와 씨는 각각 맨 뒷줄 양쪽 가장자리에 서 있었다. 앨범용 단체 사진을 찍었다는 건 까맣게 잊어버리고 있었다. 내 상념은 강을 흘러가는 병든 나뭇잎처럼 부질없다.

도가와 씨가 등을 웅크리고 골판지 박스 바닥을 뒤졌다. 이번에는 낡은 스크랩북을 끄집어냈다. 나는 기가 막혀서 한숨을 쉬었다. 붙여놓은 신문기사는 이미 누레졌다. '실종된 여고생, 여전히 행방이 묘연'이라는 헤드라인이 큼지막하게 보였다. 뭔가 마음에 걸렸지만 그게 뭔지 모르겠다. 나는 여러 가지를 잊어버리고 말았다. 이따금 기억의 단편이 마음을 흔들지만, 더 이상 그것들을 이어 붙여 내가 살아온 역사로 만들 수 없다. 나는 이미 나이도 잃어버렸다.

"그런 건 그만 버리지 그래?"

큰 소리로 말하자 도가와 씨는 발끈한 것처럼 수많은 서류를 긁어모아 골판지 박스에 도로 넣었다. 졸업 앨범만은 서둘러 에코백에 쑤셔 넣었다.

갑자기 밖이 소란스러워졌다.

"가자."

나는 도가와 씨를 재촉해 밖으로 나갔다. 도가와 씨는 골판지 박스를 놓아둔 채 에코백만 들고 따라 나왔다.

"거참, 느긋하시구먼."

집주인 모리오카 씨가 밖에 서 있었다. 그의 뒤쪽 도로에서는 캐터필러 바퀴가 달린 굴삭기를 덤프트럭에서 내려놓는 참이었다. 베이지색 작업복에 노란색 헬멧을 착용한 인부 몇 명이 우리의 보금자리였던 가쓰야마장을 철거하기 위해 준비를 시작했다.

"이제 시작해도 되겠습니까?"

현장감독 같은 남자가 모리오카 씨에게 물었다.

"그러시오. 여기에는 저 사람 한 명밖에 안 사니까."

굴삭기 엔진이 으르렁거렸다. 운전자가 한 명 올라탄 그 중장비는 그렇게 크지 않았다. 다른 인부 한 명이 먼지를 가라앉히기 위해 호스로 물을 뿌렸다. 아무래도 내 방 쪽부터 시작할 모양이다. 우리는 뒤로 한참 물러서서 작업하는 광경을 바라보았다.

"어머, 넌 짐 없니?"

내가 빈손인 걸 보고 도가와 씨가 물었다.

"아아, 놔두고 왔네. 뭐, 괜찮아. 별것 안 들었으니까."

그렇게 대답하는 내 앞에서 커다란 새의 부리 같은 분쇄기가 차양을 붙잡고 비틀어 뜯었다. 기와가 우르르 떨어지고 기둥도 비스듬히 기울었다. 낡은 목조 단층집은 아무 저항도 없이 무너져갔다. 굴삭기 엔진 부분에서 검은 연기가 풀풀 배출됐다. 굴삭기가 한복판이 내려앉은 지붕 속에 부리를 쑤셔 넣었다가 꺼내자, 끝부분에 내 가죽 트렁크가 집혀 있었다. 트렁크가 공중에서 벌컥 열렸다. 안에서 수많은 도토리가 우르르 쏟아져 내렸다.

"저게 네 짐이야?"

도가와 씨가 배를 부여잡고 웃었다.

그다음부터는 일사천리였다. 도가와 씨의 방까지 부서져 연립주택은 점점 목재의 잔해로 변했다. 굴삭기가 캐터필러 바퀴로 잔해 위에 올라갔다.

"참 싱겁군."

우리보다 앞에 서 있던 모리오카 씨가 불쑥 중얼거렸다.

굴삭기가 옆방 잔해 위에 올라갔으므로 제일 동쪽 방은 높은 위치에서 찍어 내리는 식이었다. 호스를 쥔 인부가 빙 돌아서 동쪽으로 갔다. 동쪽 방의 지붕이 철거됐다. 그 순간 엔진 소리가 멈췄다.

도가와 씨가 이마에 손차양을 대고 발돋움을 했다. 굴착기 기사가 운전석에서 뛰어내리는 게 보였다. 헬멧을 한 손으로 누른 채 들쭉날쭉한 폐자재를 밟고 올라간다. 다른 인부는 호스로 물을 줄줄 뿌리면서 멍하니 서 있었다. 굴착기 기사가 동쪽 방의 지붕 아래를 들여다보고 현장감독을 큰 소리로 불렀다.

모리오카 씨가 불안한 듯 이쪽을 힐끗 돌아보았다.

현장감독과 굴착기 기사가 머리를 맞대고 지붕 아래로 손을 집어넣었다. 감독이 작은 나뭇조각을 주워 뭔가를 쿡 찌르는가 싶더니 느닷없이 "헉!" 하고 몸을 뒤로 젖혔다. 굴착기 기사는 뭔지 모르겠다는 듯이 오히려 머리를 가까이 가져갔지만 바로 목재 위에 엉덩방아를 찧었다. 그때 이미 감독은 우리 쪽으로 뛰어오고 있었다.

이미 원형을 거의 잃어버린 연립주택 앞의 흙은 호스에서 흘러나온 물로 질척질척했다. 감독이 그 위를 철벅철벅 달려왔다.

"왜 그러나?"

모리오카 씨가 잠긴 목소리로 물었다.

"시체가 나왔어요."

"뭐라고?"

"벌써 백골이 됐더라고요. 모리오카 씨, 저 방에는……"

모리오카 씨의 몸이 굳어버린 걸 알 수 있었다.

"시체?"

"아무튼 작업은 중지입니다. 경찰을 불러야겠어요."

현장감독이 호주머니에서 휴대전화를 꺼내 굵은 손가락으로 숫자를 눌렀다.

"시체라고……?"

어리벙벙한 표정의 모리오카 씨가 누구에게랄 것도 없이 또 중얼거렸다. 얼굴이 새파랗게 질린 굴삭기 기사가 모리오카 씨와 감독에게 다가왔다. 감독은 통화를 하면서 약간

뒷걸음쳤다.

"저 방에 살던 사람이 없어진 지 벌써 1년도 넘었는데. 일하던 청소회사에도 무단으로 결근한대서 난감했지. 설마 그 사람인가?"

"천장 위에서 죽은 겁니다."

굴삭기 기사가 떨리는 목소리로 말했다.

"천장 위에서? 하긴 거기까지는 안 봤지. 어쩔 수 없이 짐은 내가 처분했지만……"

"어쩐지 으스스하네요."

굴삭기 기사는 침을 삼켰다. 나와 도가와 씨도 얼굴을 마주 보았다.

"그러게 말이야. 저런 곳에 올라가서 죽다니, 자살인가. 아니, 병으로 죽었을지도 모르지. 몸이 아주 안 좋아 보였으니까. 병원에 가보라고 권했건만……"

"어, 그런 게 아니라……"

굴삭기 기사가 말을 머뭇거렸다.

"시체가 이상하더라고요. 하얀 자루 같은 것에 감싸여 있었어요. 감독님이 나뭇조각으로 찢어보니 그 속에 백골이 들었던데요."

"하얀 자루?"

"네. 가느다란 실로 짠 자루 같다고 할까요."

"그건 또 뭐야?"

모리오카 씨가 당황해서 물었다.

"음, 그렇지. 겉에서 본 느낌으로는 커다란 고치 같았습니다."

그때 경찰차 한 대가 좁은 길로 들어오는 게 보였다.

차례차례 몰려온 경찰 차량과 구경꾼들에 섞여 우리는 점차 성산 가까이의 절벽 아래까지 물러났다. 머리 위의 숲속에서 오목눈이가 삐유삐유 찌르르륵, 하고 지저귀는 소리가 들렸지만 해가 기울수록 그 소리도 멀어지다 이윽고 잦아들었다.

연립주택의 잔해 위로 올라간 굴삭기는 기울어진 상태로 멈춰 있다. 그 주위에는 노란 출입금지 테이프가 둘러쳐졌다. 집주인 모리오카 씨가 요란스러운 손짓과 발짓을 섞어 경찰에게 설명했다. 시체가 있던 방 옆에 살았던 도가와 씨에게도 이것저것 물어보았지만, 보청기 상태가 안 좋아 이야기가 잘 맞물리지 않았다. 결국 둘 다 경찰차를 타고 근처 경찰서로 갔다.

나는 비사문 언덕 위에 서서 두 사람이 돌아오기를 기다렸다. 주변이 초저녁 으스름에 감싸이기 시작했을 무렵, 모리오카 씨와 도가와 씨가 걸어서 돌아왔다.

나는 녹초가 된 두 사람과 나란히 걸음을 옮겼다.

"아이고, 웬 봉변이람."

"뭘 그렇게 시시콜콜 물어보는지 원." 도가와 씨가 투덜거렸다.

"자네가 영문 모를 소리를 하니까 오래 걸린 거야." 모리오카 씨가 어깨를 빙글빙글 돌리며 도가와 씨를 흘겨보았다. "벌써 백골이 됐으니 그 사람은 오래전에 죽은 거잖아. 내가 하는 수 없이 가재도구를 처분한 지도 여덟 달이나 됐는걸. 그런데 자네가 최근에 만났다는 소리를 하니까."

"만난 게 아니라 본 거예요."

모리오카 씨가 "그거나 그거나" 하고 입 속으로 중얼거렸지만, 어차피 도가와 씨에게는 들리지 않을 것이다.

"그나저나 수수께끼투성이로군. 시체가 외국 동전을 하나 쥐고 있었다던데. 뭐라더라. 맞아, 영국의 2펜스짜리 동전. 왜 그런 걸……"

모리오카 씨는 고개를 갸웃했다. 나는 류헤이가 학생증 케이스 뒷면에 소중하게 넣어 다녔던 2펜스짜리 동전을 떠올렸다. 신기한 일치지만 서로 다른 것이리라. 2펜스짜리 동전은 딱히 드물지 않다.

"집사람이 분명 걱정하겠군. 휠체어에 앉혀놓은 채 왔는데."

그렇게 말하는 것치고 모리오카 씨는 서두르는 기색이 없었다. 모리오카 씨의 부인은 정원을 바라보는 걸 좋아한다. 몸은 못 움직이지만, 대신에 휠체어에 앉아 있는 것도 고통스럽지는 않을 것이다. 가끔 모리오카 씨가 부인을 태운 휠체어를 밀고 나간다. 부인이 옛날에 일했던 해자 안쪽 구역의 보육원까지 가서 아이들이 노는 모습을 가만히 바라본다.

나도 멀리서 그런 부인의 모습을 멍하니 지켜보곤 한다. 부인은 펜스 옆에서 기쁘게 미소 짓지만, 아주 가끔 괴로운 표정이 얼굴을 스칠 때도 있다. 보육원에서는 다양한 사연을 지닌 아이들을 돌보니, 분명 그렇듯 가엾은 아이가 생각나서 그런 것이리라.

그 후로 우리는 아무 말 없이 주택가를 걸었다. 언젠가 도가와 씨와 지나갔던 큰 빈집 앞에 다다랐다. 정원의 취부용은 이 계절에 꽃을 피우지 않는다. 나는 안도하며 어깨에서 힘을 뺐다.

"여기 아무도 안 산 지 오래됐죠? 왜 이렇게 좋은 집을 방치해두는 거예요?"

도가와 씨가 물었다. 모리오카 씨는 집을 올려다보고 "아아" 하고 말을 꺼냈다. "여기에는 예전에 중학교 선생이 살았어. 아내랑 아들과 함께."

우리는 잠깐 멈춰 서서 담 너머로 황폐해진 정원과 망가진 문을 쳐다보았다.

"어디 보자, 이 집을 짓고 이사 온 게 벌써 20년도 더 됐군. 그때는 우리 집사람도 건강하게 '꿈나무 집'에 다녔는데."

맞다, 그 보육원 이름은 꿈나무 집이었다.

"한번은 이 집 부인이 기르던 고양이가 보육원에 들어왔는데……"

도가와 씨가 흥미 없다는 듯 걸음을 옮겨서 모리오카 씨는 도중에 이야기를 그만뒀다.

"그래서요? 그 선생님은 이렇게 좋은 집이 난장판이 되도록 놔두고 어디로 가버린 거예요?"

도가와 씨는 자기 입맛에 맞게 이야기를 진행시켰다.

"죽었어."

"죽었다고요?"

어쩐지 머리가 지끈거렸다. 이 집에 얽힌 기억은 분명 제일 잊고 싶은 것이다. 내가 가쓰야마장에 살기 시작했을 무렵의 이야기. 하지만 도가와 씨는 흥미진진한 눈치였다. 나는 일부러 걸음을 늦춰 두 사람에게서 떨어졌다. 그래도 모리오카 씨가 대답하는 목소리는 들렸다.

"그 선생은 악성 림프종으로 죽었어. 몇 년 전이더라? 5년은 됐겠군."

모리오카 씨는 기억을 더듬듯 저 멀리를 바라보았다.

"그건 혈액암이라서 성가셔. 수술도 했고, 방사선 치료에다 항암제까지. 오랫동안 저기—"모리오카 씨가 턱으로 근처 대학병원을 가리켰다. "병원에서 치료를 받았어. 선생은 입원하길 싫어해서 최대한 통원 치료하겠다고 했어. 병원도 가까우니까 말이야. 상당히 안 좋아지고 나서도 부인이 집에서 간병했지."

모리오카 씨가 간병용품을 가끔 가져다주었다고 한다. 자기도 아내를 간병하고 있으므로 친절하게 조언도 해주었다.

"그런데 두 사람 분위기가 어쩐지 묘하더라고."

도가와 씨는 아무 대답도 하지 않았다. 보청기를 살짝 만지작거렸을 뿐이다.

"남편을 돌보는 부인의 태도가 냉담하더군. 서먹서먹하다고 할까."모리오카 씨는 먼 기억을 되살렸다. 시선은 우뚝 선 대학병원 건물에 못 박혀 있었다. "어쩐지 배려심이나 애정 같은 게 전혀 느껴지지 않았지. 쇠약해진 남편을 필요 이상으로 난폭하게 다뤘어. 뭐랄까……"

노면전철이 근처를 달려가는 소리가 울려 퍼졌다.

"복수하는 느낌이었어. 선생이 아내에게 원망받을 짓이라도 한 걸까. 성실해 보이는 학교 선생이었는데."

도가와 씨는 네네, 하고 고개를 끄덕였지만 과연 이야기가 들렸는지 의심스럽다.

"그래서 집에 있기가 불편했는지 선생은 상태가 조금 괜찮은 날이면 들새를 관찰하러 성산에 올랐어. 그게 마지막 남은 낙이었겠지. 비쩍 골아서 체력도 없으면서 뭔가에 씐 것처럼 산길을 올라 다니기에, 너무 돌아다니면 몸에 해롭지 않겠느냐고 내가 충고했건만. 아니나 다를까 감염증에 걸려서 세상을 떴어. 면역력이 떨어졌던 거겠지."

약국을 운영하다 보니 모리오카 씨는 병에 대해 잘 안다. 어려운 이야기가 나오자 도가와 씨는 인상을 찌푸렸다.

"사인은 패혈증이랬지만, 암도 전이됐을 거야. 남편이 죽었는데도 부인은 그렇게 슬픈 기색이 아니더라고."

"그랬군요!"

도가와 씨가 갑자기 말을 꺼내는 바람에 모리오카 씨는 놀라서 고개를 들었다. 분명 도가와 씨가 못 들으리라 생각하고 본심을 말한 것이리라.

"뭐, 부부는 겉으로만 봐서는 모르는 법이니까!" 모리오카 씨는 일부러 밝은 목소리로 말했다.

"그런데 부인은요? 이 집은 부인 소유가 된 거죠?"

도가와 씨는 부부의 일보다 자산 가치가 높은 집 쪽에 흥미가 있는 모양이었다.

"도쿄의 아들네에서 산다나 봐. 하지만 신기하게도 집을 빌려주거나 팔지는 않더군. 이 집은 이대로 놔두겠다면서."

"왜일까요."

모리오카 씨는 그저 목을 움츠렸다. 나는 고개를 돌려 검은 실루엣으로 변한, 취부용이 있는 집을 바라보았다. 가쓰야마장도 철거됐겠다, 이제 여기 올 일은 없을지도 모른다.

헤이와 길과 교차하는 길에 다다랐다. 모리오카 씨는 한 손을 들어 인사하고 멀어졌다.

나와 도가와 씨, 둘만 남았다.

"20년 전이라. 아직 도가와랑 만나지도 않았을 무렵이네. 맞선 이야기를 가져온 중매인은 건실하고 착실한 은행원이라 평생 고생할 일 없을 거라고 거듭 권했지."

도가와 씨는 별거 중인 남편을 남으로 여기기로 했는지 딱딱하게 '도가와'라고 불렀다. 도가와 씨에게 얼른 이혼하고 옛날 성씨인 '시노우라'로 되돌아와 새로운 생활을 시작할 에너지는 이제 없다.

"하지만 우리 언니는 '지아키, 남자는 모르는 법이란다. 방심하면 안 돼' 하고 충고했어. 언니는 간호사라 온갖 사람을 다 보니까 잘 안다, 그런 말씀." 도가와 씨의 이야기는 한없이 펼쳐져 나갔다.

도가와 씨가 이사한 연립주택이 보였다.

"들렀다 갈래?"

도가와 씨가 내게 물었다. 나는 천천히 고개를 저었다.

"저기, 그보다 성산에 잠깐 올라가보지 않을래?

나는 고마치구치 등산로 쪽을 가리켰다. 도가와 씨는 잠시 망설였다. 이미 주변은 어둑해지기 시작했다. 이런 시간에 다른 길보다 한층 인적이 드문 그 길로 가는 사람은 아무도 없으리라.

"알았어." 하지만 도가와 씨는 승낙했다.

"고마워."

나는 웃으며 교복 가슴에 달린 리본을 살짝 매만졌다. 우리는 다시 나란히 걸음을 옮겼다.

"그나저나 내 동쪽 옆방에 살던 사람이 죽었다니 깜짝 놀랐네."

도가와 씨는 고개를 설레설레 내저으며 말했다.

"그 사람, 매일 아침 대학교에 청소 일을 하러 갔어. 그야말로 판에 박은 듯이 똑같은 시간에."

나는 잠자코 도가와 씨 옆을 걸었다.

"요 2, 3일 전에도 봤는데." 또 그런 소리를 꺼냈다.

"그래?"

"응. 그 대학에 손녀가 다닌다고 전에 기쁘게 이야기했지. 그 사람이 죽었을 줄이야."

도가와 씨는 한숨을 쉬었다. 그녀의 타고난 신비한 능력은 점점 더 발전돼간다.

우리는 등산로 입구 돌계단에 도착했다. 끝없는 세계로 통하는 입구 같은 녹색 통로를 따라 어둠이 내려온다. 우리는 돌계단에 발을 내디뎠다.

"그래도 그 사람은 다행이네. 시체가 발견돼서."

도가와 씨가 말했다. 언덕길에 접어들자 그녀는 배를 감싸듯이 등을 약간 구부렸다.

"그런데 너는?" 도가와 씨가 나를 힐끔 보았다. "너도 죽은 거지?"

이번에는 내가 후후후 웃었다.

"그렇겠지. 없어졌을 때랑 똑같은 교복 차림인걸."

도가와 씨는 혼잣말처럼 웅얼거렸다. 입구 언저리에 딱 하나뿐이었던 가로등이 점점 뒤로 멀어졌다.

"끼릭끼릭끼릭끼릭." 날카로운 울음소리가 밤을 갈랐다.

문득 고개를 돌리자 도가와 지아키도 교복을 입은 10대 고등학생으로 보였다.

여기는 푸른 밤이슬에 젖어 달콤한 흙냄새가 풍기는 나라. 영원도 찰나도 길이가 똑같은 곳. 그리고 나는 어둠의 주민. 겨울 서리와 체온이 똑같은 자.

지아키는 자기 발치를 내려다보듯 몸을 구부리고 걸었다. 그 발걸음에 맞춰 나도 걸음을 늦췄다.

이렇게 소녀들은 밤을 걷는다.

"네 몸은 어디에 있어?"

지아키가 물었다.

"아마도 빨간 꽃이 피는 나무 아래일 거야."

뭔가가 머릿속을 언뜻 스쳐서 그렇게 대답했다.

지아키가 무슨 소리냐는 듯이 나를 보았지만, 결국 아무 말도 하지 않았다.

어딘가에서 무르익은 꽃향기가 났다.

미스터리에서 호러,

판타지까지 넘나드는

마술사 우사미 마코토의 도달점

『소녀들은 밤을 걷는다』 원서 띠지에 있는 문장을 이 글 제목으로 써보았다. 이 책을 표현하기에 이보다 적합한 문구는 없을 듯하다.

작가 우사미 마코토는 2007년 단편집 『룸비니의 아이』로 데뷔했다. 표제작인 「룸비니의 아이」는 제1회 유幽 괴담문학상 단편 부문 대상을 받은 작품으로, 이 호러 소설로 그녀는 작가 생활을 시작한다.

그 후 1년에 한 편꼴로 작품을 내다가 2009년 이후로 작품 활동이 뚝 끊긴다. 상을 받고 잠깐 반짝한 후 사라지는 작가는 드물지 않다. 하지만 우사미 마코토는 사라지지 않고 다시 부활한다. 그것도 『어리석은 자의 독』(2016)이라는 작품으로 2017년 제70회 일본추리작가협회상까지 받으면서.

호러와 추리, 어떻게 보면 대척점에 있는 분야에서 각각 높은 평가를 받은 것이다. 그것만으로도 대단한데 우사미 마코토는 일본추리작가협회상 수상 후, 물 만난 고기처럼 정력적으로 작품 활동을 해나간다. 2017년부터 2019년까지 약 2년 남짓한 기간에 아홉 작품을 발표한다. 이 책『소녀들은 밤을 걷는다』는 그 왕성한 집필 시기의 딱 중간쯤에 발표한 작품이다.

'괴담을 기조로 하면서도 심리 서스펜스 요소를 강조하고, 흥미로운 수수께끼 풀이도 담아낸 이 책은 저자의 작풍이 가장 현저하게 나타난 작품이다(『무지갯빛 동화』)'

'초자연적인 요소와 심리 서스펜스를 융합한, 저자다운 작품 아홉 편이 수록되어 있다(『뿔이 돋은 모자』)'

둘 다 평론가 센가이 아키유키가 우사미 마코토의 작품을 평가한 말이다.『무지갯빛 동화』는 2008년도 작품,『뿔이 돋은 모자』는 2017년도 작품인데『소녀들은 밤을 걷는다』는 이러한 작풍을 이어받으면서도 더욱 발전시킨 작품이라 할 수 있겠다.

우사미 마코토의 출신지이자 현재 거주지인 에히메현 마쓰야마시의 한복판에는 꼭대기에 성을 인 성산이 자리하고 있다. 우사미 마코토는 실제로 존재하는 이 장소를『소녀들은 밤을 걷는다』의 무대로 삼아 호러, 기담, 판타지, 미스터리를 오가며 다양한 분위기의 단편을 독자에게 선사한다. 뿐만 아니라 성산을 중심으로 다양한 사연을 가진 여러 인물들을 얼기설기 얽어놓는다. 그야말로 이야기를 교묘하게 직조하는 기교를 보여주면서도 '재미있어야 한다'는 엔터테인먼트 소설의 본분도 놓치지 않는다.

스포일러가 될 수도 있으므로 자세히 적지는 않겠지만, 각 단편의 재미와 더불어 조그마한 퍼즐 조각을 맞추어나가는 재미도 분명 맛볼 수 있을 것이다.

지금까지 수많은 일본 작가가 국내에 소개됐다. 나도 번역가로서 10여 년 동안 다양한 일본 작가를 소개해왔다는 자부심이 있다. 그토록 많은 작가가 소개되었는데도 아직 소개할 작가가 남아 있다는 것이, 그리고 우사미 마코토가 그중 하나라는 것이 기쁘기 그지없다.

많은 독자들이 우사미 마코토의 이야기 세계에 푹 빠지기를 바라본다.

2020년 7월

김은모

옮긴이 김은모

경북대학교 행정학과를 졸업했다. 일본어를 공부하던 도중 일본 미스터리의 깊은 바다에 빠져들어 헤어나지 못하고 있다. 아직 국내에 알려지지 않은 다양한 작가의 작품을 소개하고자 노력하고 있다. 옮긴 책으로는 이사카 고타로의 『후가는 유가』, 미치오 슈스케의 『투명 카멜레온』, 미야베 미유키의 『비탄의 문』, 고바야시 야스미의 『앨리스 죽이기』, 고바야시 히로키의 『Q&A』, 아시베 다쿠의 『기담을 파는 가게』, 미쓰다 신조의 '작가' 시리즈 등 다수가 있다.

소녀들은
밤을
걷는다

지은이 우사미 마코토
옮긴이 김은모
펴낸이 김영정

초판 1쇄 펴낸날 2020년 7월 31일

펴낸곳 (주)**현대문학**
등록번호 제1-452호
주소 06532 서울시 서초구 신반포로 321(잠원동, 미래엔)
전화 02-2017-0280
팩스 02-516-5433
홈페이지 www.hdmh.co.kr

© 2020, 현대문학

ISBN 978-89-7275-176-2 03830

* 책값은 뒤표지에 있습니다.
* 이 도서의 국립중앙도서관 출판예정도서목록(CIP)은 서지정보유통지원시스템 홈페이지(http://seoji.nl.go.kr)와 국가자료공동목록시스템(http://www/nl/go/kr/kolisnet)에서 이용하실 수 있습니다. (CIP제어번호: CIP2020021779)